열아홉 바리스타,
이야기를 로스팅하다

열아홉 바리스타, 이야기를 로스팅하다
오늘의 커피를 만드는 열아홉 카페의
바리스타와 로스터가 들려주는 커피와 인생

지은이 조원진·유재철
초판 1쇄 발행 2016년 5월 25일
초판 3쇄 발행 2018년 11월 1일

펴낸곳 도서출판 따비
펴낸이 박성경
편집 신수진
디자인 박대성

출판등록 2009년 5월 4일 제2010-000256호
주소 서울시 마포구 월드컵로28길 6 (성산동, 3층)
전화 02-326-3897
팩스 02-337-3897
메일 tabibooks@hotmail.com
인쇄·제본 영신사

ISBN 978-89-98439-27-9 03810

값 16,000원

오늘의 커피를 만드는 열아홉 카페의
바리스타와 로스터가 들려주는 커피와 인생

열아홉
바리스타,
이야기를
로스팅하다

글 조원진 | 사진 유재철

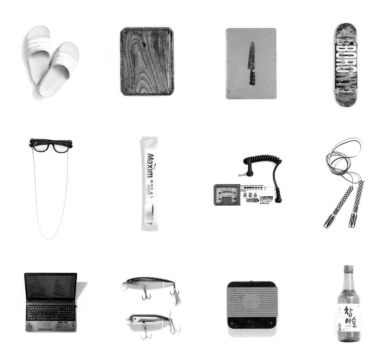

사람과 도구와 커피 이야기

동호회 누나를 따라 처음 찾아간 이대 앞 카페 '비미남경'은 별천지였다. 인스턴트 커피도 못 마시는 중학생이었던 나는, 그곳에 다니는 멋쟁이 대학생 형, 누나들을 닮고 싶은 마음에 커피를 주문했다. 뭘 시킬지 모르겠다면 "오늘 가장 맛있는 커피를 주세요"라고 웃으면서 말하면 된다는 그 누나의 말을 철석같이 믿으며, 그 더운 여름날에도 뜨거운 드립커피를 후룩후룩 마셨다. 아무리 써도 설탕은 타지 않았다.

'왜 커피는 이토록 쓰기만 한가' 생각하던 어느 날, 빡빡이 바리스타가 카페 비미남경의 문을 열고 들어섰다. 1년 전에 일을 그만뒀다던 그는 들어오자마자 원두 상태를 살폈다. 그러고는 어디선가 천을 꺼내와 삶기 시작했다. 팟, 팟, 소리를 내며 융드리퍼를 힘주어 펴더니 "이거 관리가 잘 안 됐네"라고 말하며 물을 끓였다. 김이 모락모락

나는 주전자 위로 손을 올리더니, "이 정도면 됐군" 하면서 커피를 내렸다. 드리퍼 가득 채워졌던 원두를 여과한 커피는 고작 에스프레소 한 잔의 양. 그는 그 잔을 나에게 내밀었다. 세상에서 가장 쓰다고 생각했던 인도네시아 만델린이 그렇게 부드럽고 아름다울 수 없었다. 더 맛있는 커피를 찾아나서야겠다고 다짐한 건 그때였다.

비미남경 다음으로 찾아간 카페는 안암동 보헤미안이었다. 뜨거운 여름 날씨 때문이었는지 그날따라 카페에는 손님이 아무도 없었고, 덕분에 나는 처음 본 바리스타에게 다섯 잔이 넘는 커피를 얻어 마셨다. 그날의 인연으로 나는 카페 보헤미안의 단골손님이 되었다. 어떤 날은 매장이 문을 열고 나서부터 문을 닫을 때까지 하루 종일 커피만 마시기도 했다. 그곳에서의 시간이 지루하지 않을 수 있었던 것은, 바bar 너머로 빠꼼 고개를 내밀고 이것저것 물어보던 나를 귀찮게 여기지 않은 보헤미안의 바리스타 서필훈 덕분이었다.

그와의 인연을 시작으로 나는 운이 좋게도 커피 하는 사람들과 자연스럽게 알고 지낼 수 있는 기회를 얻었고 커피를 둘러싼 그들의 희로애락을 지켜볼 수 있었다. 둔감한 미각을 타고났음에도 커피 맛을 또렷하게 기억할 수 있었던 것도 그때부터였다. 한 잔의 커피를 위하여 그들이 어떤 인생을 살아왔는가 얘기를 듣다 보면 좀처럼 기억되지 않던 커피 맛이, 그 상황이 또렷하게 기억에 남았기 때문이다. 인생의 희로애락이 담긴 그 한 잔의 커피와, 보통의 사람들이 생각하지 못하는 바 너머의 이야기를 글로 옮겨봐야겠다고 생각한 건 처음 보헤미안에서 커피를 마셨던 그날로부터 9년 후의 일이다.

바리스타 서필훈은 자신이 동경했던 올드스쿨의 커피에는 늘 낙관 같은 것이 찍혀 있었다고 얘기한다. 눈을 가리고 마셔도 누구의 커피인지 단번에 알 수 있을 만큼, 올드스쿨의 장인들은 깊고 진하게 자신의 향기를 남겼기 때문이다. 바야흐로 '스페셜티 커피 시장'의 문이 활짝 열리고 커피 한 잔 없이는 못 사는 사람들이 도시의 절반을 가득 채웠지만, 역설적이게도 커피 명인들의 낙관을 찾는 일은 더 어려워졌다. 이런 분위기 속에서도 '장인정신'을 동경하는, 도시 곳곳에 숨은 카페를 지키고 있는 열아홉 카페의 바리스타와 로스터들은 올드스쿨의 커피처럼 낙관이 있는 커피를 다시 구현해내고자 한다.

하지만 사람들 대부분은 그들의 인생을 담아 구현하고자 하는 그 무엇보다 카페의 외연을 중요하게 생각한다. 유행을 쫓는 멋진 인테리어와 몇 시간이고 쉬어갈 수 있는 아늑한 공간은 많은 사람들이 카페를 선택하는 기준이다. 카페라는 공간을 제외하면, 커피를 마시는 많은 사람들의 또 다른 키워드는 '피로'다. 끊임없이 피로를 권하는 사회에서 사람들은 애초에 섬세한 커피의 향미를 느낄 여유조차 없었다. 극단적으로 쓰고 단 맛만이 피로에 둔감해진 사람들의 혀를 위로해준다. 커피와 사람, 카페의 내면을 생각하는 것은 그 이후의 일. 공간과 피로감을 넘어선 커피의 세계에 관심을 가지는 것에 사람들은 높은 진입장벽을 느끼고 있다.

적어도 이 작은 책에 등장하는 열아홉 곳의 공간에는 커피와 사람을 생각하는 커피인들의 고민이 녹아들어 있다. 그들 인생의 이야기를 모아, 사람들이 여태껏 느끼지 못했던 커피 한 잔을 선물하고자 하는 것이 이 책이 가진 작은 목표다.

"당신의 커피 인생에 가장 큰 동력이 되는 도구는 무엇인가"라는 질문은 바 너머를 바라보기 위한 인터뷰의 시작이었다. 사실 이 질문을 던지면, 그들은 매일같이 마주하는 커피 도구들을 답으로 제시할 것이라 생각했다. 그들의 삶과, 커피가 만들어지는 기술적인 측면을 함께 다루고자 한 것도 질문을 던진 목적에 포함되었다. 하지만 놀랍게도 바리스타 혹은 로스터들이 자신의 인생의 도구로 꼽은 것은 대부분 커피와 거리가 있었다. 그 도구는 믹스커피나 소주 한 병 같은 공산품이기도 하고, 기타 튜너나 연필 같은 사소한 물건이거나 '해방촌'이라는 공간, 심지어는 함께하는 팀원 혹은 인생의 스승이기도 했다.

애초에 의도된 바가 아니지만, 그럼에도 나는 이 도구들에 대한 그들의 이야기를 책에 담기로 결정했다. 바에서 커피를 내리거나 로스팅실에서 생두를 볶을 때는 전혀 볼 수 없는 그들의 다른 모습은 이 '인생의 도구'들과 연결되어 있었고, 그 이야기들이야말로 그들이 만드는 커피에 대한 가장 훌륭한 부연설명이라 생각했기 때문이다. 시간과 공을 들여 만든 이들의 커피는 이 '인생의 도구'에 대한 이야기를 듣지 않아도 맛있다. 하지만 이들이 늘 마음속에 품고 있는 그 어떤 이야기를 함께 듣는다면, 커피에 대한 지식으로는 설명할 수 없는 또 다른 깊은 맛을 경험할 수 있을 것이다.

내가 인터뷰를 진행한 바리스타 혹은 로스터는 23명이다. 그럼에도 제목에 '열아홉'이라고 한 것은 두 명 이상이 운영하는 카페라 해도, 그 카페의 분위기와 커피의 색은 하나라고 생각하기 때문이다. 비록 나의 이름으로 나오는 책이지만, 이 책은 내가 만난 바리스타와 로스터들에 대한 헌사이자 공동 작품이다. 긴 시간 동안 인터뷰에 시간을 빼앗기고 사진 촬영에 시달리면서도 가장 맛있는 커피를 내어준 그들에게 감사드린다. 이 책에 실린 것 중 다섯 꼭지는 2014년 《월간객석》에 연재된 것이다. 당시의 연재를 계기로 이 책을 쓴 것이니, 《월간객석》에 대한 감사도 빠뜨릴 수 없다.

부족한 글 솜씨지만 그들이 바 너머로 들려주고자 하는 사람과 도구와 커피의 이야기가 잘 전달되었으면 좋겠다. 그들의 이야기를 듣다 보면, 그들이 한결같이 말하고자 하는 것이 무엇인지 알 수 있을 것이다. 커피는 전혀 어려운 것이 아니라고, 그저 당신 인생의 그 희로애락처럼 자연스럽게 느끼면 되는 것이라고.

이 책을 계기로 많은 독자들이 커피 하는 사람들에게 관심을 가졌으면 한다. 또한 여러 가지 한계로 미처 담지 못한 더 많은 카페들을 찾아가, 그들 인생의 이야기에 귀를 기울이며 맛있는 커피 한 잔을 나누시길 바란다.

2016년 5월
조원진

| 차례 |

03 챔피언의 커피

04 스페셜티의 색

05 프롬 올드스쿨

"다른 사람 인터뷰하지 말고, 네 이야기를 써."
너처럼 커피를 마신 사람은 없다고, 그 이야기가 하나의 역사가 되어 글로 엮인다면 자신 또한 주저 없이 그 책을 살 거라고 바리스타 서필훈은 말했다. 그럼에도 나는 그의 역사를 정리하고 싶었다. 처음 카페 보헤미안에 방문했던 뜨거운 그 여름날, 다섯 잔의 커피를 내려준 바리스타 서필훈이 없었다면, 나 또한 긴 여행을 시작하지 않았을 것이기 때문이다. 자주 카페를 방문하는 손님에 불과했던 나에게, 그는 항상 많은 것을 알려주었다. 밤을 새워가며 공부한, 가진 돈을 전부 모아 어렵게 미국으로 넘어가 배워온, 자신의 모든 것을 쏟아부어 깨우친 그 많은 것들을 스스럼없이 나에게 나누어주었다.

긴 여행의 시작은, 바리스타 서필훈의 역사에서 출발하는 우리나라의 커피 이야기다. 바에 들어가 일해본 적도, 그 어떤 자격증도 없는 나는 그 여행을 서술하는 작가다. 여행의 출발점인 안암동 카페 보헤미안에서부터 시작해 내가 커피를 마셔왔던 지난 12년의 순간들은, 우리나라 커피 역사에서 가장 많은 변화가 일어났던 시기다. 올드스쿨의 오랜 역사를 넘어 스페셜티 커피의 시대를 마주하기까지, 앞으로 시작될 23명 커피인들의 인생 이야기는 바로 이 10여 년간의 역사를 고스란히 전해줄 것이다.
"그래, 이 이야기들이 역사로 기록되어야 할 때가 되었지"라고, 인터뷰를 하고 있는 나에게 누군가가 말했다. 그들의 역사는 충분히 기록될 가치가 있다. 앞으로 더 많은 사람들이 이들의 커피를 마실 것이고, 그들의 만들어낸 커피는 더 많은 사람들 앞에서 마땅히 빛날 필요가 있기 때문이다.

01

긴 여행의 시작

1.
01

커피리브레

스페셜티 커피에서 올드스쿨로,
긴 여행의 시작

나는 뜨거운 여름날 안암동 '카페 보헤미안'에서 바리스타 서필훈(1976년생)이 내려주던 커피를 아직도 잊지 못한다. 그곳에 처음 갔던 날, 주문했던 커피를 포함해 나는 족히 다섯 잔이 넘는 커피를 마셨고, 그날 이후로 나는 '카페 보헤미안'의 죽돌이가 되었다. 서필훈이 내려준 커피를 마실 수 있었던 것은 큰 행운이었다. 평범한 손님일 뿐이었던 나에게, 그는 진심을 다해 커피를 내려줬고 사소한 질문에도 진지하게 대답해주었다. 덕분에 나는 그가 험난한 여정을 거쳐 우리나라에서 스페셜티 커피 시장을 개척하는 과정을 자연스럽게 지켜볼 수 있었다.

그 모습이 멋있다고 느낄 때가 많아서, 나는 종종 바를 기웃거리며 커피를 배우고 싶다고 그에게 말하곤 했다. 그는 "커피 말고 다른 일 해"라고 대답했다. 인생엔 커피 말고도 재미있는 일이 많다고, 자신처럼 고생하지 말고 더 좋은 일을 찾아보라고. 그럼에도 그는 내가 카페 문을 나설 때면 최근에 볶은 것 중 가장 맛있는 원두를 손에

쥐어주곤 했다.

우리나라 스페셜티 커피의 역사는 서필훈과 떼려야 뗄 수 없다. 지금도 커피리브레 사무실 한쪽 벽을 차지하고 있는 각종 연구서와 논문 그리고 전문 서적들은 그가 얼마나 치열하게 커피를 공부했는지를 보여준다. 일본의 도제식 시스템을 그대로 가져온 올드스쿨에 몸을 담고 있으면서도 세계적 트렌드를 쫓아 스페셜티 커피를 공부하던 그의 모습은 아직도 내 기억에 생생하게 남아 있다. 그런 것이 있는지 아는 사람도 없을 때, 그는 미국 버몬트까지 날아가 한국 최초의 큐그레이더Q-grader가 되었고, 2012년과 2013년에는 연거푸 월드 로스터스 컵에서 해외 로스터들을 제치고 우승컵을 들어 올렸다. 그 이후로도 직접무역direct trade을 통해 농장주와 관계 맺기, 커피에 대한 과학적인 접근, 지속 가능한 스페셜티 커피 모델 만들기를 위해 서필훈은 노력을 멈추지 않고 있다.

◑◑ "떠나지만, 먼 길을 돌아 다시 올 것 같습니다."

서필훈과 마찬가지로 공군 장교의 길을 택했던 나는, 역시 그의 영향을 받아 제대 후 30일간의 쿠바 여행을 계획하고 있었다. 그가 살면서 가장 행복한 순간이었을지도 모르는 그 50일간의 쿠바 여행 이야기를 해줄 때, 나는 그가 커피를 시작한 이유도 들을 수 있었다. "한번은 쿠바에서 기차를 탈 일이 있었어. 말도 안 되는, 이런 게 굴

러갈까 싶은 기차에 무작정 탔던 거야. 기차는 심심치 않게 고장 나거나 문제가 생겨 오랫동안 멈추곤 했는데, 그때마다 어딘지도 모르는 그런 곳에서 몇 시간이고 머물곤 했어." 그가 공군 장교로 입대해서 '월드횟집'이 있는 건물 5층의 옥탑방에 머물던 때는, 아마도 고장 난 기차를 타고 긴 여행을 하던 쿠바의 그날들과 비슷하지 않을까 나는 생각한다.

퇴근하면 식당 일을 도우며 일식조리사를 꿈꿨던 3년의 장교 생활부터 서필훈은 그런 사람이었다. 거짓으로 꾸며낼 수 있는 것이라면 요리를 하겠다고 대학원을 그만두거나 커피 일을 시작하지도 않았을 것이다. 일식 조리에는 재능이 없다고 생각했던 그는, 대학원 시절의 단골 커피집을 떠올리게 되었다. 원래 '러시아 여성사'를 주제로 석사 논문을 쓰던 서필훈은 쿠바 여행의 기억을 담아 '쿠바 여성사'로 논문 주제를 바꾸었고, 동시에 자신이 할 수 있는 가장 솔직하고도 멋진 일인 '커피'를 시작하게 되었다.

스승 밑에서 허드렛일부터 시작해 모든 것을 고스란히 자기 것으로 만드는 데 수십 년. 자신의 매장을 여는 일은 고된 수련 끝에 자신의 커피에 스스로의 낙관을 찍을 수 있을 때에야 가능했던 것이 서필훈이 커피를 처음 배우던 때의 문화였다. 흔히 말하는 '커피 1세대', '1서徐 3박朴'이라 불리는 커피 명인들은 꾸준히 후계자를 양성하며 우리나라 커피업계의 큰 틀을 만들었다. 그가 일했던 안암동 카페 보헤미안은 박이추의 제자였던 최영숙이 점장으로 있었고, 서필훈은 그 계보를 이어 커피를 배우기 시작했다. 서필훈은 그 시절을

회상하며, 스승이었던 최영숙 점장은 늘 묵묵히 자신을 지지해주었다고 말을 꺼냈다. 설거지부터 시작해, 올드스쿨의 수업 방식을 충실히 따르던 그가 드디어 추출과 로스팅을 시작했을 때, 그 맛은 당연히 스승들의 커피와 차이가 날 수밖에 없었다. 그가 볶은 커피를 맛본 손님이 불만스러워했을 때, 자신이 볶은 커피가 아님에도 죄송하다고 말하며 다시 커피를 내려주던 최영숙 점장의 모습을 서필훈은 잊지 못한다고 말한다. 스승은, 먼 길을 떠나 다시 돌아오겠다고 말했을 때에도 고개를 끄덕여주었다. 보헤미안에서의 경험과 수많은 커피 서적들 사이에서 밤을 지새운 날들, 그리고 스승의 깊은 신뢰는 그 어떤 밑천보다 든든한 후원이었다.

허드렛일부터 올바른 마음가짐을 배우는 일까지 올드스쿨의 교육을 충실히 따르던 서필훈이었지만, 외국 커피 서적들을 뒤져가며 커피 산업의 큰 흐름을 공부하는 것 또한 게을리하지 않았다. 인스턴트 커피로 커피의 대중화가 시작되었던 '제1의 물결', 스타벅스와 같은 대기업의 탄생과 함께 새로운 커피 문화가 전파되었던 '제2의 물결'을 지나, 산업의 발전, 자본의 투입, 고도의 기술력을 바탕으로 커피 생산 과정에서부터 커피 본연의 맛과 향에 집중하는 '제3의 물결'을 직접 눈으로 확인하기 위해 미국에 대여섯 차례 다녀왔던 일 또한 커피를 더 공부하고자 하는 욕심의 연장선이었다. 그렇게 4년, 어렵게 석사 논문을 끝낸 후 그는 커피에만 몰두했다. 낮에는 보헤미안의 주방에서, 밤에는 수북하게 쌓인 커피 서적 속에서 책을 읽어가며 그는 순롓길을 하염없이 걸어가는 먼 여행을 꿈꿨다.

"떠나지만, 먼 길을 돌아 다시 올 것 같습니다." 2009년, 이 말과 함께 그는 대학원 조교 생활을 하는 동안 모아두었던 1000만 원과 머물던 원룸의 보증금을 가지고 커피를 시작했던 안암동 보헤미안을 떠났다. 그러고 나서 연남동 사무실을 계약하는 데 2000여 만 원, 로스터를 구입하는 데 1500만 원, 기타 장비 및 가구 구입 비용으로 1000만 원을 사용하고 간판을 걸었다. 스페셜티 커피 시장이 성장한 지금이야 흔하게 볼 수 있지만, 당시만 해도 커피를 팔지 않고 교육과 로스팅만 하는 공간은 생각지도 못하던 그림이었다.

◐◉ 과학과 같은 스페셜티, 종교와 같은 올드스쿨

우리나라에서 스페셜티 커피를 하는 사람 중에 서필훈과 관계 맺지 않은 사람이 누가 있을까. 작은 사무실에서 시작한 그의 스페셜티 커피 수업은, 경험을 중요시하며 도제식 수업에 익숙한 우리나라 커피 시장의 판도를 바꾸어놓았고, 지금도 끊임없이 많은 이들에게 영감을 주고 있다.

서필훈은 커피는 요리이며, 따라서 신선한 재료의 사용과 그 재료의 특성을 잘 이해한 조리(로스팅)가 필요하다고 설명한다. 경험을 통해서 스스로를 수련하여 자신만의 커피 만들기를 추구했던 올드스쿨의 커피는, '왜?'라는 질문을 허락하지 않았다. 1세대의 커피는 주전자의 손잡이가 닳도록 커피를 내리다 보면, 굳이 이론으로 설명하지 않아도 깨달을 수 있는 기예와 닮았다. 좋은 재료도 중요하지만, 주어진 생두 또한 하나의 조건이라 생각하며 그 커피가 구현해낼 수 있는 최고의 맛을 내는 것이 올드스쿨의 방식이었다.

하지만 산업의 발전을 등에 업은 스페셜티 커피 시대의 접근 방식은 달랐다. '왜?'라는 질문을 주고받으며 과학적인 분석을 통해 커피의 맛과 향을 분석한다. 재배되는 커피의 품종, 토양 등을 의미하는 테루아terroir부터 추출 과정에서 일어나는 화학적인 변화까지 완벽하게 컨트롤하고자 하는 것이다. 서필훈은 이러한 스페셜티 커피의 철학에 바탕을 둔 커피리브레의 교육을 통해 올드스쿨의 오래된 사고에 갇혀 있던 사람들에게 새로운 생각을 심어주었다. 덕분에 연남동과 홍대를 중심으로 포진해 있던 젊은 커피인들이 커피리브레에 모이기 시작했다. 늘어나는 커피 수요와 커지는 스페셜티 시장은 많은 변화를 요구했기 때문이다.

가장 큰 변화 중 하나는 커핑Cupping이었다. 표준화된 기준으로 커피의 향미를 평가하기 위한 테이스팅 과정인 커핑은 와인 테이스팅과 흡사하다. 정해진 항목에 점수를 매김으로써 커피의 품질을 평가하는 작업인 것이다. 커피리브레는 커핑 교육과 함께 누구나 참여할 수 있는 퍼블릭 커핑도 진행했는데, 테이스팅한 커피에 대해 자유롭게 이야기를 나누는 분위기는 커피인들 사이에서 큰 호응을 불러일으켰다. 이 밖에도 커피리브레는 젊은 커피인들의 아지트 역할을 톡톡히 했는데, 매년 많은 바리스타들이 모여 한 해를 정리했던 리브레 파티는 커피리브레가 사람들에게 어떤 곳이었는지를 말해준다.

◑◐ 30년의 문턱을 넘어

"우리보다 30년을 먼저 스페셜티 커피의 역사를 만들어간 일본의 문턱을 넘는 일은, 이토이 유코 선생님이 없었으면 불가능한 일이었을 거예요." 일본의 4대 커퍼 중 한 사람인 이토이 유코 선생이 바리스타 서필훈을 초청한 것은 2009년의 일. 자신의 수업을 받던 한국인 학생이 생각지도 않게 스페셜티 커피에 대해 많은 것을 알고 있는 것을 신기하고 기특하게 생각한 이토이 유코 선생이 그 학생에게 누구에게 커피를 배웠는지를 물었다. 그는 서필훈이 보헤미안에 있을 때 그의 수업을 받았던 학생이었다. 그 학생을 통해 서필훈이라는 이름을 기억한 이토이 유코는 몇 달 후 니카라과의 산지 프로젝트에 그를 초대했다. 산지에서 많은 얘기를 나누고 나서 얼마 후, 이토이 유코는 아직 부족한 점이 많지만 커피에 대한 뜨거운 열정과 부푼 꿈을 간직한 서필훈을 교토에 있는 자신의 집으로 불러 계약서를 내밀었다. 서필훈의 열정이 변치 않는 한 자신의 경험과 지식으로 지원하겠다는 것이었다.

그 후 이토이 유코는 미국스페셜티커피협회SCAA가 주관하는 전시회에 그를 불러 3일 내내 동행하며 100명이 넘는 세계 스페셜티 커피 업계의 지인들을 소개시켜주었다. 이를 두고 일본 스페셜티 커피 업계 사람들 사이에서 질투와 호기심의 말들이 한동안 회자되었다고 한다. 이토이 선생은 서필훈과 그 한국 학생에게 일본스페셜티커피협회가 주관하는 '로스터스 길드 캠프Roasters' Guild Camp'에 참가할 것을 권유하기도 했는데, 쟁쟁한 일본 로스터들 사이에서 서필훈은 유난히 눈에 띄었다고 한다. 스페셜티 커피를 먼저 받아들였음에도 도제식 교육 등 일본 특유의 시스템에 발목이 묶인 로스터들 사이에서, 틀에 박히지 않은 그의 로스팅은 단연 돋보였기 때문이다. 여기에 모험심과 순발력, 잃을 게 없다는 마음은 그의 강점이었다. "열정을 담보로 어드바이스하겠다"는 이토이 유코 선생의 제안은 사무라이 조직과 닮은 일본의 스페셜티 커피 업계에서는 전무후무한 사건이었지만, 그런 서필훈이었기에 가능한 일이었다.

'일본 스페셜티의 신'이라 불리는, 이토이 유코 선생의 스승 히데카와 하야시를 직접 만날 수 있었던 것이나 커피리브레가 2010년 엘살바도르 COE에 처음 참여할 수 있었던 것 모두 이토이 유코 선생의 도움 덕이었다. COECup of Excellence는 아프리카와 남미의 10여 개 커피 생산국이 모여 고품질의 커피를 심사하는 옥션이다. 당시만 해도 COE를 비롯한 옥션에 참여하는 일은 거래량이 상당하거나 업계에서 위상이 있지 않은 이상 힘든 일이었다. 2명의 로스터와 로스팅 기계가 전부인 작은 커피랩 커피리브레가 엘살바도르 COE에 이어 르완다 COE에 참석할 수 있었던 것은 그의 남다른 모습을 인정한 주최 측의 승인이 있어 가능한 일이었다. 아시아권에서는 손가락에 꼽을 정도로 COE 참가가 드물었던 상황에서, 커피리브레는 단숨에 일본 스페셜티 커피가 이룩한 30년의 문턱을 넘어서기 시작했다. 그리고 뒤를 이어 그와 함께하거나 커피리브레에서 교육을 받았던 바리스타들도 새로운 무대를 열었고, 한국에도 스페셜티 커피 세대가 형

Billie Holiday

"Southern trees have strange fruit to bear…"

성되기 시작했다.

◎ 커피만 바라보는 무모한 도전

서필훈의 화두 중 하나는 지속 가능한 스페셜티 커피 모델이다. 보통 '지속 가능'이란 두 가지 과제를 갖는다. 하나는 커피를 생산하는 제3세계 농장과 농민의 지속 가능이다. 좋은 생두를 확보하는 일이 커피를 생산하는 농민을 착취하는 것이어서는 안 된다. 또 하나는 카페의 지속 가능이다. 좋은 생두의 수입과 맛있는 커피의 판매는, 카페 운영과 카페에서 일하는 사람들의 생활을 보장해주는 것으로 이어져야 한다.

서필훈은 생두 사업을 하는 일이 마치 영화를 수입하는 일과 같다고 말한다. 개봉하기 전까지는 아무도 관객의 반응을 예측할 수 없다. 커피도 마찬가지다. 산지를 다니며 아무리 좋은 생두를 찾아서 수입해도, 그걸 로스팅해서 커피로 만들어 팔기 전까지는 아무도 결과를 예측할 수 없기 때문이다. 그저 좋은 생두를 수입하는 일만 중요한 것이 아니다. 신의도 생각해야 한다. 지난해에 훌륭한 생두를 선보인 농장에서 기후 변화 등의 다양한 이유로 올해 볼품없는 상품을 생산했다고 해서 쉽게 계약을 끊을 수도 없는 일이다. 때로는 과감한 선택과 결정이 필요하고, 빚을 지더라도 우선 구매를 결정해야 하는 일도 종종 있다. 커피리브레 역시 믿었던 생두 농장에서 약속을 지키지 않아 곤란함을 겪기도 했다.

커피리브레가 겪었던 어려움은 생두 사업의 불안정성만이 아니다. 방송을 통해 이름이 알려지고 유명세를 탈 무렵 제조 허가와 관련된 민원으로 곤욕을 치르기도 했고, 대기업까지 스페셜티 커피 시장에 진입하면서부터는 경쟁력을 갖추기 위해 부단한 개혁을 해야 했다.

스페셜티 커피 시장이 성장했다고 하지만, 아직까지 대부분의 사람들은 프랜차이즈 카페와 커피믹스에 의존한다. 파이를 키우고 싶지만, 나눠 먹기에도 부족한 시장의 규모는 우리나라에서 스페셜티 커피를 다루는 사람들 모두의 고민이다. 로스터 서필훈은 "늘 어렵고 항상 고독해서 정말 먼 길을 돌아가는 기분이 들기도 한다"고 말한다. 처음 커피를 시작했던 그곳에서 계속 주전자를 잡았더라면 오히려 편했을지 모른다고. 하지만 그는 커피만을 바라보며 무모한 도전을 계속하고 있다.

그럼에도 가장 중요한 것은 맛이다. 커피는 맛으로 보여줘야 한다, 맛이 없다면 더 이상 핑계를 댈 수 없다는 것이 서필훈의 철학이다. 이제 12년을 했지만, 그 어떤 기술 파트에서도 그 정도 시간을 유의미한 경력으로 생각하지는 않을 것이라고 그는 얘기한다. 스페셜티 커피가 시장의 흐름을 주도하고 있지만, 올드스쿨의 커피는 여전히 서필훈과 우리 커피 시장에 교훈과 질문을 동시에 던지고 있다.

그는, 기름기가 가득해 콩으로 장을 담근 것 같던 보헤미안 박이추 선생의 커피에는 낙관이 찍혀 있었다고 말한다. 누가 마셔도 그건 그의 커피였고, 언제나 맛있었다고. "그럼에도 먼 길을 우회하는 건

'서필훈의 커피'를 만들기 위해서입니다." 올드스쿨의 그 장인정신은 스페셜티 커피 업계에 몸을 담고 있으면서도 그가 잊지 않는 것이다. 스페셜티 커피가 과학과 합리적인 사고를 요한다면 올드스쿨의 커피는 정신적인 것을 추구한다. 마치 종교와 같달까. 신에 다가가기 위해 끊임없이 수련을 하는 수도사의 마음처럼, 그는 처음 자신의 마음을 흔들었던 그 커피 한 잔을 위해 먼 길을 돌아가고 있다.

　내가 보헤미안에 처음 갔던 그 여름에 처음 온 손님에게 왜 그리 여러 잔의 커피를 내려주었냐고 묻자, 서필훈은 "손님이 없었잖아"라며 멋쩍게 웃었다. 그리고 어김없이 자신이 가지고 있는 가장 맛있는 원두로 커피를 내려주었다. 나는 그 커피를 앞에 두고 그의 커피 인생에 대해 질문을 던졌다. 그리고 지난 일들을 추억하며 이야기를 시작한 그에게, 나는 모든 바리스타들에게 던질 질문을 내놨다. "도구가 있을 것 같아요. 지금의 서필훈을 있게 만든, 그리고 앞으로의 커피 인생을 이끌고 갈." 그러나 그는 선뜻 대답을 하지 못했다. 그리고는 커피 이야기만 계속했고, 인터뷰라기보다 사담에 가까운 얘기들만 오고갔다.

그의 커피를 늘 마시지만 이런 얘기를 나누는 자리는 1년에 고작 해야 한두 번 있었는데, 기억을 돌이켜보니 그는 항상 커피 얘기만을 했다. "12년을 커피만 바라보고 살았는데, 아직도 그것만 생각하며 살고 있어. 다른 것들은 신경 쓸 겨를이 없는 거지." 그는 커피만 바라보며 커피만 하는 사람이었다. 딱히 다른 도구들이 필요 없다는 생각이 들었고, 나는 스튜디오 촬영 약속을 잡으며 잊지 말고 '커피'를 들고 오라고 그에게 당부했다.

+ 커피리브레
서울시 마포구 성미산로 198 / 02-334-0615 /
12:00~21:00 / 월요일 휴무(연남점)

SEU PIL HOON

¹ 안암동 카페 보헤미안에서 커피를 배움. ² 스페셜티 커피 1세대. 우리나라에서 스페셜티 커피를 하는 사람들 중 서필훈과 관계 맺지 않은 사람들이 누가 있을까. ³ 2009년, 커피 교육과 로스팅만 하는 커피리브레를 연남동에 열다. ⁴ 한국 최초의 큐그레이더, 2012·2013 월드 로스터스 챔피언. ⁵ "늘 어렵고 항상 고독해서 정말 먼 길을 돌아가는 기분이 들기도 해." ⁶ 올드스쿨의 커피에는 낙관이 찍혀 있었다. 그런 '서필훈의 커피'를 만들고 싶다. ⁷ 인터뷰를 할 때는 떠올리지 못했지만, 샘플 로스팅을 할 때 사용하는 오래된 스푼이야말로 그의 커피 인생과 함께한 도구이다. 커피리브레라는 이름을 짓는 데 영감을 준 영화 〈나초리브레〉의 복면도 함께했다.

영업 시간이 끝날 때가 되면, 카페의 문을 닫는다. 마감을 하고 나면 스피커의 볼륨은 더 높아진다. 나는 조용히 맥주 두 캔을 사 들고 와 다시 자리에 앉는다. 조금 늦은 시간까지, 우리는 도란도란 이야기를 나누며 마감 시간을 뒤로 미룬다. 언제부터였는지는 모른다. 커피업계에 직접적으로 종사하지 않았음에도 그들과 함께 술을 마시기 시작한 것이. 바리스타 권요섭이 일했던 '커피 볶는 곰다방'에서였을까, 로스터 김영현이 처음 커피를 내렸던 홍대 앞의 카페에서였을까. 맛있는 그 커피 한 잔에 반해 그들에게 말을 걸었고, 그들은 스스럼없이 나와 술잔을 나누어주었다. 도통 만화책과 친하지 않았던 나는 아직도 그 명작을 읽지 않았냐는 그들의 꾸중에 〈슬램덩크〉를 읽었고, 인생의 큰 기쁨을 알려준다는 말에 을지면옥에 쫓아가 대낮부터 소주 한 잔 기울이며 평양냉면을 먹었다. 나의 가장 오래된 사생활이자 취미인 커피는, 어쩌면 그들과의 음주의 역사와 함께할지도 모른다.

기억하건대, 그들이 내려주는 커피는 그 어떤 순간에도 진지했다. 농담도 하고 술잔도 기울이지만, 커피 앞에서 그들은 언제나 최선을 다했기 때문이다. 비정상으로 느껴질 만큼 커피만 생각하는 그들은, 쉬는 날에는 다른 카페를 찾아가 커피를 마시고, 술에 취해서도 커피에 대한 이야기를 가장 많이 했다. 그럼에도 그들에게 커피를 하는 이유를 물으면, "친구들하고 소주 한잔하기 위해서"라는 엉뚱한 대답을 한다. 바리스타 임성은은 말한다. 자신이 아는 한, 이들은 인생에 가장 빛나는 순간을 커피만 바라보면서 보낸 멋진 친구들이라고.
내가 커피를 마시기 시작한 이래, 이들의 카페에서 가장 많은 커피를 마시고 이야기를 나눴다. 한결같이 가장 맛있는 한 잔의 커피를 내어준 그들에 대한 동경을 가득 담아, 이제 그들이 지내온 커피 인생을 풀어내고자 한다.

02

비
정
상
회
담

헬카페 로스터스

여기가 헬? 몬테베르디부터 김추자까지

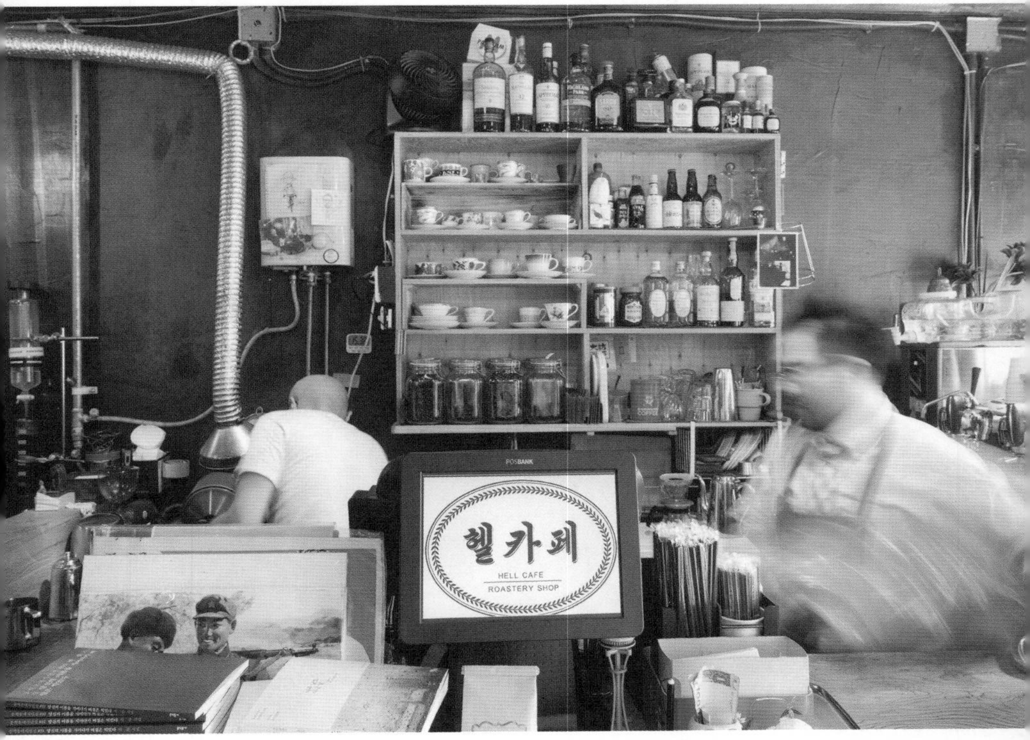

　　　　지금처럼 카페들이 우후죽순 생기기 전부터, 커피 좀 마신다 하는 사람들이라면 고개를 끄덕이던 카페들이 있다. 2012년 문을 닫은 홍대의 '커피 볶는 곰다방'과 종로에 있는 '카페 뎀셀브즈'가 그런 곳이다. 홍대 앞 놀이터 맞은편 작은 골목에 있었던 곰다방은 자칭 홍대 히피들의 작업실이었다. 메뉴는 오직 드립커피밖에 없었고, 목재로 된 바와 몇 개 없는 작은 테이블 사이로 책과 음반이 빼곡했던 그곳은, 늘 사람과 담배 연기로 가득했다. 수많은 프랜차이즈 카페들 사이에서 커피 맛으로 사람들을 사로잡은 카페 뎀셀브즈는 종로의 명소다. 매일 수백 명이 찾는 이 카페는 하루가 멀다 하고 스타 바리스타들을 배출한다. 카페 한편에 자리 잡은 트로피는 카페 뎀셀브즈가 전쟁터 같은 종로 카페 시장에서 살아남은 이유를 설명해준다. 2013년 3월, 보광동 구석 자리에 헬카페가 오픈한다는 소식이 들려왔다. 곰다방의 마담 바리스타 권요섭과 뎀셀브즈 매니저 출신 바리스타 임성은이 손을 잡았다는 소식에 소싯적 커피 마니아들은 밤잠을 설쳤다.

"주문하시겠어요?"라는 말에 "블렌드요"라는 짧은 대답을 할 수 있는 카페가 얼마나 있을까. 정해진 레시피에 따라 알맞은 온도의 물을 붓고 기다리면 커피가 완성되는 간편한 브루잉 기구들이 넘쳐나고, 향긋하고 풍미가 뛰어난 스페셜티 커피가 시장을 지배하면서, 어느 순간 우리는 한 카페의 오랜 철학이 담긴 블렌드 커피를 잊어버리기 시작했다. 90분 남짓의 음반 하나를 전부 듣고, 다시 다른 음반을 틀어주는 카페는 또 얼마나 있을까. 스트리밍 서비스와 아이튠즈 라디오의 등장으로 음악을 즐기기는 쉬워졌지만, 취향의 깊이가 얕아진 것은 부인할 수 없다. 커피 한 잔을 시킨 손님 앞에서 직접 카푸치노를 완성하고, 계절에 따라 꽃을 바꾸는 카페는 또 얼마나 있을까.

모든 것이 넘쳐흐르도록 풍요롭지만 어느 것 하나 제대로 즐길 수 없는 세상은 지옥보다 더한 곳일지도 모른다. "여기 들어오는 자 모든 희망을 버려라!" 단테의 신곡을 인용한 헬카페의 캐치프레이즈는 역설적이다. 강한 개성으로 완전히 다른 스타일의 커피를 내리는 두 바리스타의 궁합도 의문이었지만, 구석진 보광동의 상권 때문에 사람들은 헬카페가 오래가지 못할 수 있겠다는 생각도 했다. 하지만 이제 3년을 바라보는 헬카페는 확장 공사까지 훌륭하게 마치며 서울에서도 손꼽히는 카페 명소로 자리를 확고히 잡고 있다.

곰다방 시절부터 10년째 통돌이 로스터를 쓰고 있는 바리스타 권요섭은 섬세한 손동작으로 능숙하게 콩을 볶는다. 순간순간 나는 소리와 향에 집중하며 커피콩이 타기 직전, 절정의 맛을 내는 시점을 잡아낸다. 거칠게 내린 헬카페의 드립커피를 마셔보면 왜 그가 그 어려운 길을 선택했는지 알 수 있다. 헬카페가 커피 마니아들의 인기를 얻는 건 비단 드립커피 때문이 아니다. 국가대표 바리스타 선발전 3위에 입상한 바리스타 임성은은 고가의 머신 슬레이어Slayer로 능숙하게 에스프레소를 뽑아낸다. 보통의 라테보다 조금 진한 헬라테는 우유와 에스프레소의 황금 비율을 찾아 고소하고 부드러운 맛을 선사한다.

말러의 9번 교향곡을 닮은 블렌드

커피에 대한 지식이라곤 취미 삼아 한미제빵학원에서 들었던 수업이 전부였던 권요섭(1984년생)이 본격적으로 바리스타의 길을 걷게 된 건 바로 곰다방 때문이었다. 작은 공간을 가득 채운 그윽한 담배 연기, 오래된 탄노이 아룬델 스피커에서 흘러나오는 음악 그리고 곰같이 생긴 주인장이 내려준 드립커피는 그에게 커피를 마시는 가장 완벽한 순간을 만들어주었다. 그 아름다운 순간과 주인장의 달콤한 제안에 휩쓸려, 그는 곰다방의 음습한 바에서 주전자를 잡았고, 통돌이 로스터로 원두를 볶았다. 그리고 홍대 히피들이 그 골목에서 졸업을 할 무렵 곰다방은 문을 닫았다. 바리스타 권요섭도 하염없이 손님들을 기다리며 탄노이 스피커로 들었던 음악과 오래된 통돌이 로스터만 가지고 홍대를 떠났다.

그와 임성은이 함께 보광동에 문을 연 헬카페는, 담배를 피우지 못한다는 것만 빼면 곰다방의 정서를 닮았다. 카페를 찾는 손님들에게 가장 완벽한 순간을 선물하고자 하는 그에게, 사라진 곰다방은 이상향이었기 때문이다. 여기에 10년은 더 돌렸을 통돌이에서 뽑아낸 기름기 가득한 블렌드의 맛은 깊고 웅숭해졌으며 노란색 라벨의 도이치 그라모폰에서 시작했던 그의 음악 취향은 세련미를 품었다.

커피 마니아들은 깊은 쓴맛을 간직한 바리스타 권요섭의 블렌드를 꼭 마셔봐야 할 커피로 손에 꼽는다. 그리고 매장 가득 자욱한 연기를 뿜어내며 능숙하게 통돌이로 로스팅하는 그의 모습을 잊지 못한다. 하지만 정작 헬카페를 대표하는, 보통의 핸드드립 레시피의 두 배가 넘는 30그램의 원두로 에스프레소 두 잔 남짓을 뽑아내는, 농후하고도 깊은 맛의 블렌드가 탄생할 수 있었던 건 어느 여름날 우연히 찾아간 서울시립교향악단의 말러 교향곡 9번 콘서트 덕분이었다. 그토록 많은 악기들이 숨을 죽여 끊어질 듯한 음표를 만들어내는 마지막 악장의 순간, 그는 말러 9번을 닮은 블렌드를 만들어야겠다고 결심했다. "웅장하고 터질 듯한 소리들은 누가 연주해도 크게 다르지 않아요. 하지만 침묵에 가까운 소리는 오감을 집중해야 들을 수 있고, 오케스트라의 수많은 악기들은 긴장 속에 조화를 유지해야 하기 때문에 쉽게 연주하지 못할 거예요." 블렌드에 영향을 주진 않았지만, 그가 커피를 내릴 때 가장 즐겨 듣는 음반은 에스토니아 작곡가 아르보 패르트Arvo Part의 음악이다. 그는 옹기종기 모여든 손님들의 조곤조곤한 이야기 너머로 침묵 같은 패르트의 음악이 울려

퍼질 때가 카페에서 맞이하는 가장 아름다운 순간이라고 얘기한다.

◑◑ 이래서 여기가 헬이군요!

지금도 헬카페의 한 구석에는 바리스타 권요섭이 사 모으는 음반들이 쌓이고 있다. 이렇게 음반을 모으고 선곡에 신경 쓰기 시작한 것은 언제부터였을까. 그가 커피를 내리는 일만큼 정성을 쏟는 음악에 대해 묻자, 그는 곰다방 시절을 얘기해주었다. 밀려드는 손님들에게 정신없이 커피를 내줄 때도 있지만 하염없이 손님을 기다리는 것도 바리스타에겐 익숙한 일이다. 카페 한켠을 가득 채운 노란색 도이치 그라모폰 라벨을 단 LP를 턴테이블에 올리는 것은, 곰다방 시절 기다림을 이기는 그만의 방법이었다. 음악을 듣기에 참 좋았던 그 시절은 그를 더 깊은 고전음악의 세계로, 현대음악의 세계로 이끌었다.

아르보 패르트가 작곡가로 활동하는 ECM 레이블의 음악을 듣기 시작한 것도 그즈음이었다. 그 시절 곰다방에 있던 키스 자렛Keith Jarrett의 쾰른 콘서트 앨범과 일본 여행 때 들렀던 월광다방에서 들은 안야 레흐너Anja Lechner의 음반은 아직도 바리스타 권요섭이 손에 꼽는 다방 음악이다. "사람은 커피나 음악이 없어도 잘 살 거예요. 하지만 한 번이라도 그 아름다움을 경험한 사람은 그것들이 인생의 큰 지향점이 됩니다." 물론 모든 사람이 그 아름다움을 이해하는 것은 아니다. 하루는 볼륨을 높여 말러의 2번 교향곡 '부활'을 틀어놓고 있었다. 그때, 문을 열고 들어온 손님이 이렇게 말하더란다. "아, 이래서 여기가 헬이군요!" 또 이런 일화도 있다. 아르보 패르트의 음악을 틀어놓자, 한 손님이 조심스럽게 그에게 다가와 음악을 전공했는지 물었다. 그가 아니라고 대답하자 손님은 "음악 전공자가 아닌데 아르보 패르트를 듣는 건 난생처음 보네요"라며 웃음을 지었다고.

권요섭은 모든 사람에게 자신의 음악 취향을 이해시킬 수 없다는 것을 알고 있다. 아이돌 음악이나 유행가를 튼다고 가게를 찾아오는 손님이 크게 달라지지 않는 것처럼 말이다. 그저 묵묵히 자신이 지향하는 아름다운 순간을 위해 커피를 볶고 음악을 틀다 보면 사람들도 조금씩 그가 만드는 순간에 고개를 끄덕여주리라 믿는다.

그래서 그는 매장의 문을 열고 가장 먼저 그날의 커피 상태를 살피고, 하루를 함께할 음악에 대해 머리가 빠지도록 고민한다. 그리고 아무리 바쁜 와중이라도 수북하게 쌓인 수백 장의 음반을 뒤적여가며 선곡하는 일을 잊지 않는다. 그중에서도 그가 가장 자주 찾는 ECM 레이블의 음반은 가장 아름다운 순간을 정성스럽게 담아내는 소규모 레이블이라는 점에서 권요섭의 커피 철학과 닮았다. ECM의 엔지니어들은 기존 음악의 범주로는 포착되지 않는 소리들을 담기 위해 고요한 산 속의 교회를 찾아 녹음하기를 마다하지 않는다.

그가, 번거로움을 무릅쓰고 1킬로그램이 안 되는 작은 용량의 통돌이를 돌리는 이유도 마찬가지다. 손으로 전해지는 감각으로 기계식 로스터로는 포착하지 못하는 미세한 변화를 잡아내기 위해서인 것이다. 드립커피 주문이 들어오면 그는 기름진 강배전 원두를 곱게 갈아 숙련된 손놀림으로 한 모금이면 충분한 잔에 커피를 담아낸다. 그렇게 내린 커피를 마시면 미묘한 맛의 범주가 세심하게 선곡한 음악소리와 함께 혀에 맴돈다. 그 순간 마주할 아름다움은, 바리스타 권요섭이 처음 곰다방에 들러 마주했던 완벽한 순간, 말러의 음악과 함께했던 아름다운 순간에서 그리 멀지 않은 곳에 있을 것이다.

⬬ 이탈리아의 맛과 수트를 입은 바리스타

무라카미 하루키의 〈국경의 남쪽, 태양의 서쪽〉에서 주인공 하지메는 '로빈스 네스트'라는 작은 재즈 바를 운영한다. 평소에는 차려입는 걸 좋아하지 않지만 바에 있을 땐 늘 수트를 갖춰 입었는데, 자신처럼 수트를 차려입은 손님들이 찾아오길 바라기 때문이다. 헬카페의 바리스타 임성은(1983년생)도 늘 셔츠에 타이를 맨다. 여기에 친구들이 손수 제작해 선물한 앞치마까지 갖춰 입는 그 또한 하지메처럼 차림새를 신경 쓰는 섬세한 취향의 손님을 기다린다. 매일같이 입을 셔츠와 타이를 고민하고 앞치마를 두르는 일이 번거롭지 않은지 묻자, 그는 에스프레소를 쫓아 떠난 이탈리아 여행에 대해 이야기해주었다.

이탈리아로 여행하기를 결심한 것은 2008년이었는데, 그가 스타벅스 아르바이트를 거쳐 또 다른 프랜차이즈 카페에서 점장을 하고 있을 때였다. 본격적인 프로페셔널 바리스타의 길을 걷기 위해 임성은은 스타 바리스타의 요람이었던 '카페 뎀셀브즈'에 들어가기로 결심했고, 한계를 느끼고 있던 프랜차이즈 매장을 그만두었다. 그리고 새로운 직장으로의 출근을 앞둔 짧은 공백기에 에스프레소의 요람에서 자신의 가능성을 가늠해보고자 이탈리아로 떠났다.

예상대로 이탈리아의 에스프레소는 깊은 맛을 보여주었지만, 그 비결은 오래된 에스프레소 머신이나 유서 깊은 레시피 따위가 아니었다. 그가 보기에 이탈리아 사람들은 누구든 옷차림에 신경을 썼

고, 걸음걸이엔 여유로움이 넘쳤다. 집집마다 창가에 놓여 있는 꽃은 언제든 맛있는 에스프레소를 깊이 음미할 수 있는 손님들이 있다는 걸 의미했다. 풍요로움이 넘치는 카페에서 바리스타는 언제든 커피를 마실 준비가 된 손님들에게 맛있는 에스프레소를 뽑아줄 수 있었던 것이다. 그에게 영감을 주었던 것은 이뿐만이 아닌데, 2009년 바리스타 국가대표 선발전 본선에서 그가 선보였던 '얼음 미끄럼틀'은 여행 당시 우연히 방문한 '피티워모'에서 얻은 아이디어다. 세계의 온갖 멋쟁이들이 자신의 섬세함을 자랑하는 패션 박람회 '피티워모'의 애프터 파티에서, 잊지 못할 맛을 전해준 보드카가 화려한 얼음 미끄럼틀을 통해 내려왔다. 그 순간, 그는 먹고 마시는 것 또한 섬세하게 차려입는 일과 다르지 않다고 생각하게 됐다.

그래서 그는 셔츠가 땀에 흥건히 젖을 정도로 긴장감 넘치는 그 순간에도 심사위원들 앞에서 장미를 들었고, 얼음 미끄럼틀을 타고 내려온 음료를 서빙하고자 했다. 이 모든 기획의 목표가 화려함으로 다른 이의 시선을 끄는 것뿐이었다면, 시연 도중 실수로 얼음 미끄럼틀이 떨어졌던 그 순간 그는 시연을 멈췄을 것이다. 하지만 모두가 웃음을 참지 못했던, 결선 탈락이 결정된 그때에도 그는 자신의 시연을 끝까지 매듭짓고자 했다. 자신 앞에 있는 손님들에게 완성된 한 잔의 커피를 내놓는 것은 바리스타가 해야 하는 궁극의 일이라고 생각했기 때문이다. 이런 마음가짐 덕분에 그는 2010년 바리스타 국가대표 선발전 결승에 올랐고, 쟁쟁한 스타 바리스타들 사이에서 3등 트로피를 들 수 있었다. 권요섭과 함께 매장을 열고 난 후에도 그는 메뉴의 완성도를 높이는 일에 심혈을 기울였다. 덕분에 헬카페를 찾은 손님들은 눈앞에서 우유를 부어주는 푸어링pouring을 통해 라테의 질감을 생생하게 느낄 수 있고, 직접 끓인 캐러멜이 들어간 마키아토의 깊은 맛을 경험할 수 있다.

☕ 삶의 가장 작은 부분, 커피와 앞치마

손님을 맞이하기에 앞서 옷차림에 신경 쓰고, 앞치마를 두르는 일은 바리스타 임성은이 지향하는 커피와 맞닿아 있다. 특히 가죽 스트랩과 셀비지 데님selvedge denim이 맵시를 이루는 그의 앞치마는 세 분야 전문가의 손길이 들어갔는데, 그가 지향하는 인생과 커피를 대변하는 도구이기도 하다. 전체적인 디자인과 원단은 수트 전문가 브라운.오씨Brown.OC 신오철 대표가, 가려져 있지만 은은한 질감이 돋보이는 목끈은 넥타이 전문 스토어 클라스티지CLASSTAGE가, 오래 써도 변하지 않은 깊은 맛을 간직한 가죽과 이를 고정하는 리벳은 가죽 디자인숍 제프JEFF에서 각각 도움을 주었다. 이탈리아 여행 이후 만난 이 인연들은 임성은이 '삶의 가장 작은 부분까지도 함께 즐길 수 있는' 친구들이다. 그가 매장을 열었다는 소식을 듣고 세 명의 친구는 최고의 재료들로 그의 커피를 닮은 앞치마를 만들어 선물한 것이다.

"커피를 싫어해도 카페를 할 수 있어요. 하지만 사람을 싫어하면

할 수 없습니다." 프랜차이즈 카페와 바리스타 국가대표 선발전을 거쳐 헬카페를 열기까지, 그는 인생의 순간을 즐기고 사랑하는 법을 배웠고 부끄럽지 않은 커피를 내놓을 수 있게 되었다. 매일같이 매장에 놓을 꽃을 고민하며 삶의 섬세한 순간을 즐길 수 있는 커피를 내리다 보면, 앞치마를 만들어주었던 친구들처럼 그의 커피 맛을 이해하는 사람들로 가게는 가득 찰 것이다. 이제 바리스타 임성은에게 이상적인 삶은 가장 뛰어난 바리스타가 되는 것, 궁극의 커피 한 잔을 내리는 것이 아니다. 그는 2년 동안 이태원에서 고개 하나를 넘어야 올 수 있는 작은 가게에서 살아남을 수 있도록 찾아준 많은 친구들에게 부끄럽지 않은 커피를 내리는 게 목표라고 말한다. 그리고 세월이 녹아든 앞치마에 자연스럽게 주름이 들듯, 번거로움을 즐길 수 있는 친구들과 멋지게 늙고자 한다.

원두를 볶을 때 뿜어져 나오는 자욱한 연기만큼이나 빼곡하게 쌓여 있는 바리스타 권요섭의 음반들, 이제는 제법 길이 들어 바리스타 임성은의 흔적이 가득 새겨 있는 앞치마. 두 사람이 고른 물건들은 그들이 얼마나 섬세한 취향을 가지고 있는지 설명해준다. 헬카페의 확장된 공간에는 그동안 미처 담지 못했던 그들의 또 다른 취미들로 가득 채워졌는데, 커다란 테이블 위에 놓인 바카라 꽃병과 벽면 가득 친구들이 기증한 옷걸이는 바리스타 임성은의 물건이다. 곰다방 시절의 사운드를 재생하기 위해 어렵게 구한 탄노이 아룬델 스피커와 섬세한 앰프 조합은 바리스타 권요섭이 가장 아끼는 물건이기도 하다. 지옥보다 더 지옥 같은 고단한 하루, 원두 볶는 연기가 가득한 공간은 이렇게 두 바리스타의 깊은 취향으로 카페를 찾는 이들을 위로해주고 있다. 그래서 헬카페를 찾는 사람들은, 그 시간만큼은 커피와 음악에 온전히 취할 수밖에 없다. 시시각각 변하는 날씨와 햇빛에 따라, 찾는 손님에 따라, 오늘도 헬카페의 커피와 음악은 섬세하게 변화한다. 강배전 드립커피부터 캐러멜 마키아토까지, 몬테베르디부터 김추자까지.

+ 헬카페 로스터스
서울시 용산구 보광로 76 / 010-4806-4687 /
평일 08:00~22:00(주말·공휴일 12:00~22:00) / 명절 당일 휴무

KWON YO SEOP

1 홍대 '커피 볶는 곰다방'의 커피와 음악이 그를 커피로 이끌다. **2** 손님들의 조곤조곤한 말소리 사이로 침묵 같은 패르트의 음악이 울려퍼질 때가 카페에서 맞이하는 가장 아름다운 순간. **3** 말러 교향곡 9번을 닮은 농후하고도 깊은 맛의 블렌드. **4** "사람은 커피나 음악 없이도 잘 살 거예요. 하지만 한 번이라도 그 아름다움을 경험한 사람은 그것들이 인생의 지향점이 됩니다." **5** 작은 용량의 통돌이를 돌리는 건 기계식 로스터로는 포착하지 못하는 미세한 변화를 손으로 잡아내기 위해서. **6** 카페에 있는 수백 장의 음반을 뒤적이며 그날 틀 음악을 선곡하는 것은 그의 커피를 완벽하게 만들어줄 필수적인 준비다.

LIM SUNG EUN

1 프랜차이즈 커피 매장에서 한계를 느껴 이탈리아로 떠남. **2** 타이를 매고 수트를 입다. 언제든 맛있는 에스프레소를 음미할 수 있는 손님을 기다리는 마음. **3** 손님들의 눈앞에서 우유를 부어주는 라테, 직접 끓인 캐러멜이 내는 깊은 맛의 마키아토. **4** 2009년 바리스타 국가대표 선발전에서 '얼음 미끄럼틀'을 시연했으나 실패, 그럼에도 한 잔의 커피를 내놓는 것이 바리스타. **5** "커피를 싫어해도 카페를 할 수 있어요. 하지만 사람을 싫어하면 할 수 없습니다." **6** 친구들이 선물해준 앞치마는 임성은의 커피 인생이자 지향. 친구들에게 부끄럽지 않은 커피를 내리는 게 그의 목표다.

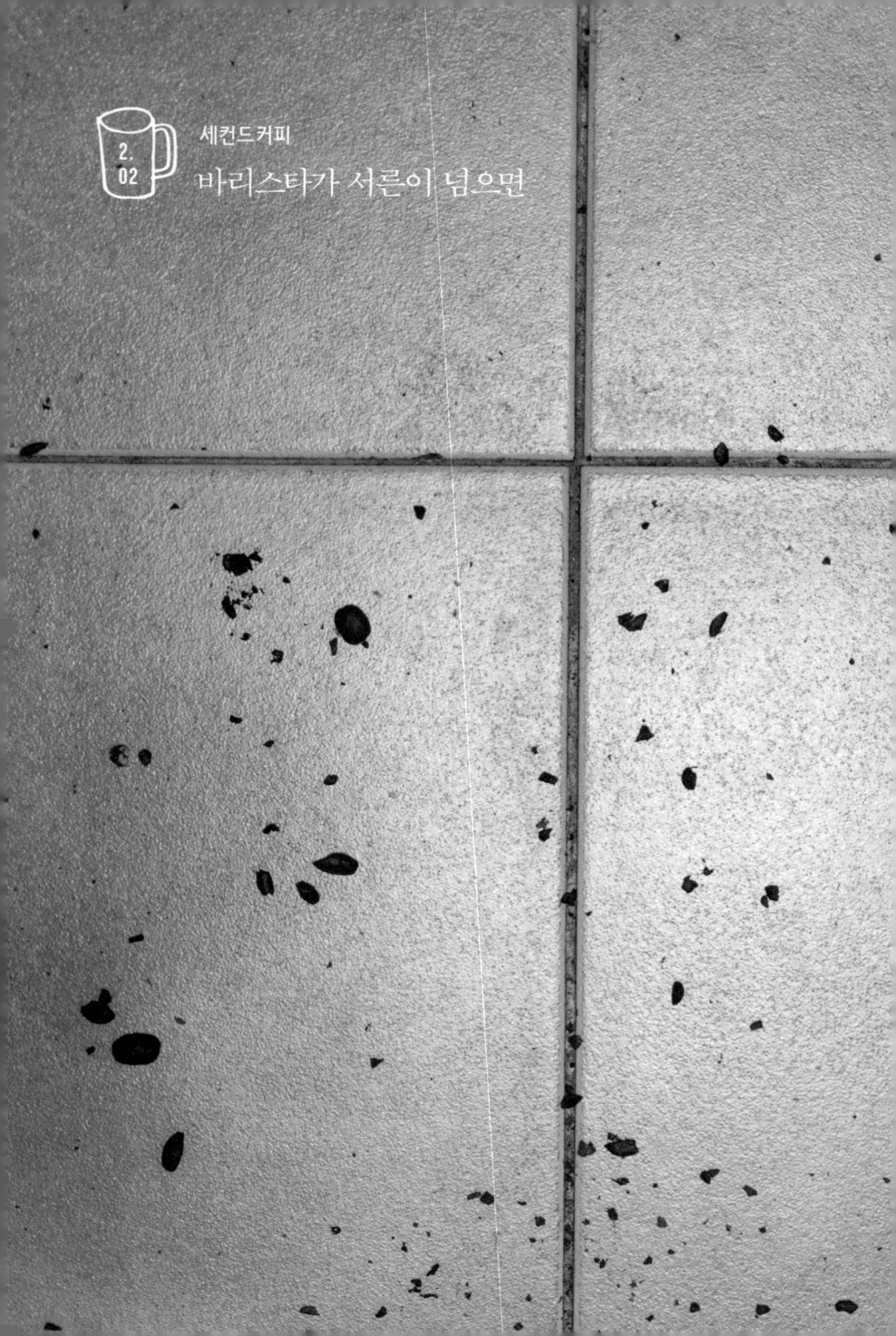

　　　　　수유동 화계사로 들어가는 길목에는 '두 번째 잔은 당신의 취향에 맞춰드립니다'라는 의미로 이름을 지은 세컨드커피가 있다. 가게를 주로 찾는 손님은 화계사 스님들, 북한산을 찾은 등산객 무리, 편안한 옷차림에 슬리퍼가 눈에 띄는 동네 주민들. 때문에 '커피 좀 한다'는 소문을 듣고 처음 세컨드커피를 찾은 사람들은, 짙은 초록색 미닫이문을 열고 나서는 대웅전을 방불케 하는 경건함과 오래된 동네 다방에서 풍기는 단출함이 동시에 느껴지는 분위기에 놀라기도 한다.

　　하지만 메뉴판에 있는 어떤 커피 메뉴라도 주문해 맛을 본다면, 깊고 풍부한 단맛이 매력적인 범상치 않은 한 잔과 마주할 것이다. 다시 한 번 한 모금, 부드러운 질감과 깊은 보디감이 혀를 사로잡으면, '이 카페, 범상치 않네?'라고 느낄 것이다. 그렇다면 정답! 스타 바리스타는 아니지만 세컨드커피의 바리스타와 로스터가 커피업계에서 쌓아온 경력은 합쳐져 20년에 가깝다. 각종 커피 대회 출전과 입상 경력도 다수. 두 명 모두 숨 쉴 틈 없이 커피를 뽑아내기로 유명한 '카페 템셀브즈'에서 몇 년 동안 바와 로스팅실을 책임졌다. 이만하면 '잔뼈가 굵은 프로 바리스타'라는 수식어가 자연스럽다. 충분히 화려해도 될 법하지만, 세컨드커피는 스페셜티 커피를 취급하는 카페가 내세우는 그 어떤 화려함도 없이 누구나 찾을 수 있는 편안한 커피를 지향하며 카페의 문턱을 낮췄다. 스페셜티 커피 시장이 하루가 다르게 성장하면서, 자신들의 커피가 특별하다고 내세우는 카페가 많아지고 있다. 때문에 사람들에게 스페셜티 커피는 '고급 취미'로 오해받으며 스스로 진입장벽을 세우고 있다. 하지만 세컨드커피는, 스페셜티 커피란 가장 섬세하고 특별한 당신을 위한 것이라며 편안하게 커피 한 잔을 내미려고 한다.

◎◎ 인생을 바꾼 에스프레소

김정회(1984년생)를 바리스타의 길로 이끈 것은 발음하기도 어려운 이탈리아 원두로 만든 한 잔의 에스프레소였다. 또렷이 기억나는 그 커피 한 잔을 만난 것은 민들레영토에서 아르바이트를 하던 2006년의 일이었다. 우연하게 마시게 된 '아르카페'의 고르고다 블렌드로 만든 그 에스프레소 한 잔은 김정회의 인생을 바꾸어놓았다. 당시만 해도 에스프레소를 그냥 마시는 일은 흔치 않았는데, 고등학교 시절 다방에서 무심코 시킨 에스프레소가 너무 써 물과 함께 꾸역꾸역 목

구멍으로 밀어넣었던 기억이 전부였던 그에게, 그 한 잔은 충격에 가까운 맛이었다. 작은 스푼으로 설탕을 두 번 넣고 꿀떡 삼켰던 에스프레소는 말 그대로 비터스윗의 결정체였다. 그 한 잔에 김정회는 관세사 자격증 준비를 그만두고 커피 일을 하기로 결심했다. 그리고 입 안에 맴도는 에스프레소의 잔향을 따라 종각에 있었던 '카페 무세띠'에 취직했다. 회사의 사정으로 3개월 후에 문을 닫아 나올 수밖에 없었지만, 그 시절 자신에게 주어진 서비스 커피를 전부 연습용으로 내어준 매니저 덕분에 꾸준히 실력을 쌓아 '카페 뎀셀브즈'에 이력서를 낼 수 있었고, 바리스타로서의 인생을 본격적으로 시작하게 되었다.

그해는 마침 카페 뎀셀브즈에서 국가대표 바리스타 선발전 챔피언을 탄생시킨 때였다. 이어진 세계대회 참가를 통해, 카페 뎀셀브즈는 스페셜티 커피로 말미암은 세계 커피 시장의 큰 변화를 인식하고 발 빠른 개혁을 시작했다. 해외 유명 로스터의 원두를 테이스팅하고 매장 고유의 에스프레소 블렌드를 만들기 위해 새로이 로스팅실 '벙커'를 연 시점이 그때, 바리스타 김정회는 운이 좋게도 이 과정을 함께했다. 또 카페 뎀셀브즈의 바리스타들은 1년 동안 거의 매일 밤을 지새우며 각종 대회를 준비했는데, 대회 출전 당사자가 아니면 택시비 지원도 없었지만 모두가 서로를 돕기 위해 마감이 끝난 가게에 남아 복작이며 연습을 했다.

이런 분위기에서 자연스럽게 김정회의 목표도 바리스타 챔피언이 되었고, 선수로 참가해 2010년과 2011년 대회에서 본선 진출에 오

르기도 했다. '카페 에티오피아'는 본선 진출에서 시연했던 바리스타 김정회의 시그니처 음료인데, 세 종의 다른 에티오피아 원두를 각각 프렌치프레스, 에스프레소, 핸드드립으로 추출해 섞어내는 혁신적인 메뉴였다. 대회 준비에 앞서서 동료 바리스타들은 그의 시그니처 음료에 높은 점수를 주었지만, 막상 대회에 나가서는 '시그니처 음료인데 커피 맛이 너무 강하다'라는 어처구니없는 이유로 1점만을 받아 본선 탈락을 하는 결정적 요인이 되었다.

그 대회가 끝나고 질펀하게 술을 마셨던 기억은 아직도 김정회의 기억에 선하다. "원래 술을 잘 못하는 편이었어요. 내성적인 성격이라 사람들과 잘 어울리지도 못했고요." 하지만 그날만큼은 한없이 흐트러질 수 있었다. 가장 힘든 순간을 함께했던 동료들과의 기억은 아직도 그에게 큰 힘이라고.

🍵 바리스타가 서른이 넘으면

바리스타 김정회가 시끌벅적한 종로를 떠나 고향이나 다름없는 수유동으로 돌아왔을 때, 자신보다 먼저 매장을 열었던 바리스타 친구는 이런 얘기를 했다. "서로가 필요할 때, 소주 한 병 정도는 사줄 수 있을 만큼만 벌자." 수없이 많은 밤을 지새우며 바리스타 대회를 준비했고, 정신없이 커피를 추출하던 20대의 시절에 비하면 소박한 목표지만, 그는 고개를 끄덕였다. 그 끄덕임에 대해 설명하기 위해, 그는 커피 하는 친구들과 소주 한 잔을 나눈 순간에 대해 이야기한다.

커피를 위해 사는 삶이 살기 위해 커피를 하는 삶으로 바뀐 30대, 바리스타들은 홀로 서기를 준비해야 한다. 아무리 큰 매장이라 하더라도 높은 임금을 줘야 하는 오랜 경력의 매니저는 부담이 될 터이다. 살아남기 위해서 이제 막 바에 들어선 20대 초반의 바리스타들과는 다른 것을 보여주어야 하지만, 커피를 추출하기만도 바쁜 매장에서 차별화는 한계가 있다. 자신만의 아이덴티티를 가지고 새로운 시작을 해야 하는 시기, 화려한 20대를 같이 보낸 바리스타 동료들과 나누는 술자리가 없다면 버티기 어려울 거라고 그는 말한다.

세컨드커피의 밑그림은 바리스타 김정회가 소주 한 잔의 우정을 나눈 동료들과 함께 커피를 즐기기 위한 커피랩에서 출발하였다. 카페 뎀셀브즈를 그만두고 나왔을 때부터는 대회 입상을 목표로 하지 않는 커피인들을 만날 기회가 종종 있었다. 그중에 마음이 맞는 몇몇 친구들과 술자리를 가지면서 그는 대회가 아니고도 커피를 할 수 있는 방법이 많다는 것을 알았다. 그러면서 마땅한 공간과 로스터만 있다면, 이 친구들과 시시때때로 모이며 커피로 살아남을 방법을 모색해 볼 수 있지 않을까 생각했던 것이다. 하지만 상상만 해도 즐거운 생각을 현실로 옮기면서, 세컨드커피는 운영비를 고민해야 했다. 그렇게 현실적인 문제들과 마주하면서 랩을 운영하는 일을 뒤로 미루고 원두 납품과 커피 판매를 위한 공간을 열었고, 그것이 지금의 세컨드커피다. 그렇다고 애초의 구상을 완전히 포기하지는 않았다. 지금도 세컨드커피를 비롯한 6개 매장의 바리스타들은 이따금씩 소주 한 잔을 핑계로 서로의 매장에 모여 커피로 가능한 새로운 시도들을 구상하곤 한다.

매장을 오픈한 지 얼마 지나지 않았을 때의 일이다. 그는 에스프레소 가격을 '1만 원'으로 적어두었는데, 새로운 매장이 문을 열면 커피 맛을 따지고 평가하는 일이 취미인 일명 '커쟁이'들의 태클이 싫었기 때문이다. 대회 우승을 위해 '궁극적인 한 잔'을 만드는 일도 의미 있지만, 결국에 바리스타들이 생각해야 하는 것은 모두를 위한 보편적인 커피여야 하지 않을까. 드럼을 제외하고 거의 모든 부분이 고장이 나서 고쳐야 했음에도 낡은 69년식 프로밧 로스터를 구매한 이유도 바로 이 때문이다. 구형 프로밧 로스터는 드럼이 2중 구조로 된 신형과 다르게 두꺼운 하나의 드럼으로만 이루어져 있어 단맛과 거친 느낌이 매력적인 커피를 뽑아내기 때문이다.

바리스타 김정회는 말한다. 챔피언을 꿈꾸던 패기 넘치는 바리스타에서 생존을 위해 매장을 꾸리는 서른의 바리스타가 된 지금의 모습이 싫지 않다고. 가장 힘든 순간에 소중한 사람들과 스스럼없이 마셨던 소주처럼, 누구에게나 편안한 커피를 내리고 싶다고. 카페를 찾는 많은 이들을 위해 커피를 내리다 보면, 이따금 찾아오는 친구 바리스타들에게 소주 한 병 사줄 수 있지 않겠느냐고.

그렇게 수유동에 자리를 잡았을 때, 그와 카페 뎀셀브즈의 시절을 함께 나누었던 바리스타가 합류했다. 생존을 위해 매장을 꾸리는, 서른이 넘은 또 한 명의 바리스타 류정윤이다. 지금이라도 당장 소주 한 잔 나눌 수 있는 오랜 동료 류정윤의 이야기는 한 대학교의 작은 카페에서 시작한다.

⬛ 시작은 그렇게 무모하게

"4학년인데 취업 준비도 안하고 여기서 커피나 내려서 되겠어?" 이

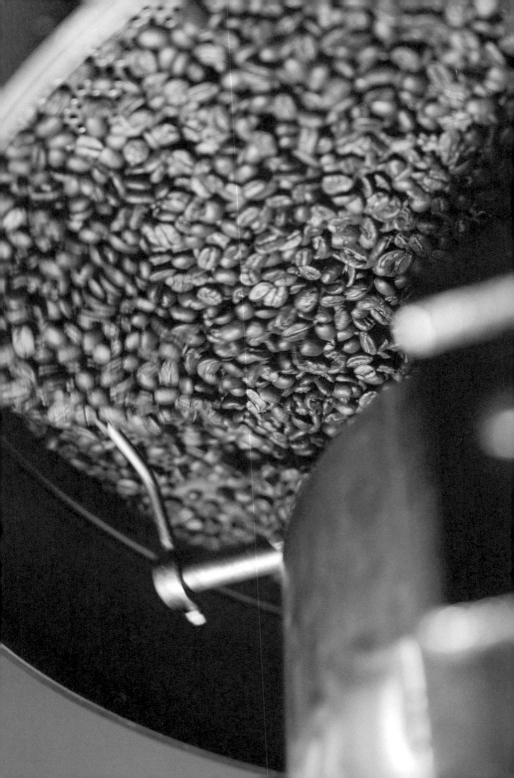

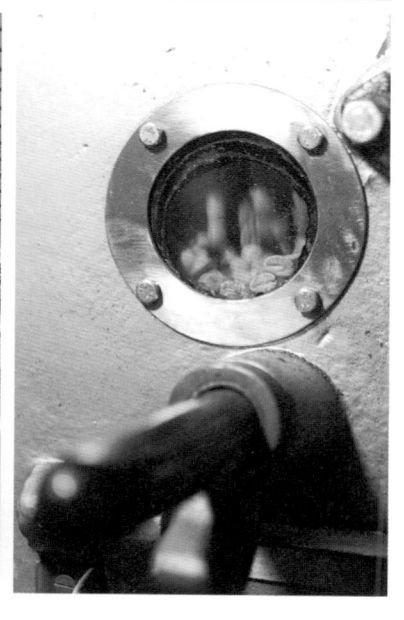

름만 대면 누구나 알 만한 유명한 교수가 새로 부임했는데, 자신이 일하는 교내 카페에 찾아와서 한다는 말이 이랬단다. '왜 커피로 먹고사는 게 안 돼?' 한창 커피를 뽑는 일에 재미가 붙었기에 더 오기가 생겼다. 그저 커피가 좋다는 이유만으로 시작했던 아르바이트는 독일 유학을 준비하던 대학생 류정윤(1981년생)의 인생을 완전히 바꿔놓았다. 생각해보면 시작도 참 무모했다. 본격적으로 커피를 시작하려고 마음먹었을 무렵 류정윤은 EBS의 한 다큐멘터리를 보다가 바리스타 대회가 있다는 사실을 알게 됐다. 그리고 졸업 후 교내 카페 아르바이트 경력만 가지고 무작정 대회에 나갔다. 아무런 준비도 없이 대회 연습실에 찾아갔을 때, 류정윤은 자신의 행동이 얼마나 무모한 것인지 그제야 깨달았다고 한다.

몇 년 후 챔피언이 된, 당시에도 프로 바리스타들 사이에선 유명했던 류정현 바리스타와 이름이 비슷해서 사람들의 주목을 받았던 일부터 시작해, 엉겁결에 나간 첫 대회는 모든 것이 부끄러운 기억으로 남아 있다. 작은 소득이라면 어리바리한 그에게 도움을 주기 위해 다가온 《월간 커피》 기자의 소개로 여의도의 '주빈커피'에서 본격적으로 커피를 시작하게 된 것이었다. 고된 업무로 2년을 채우지 못하고 그만두긴 했지만, 그곳에서 류정윤은 로스팅을 배울 수 있었다. 외국 커피 서적을 번역하거나 매장에 있는 각종 커피 관련 자료를 읽으며 프로 바리스타가 되기 위한 기초를 다진 것도 그곳에서였다.

가장 기억에 남는 것은 사장의 등쌀에 밀려 바리스타 대회에 다시 나갔던 일이다. 바쁜 매장 업무에 제대로 준비도 못했지만, 로스팅을 하며 쌓은 노하우로 직접 만든 블렌드를 들고 나가 본선에 오르는 성과를 냈다. 당시만 해도 해외 유명 커피회사의 원두를 사용하는 것이 대세였기에 그의 무모한 도전은 더욱 눈에 띄었을 것이다. 이런 모습 때문이었을까, 다니던 매장에 사직서를 제출할 무렵 류정윤은 로스터를 구하던 카페 템셀브즈에 경력직으로 입사 제안을 받았다.

☕ 때 묻은 분홍색 슬리퍼, 그리고 로스팅

지금은 세월의 때가 묻어 지저분해진 분홍색 아디다스 슬리퍼가 로스터 류정윤의 손에 들어온 게 그즈음이다. 카페 템셀브즈의 옆 건물 지하, '벙커'라고 불리던 로스팅실에서 하루 종일 커피를 볶는 것이 그의 일이었다. 수영 강사였던 동생이 자신에게는 맞지 않는다며 건네준 슬리퍼는 하루 종일 서 있어야 하는 로스터에게 가장 필요한 물건이었다. '자, 이제 커피를 볶아볼까?' 하며 벙커에 들어서서 자신의 발에 꼭 맞는 분홍색 슬리퍼로 갈아 신으면 마음이 편안해졌다고 한다. "그 후부터는 기승전전, 꾸준히 로스팅만 했어요." 두 번의 대회 경험이 있었지만, 승부욕도 부족했고 확신이 없는 상태에서 더 이상 무모한 도전을 하고 싶지 않았기에, 그는 백스테이지에 머물기로 했다.

그렇게 3년을 꼬박 채우고 카페 템셀브즈의 로스터 앞을 떠났을 때는 잠시 쉬고 싶다는 생각만 가득했다. 대학생 때의 경험을 살려

외국으로 나갈까도 생각했지만 우연한 기회에 조니워커스쿨에서 수업을 듣게 됐고 칵테일에 대해 배우면서 시간을 보내게 됐다. 카페 뎀셀브즈에서 일할 때, 술에 대한 감각이 남달라 보인다는 김세윤 대표의 추천으로 커피를 이용한 칵테일을 만드는 굿스피릿 대회에 출전해 좋은 성적을 받은 일이 있었기 때문. 이후 류정윤은 무소속으로 굿스피릿 대회에 나섰고 다시 한 번 수상했다. 카페에 있지 않아도 커피의 변두리에 머무는 인생, 질기고 질긴 커피와의 인연이 빛을 발하는 순간이었다.

'어떻게 또 여기까지 같이 왔구나.'

바리스타 김정회가 세컨드커피를 기획하던 즈음, 류정윤은 잠시 일을 도와준 후 다른 일터를 찾아볼 요량이었다. 딱히 도와달라거나 함께하자는 얘기는 없었지만, 오랫동안 자신이 볶은 원두를 내려온 동료의 새로운 시작을 돕기 위해서였다. 그렇게 그는 수유동으로 향했다. 그리고 아직 로스터도 도착하지 않은 카페에 짐을 들고 도착한 그 순간, 잃어버린 줄 알았던 그 분홍색 슬리퍼가 툭하고 떨어졌다. 그는 콩을 볶아야 하는 순간이 찾아왔다고 직감했다.

분홍색 슬리퍼가 발을 감싸자, 이곳이 새로운 커피 인생의 출발점이 될 수도 있겠구나 싶었다. 그렇게 그는 바리스타 김정회와 함께 매장의 미래를 설계하기 시작했다. 무모하게 시작한 커피 일은 이렇게 신기하게도 분홍색 삼선 슬리퍼처럼 그의 삶에 파고들었다가도 잠시 잊혀지고, 또다시 찾아왔다.

　서른이 넘어 홀로서기를 시작한 바리스타가 자신만의 아이덴티티를 살려 오픈한 매장이라고 하기에 세컨드커피는 소박하다. 손님들이 북적이는 역세권이 아닌 한적한 수유동 구석이라는 입지도 그렇고, 중후한 단맛을 강조한 안정적인 중배전 블렌드도 그렇다. 에스프레소 머신은 페마 E61, 로스터도 손길이 많이 필요한 69년형 빈티지 프로밧으로 욕심을 부리지 않은 선택이다. 평범하거나 혹은 욕심을 부리지 않은 것처럼 보이지만, 여기에는 두 사람의 커피 철학이 담겨 있다. 대회에 출전해 가장 화려하고 멋있는, 궁극적인 커피 한 잔을 만드는 일은 이제 그들의 목표가 아니다. 삶의 최전선에서 가장 많은 이들을 이해하는 커피를 만드는 일이 챔피언 트로피를 들어 올리는 것만큼 깊은 의미가 있고, 결코 쉽지 않은 일이라는 것을 알았기 때문이다. 범상치 않을 것 같았던 두 사람의 도구 선택 또한 다른 사람들에 비하면 평범하다. 하지만 소주와 삼선 슬리퍼라는 평범한 도구를 통해 두 사람은 특별할 것 같은 커피도 알고 보면 삶의 일부라는,

오랜 경험이 담긴 교훈을 전해준다.

그들의 이야기를 듣고 다시 세컨드커피를 찾았을 때, 묵직한 블렌드에서 뿜어내는 무게감 있는 단맛 뒤에서 살포시 찾아오는 과일 향에 감탄을 내질렀던 기억이 있다. 가장 평범한 것 같으면서도 아름다움을 가득 담은 그들의 커피는 그 어떤 스페셜티 커피보다도 스페셜하다. 자신들의 인생을 온전히 담아 타인의 취향을 조심스럽게 사로잡기 때문이다.

+ 세컨드커피

서울시 강북구 화계사길 15 / 070-8226-0012 /
10:00~22:00 / 화요일 휴무

KIM JUNG HOI

[1] 우연히 마신 에스프레소의 비터스윗을 맛보고 커피 일을 하기로 결심. [2] 카페 뎀셀브즈의 로스팅실을 지키다 2010, 2011년 바리스타 대회 본선 진출. [3] 단맛과 거친 느낌이 매력적인 커피를 뽑아내기 위해 낡은 69년식 프로밧 로스터 고집. [4] 생존을 위해 매장을 꾸리는 서른의 바리스타, 이 모습이 싫지 않다. [5] "화려한 20대를 같이 보낸 바리스타 동료들과 나누는 술자리가 없다면 버티기 어려울 거예요." [6] 커피 하는 동료들과 함께 마신 소주 한 잔이 그의 커피 인생을 지탱하게 해준다.

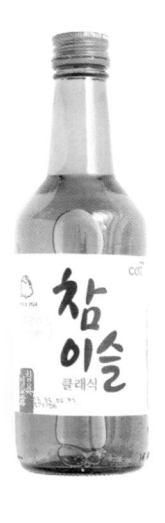

RYU JEONG YOON

1 "커피로 먹고사는 게 왜 안 돼?" 오기로 시작한 커피 인생. 2 카페 뎀셀브즈에서 동료들을 만나다. 3 커피를 이용한 칵테일을 만드는 굿스피릿 대회, 카페에 있지 않아도 커피 변두리에 머무는 질긴 인연. 4 삶의 최전선에서 가장 많은 이들을 이해하는 커피를 만드는 것. 5 "그 후부터는 기승전전, 꾸준히 로스팅만 했어요." 6 하루 종일 서 있어야 하는 로스터 류정윤의 발을 편안하게 감싸는 분홍 슬리퍼. 그 슬리퍼가 툭 떨어지는 순간, 그의 커피 인생 2막이 시작되었다.

외계인커피

가장 보통의 스페셜티 커피

길동역을 나와, 주택가와 상점들이 밀집한 골목 사이를 살펴보면 궁서체로 굵게 '외계인커피'라고 쓰인 간판을 볼 수 있다. 동네에 하나쯤 있을 법한 평범한 모습의, 복잡한 거리에 전혀 어색하지 않게 자리 잡고 있는 카페다. 그 문을 열고 들어서면 흰 종이 위에 어지럽게 쓰인 메뉴들이 보인다. 다양한 베리에이션 음료와 빙수 같은 메뉴들도 맛있지만, 외계인커피의 진수는 많은 메뉴들 사이로 수줍게 자리 잡은 드립커피다. 마음에 드는 원두를 선택하고 주문하면 금빛 테두리가 매력적인 클래식한 잔에 커피가 담겨 나온다. 여느 스페셜티 커피 하우스와는 다르게 구수하고 깊은 맛과 그 속에서 두드러지는 생동감 넘치는 생두의 특성은 남녀노소 누구라도 빠져들게 만든다. '강동의 별'이 되겠다며 문을 연 바리스타 겸 로스터 김동민(1984년생)의 외계인커피는 가장 평범한 스페셜티 커피를 지향하고 있다. 아무리 뛰어난 커피라도 사람들이 이해하지 못하면 동네에서 살아남을 수 없다는 철학이 들어 있는데, 이런 지향점 덕분인지 외계인커피는 5년이 넘는 시간 동안 길동 주민들의 사랑을 받으며 꾸준히 성장하고 있다.

스페셜티 커피 시장의 성장으로 커피는 고급 취미가 되었고, 카페들은 좀처럼 이해하기 힘든 언어와 맛으로 대중을 이해시키려 하고 있다. 하지만 이런 카페들의 접근 방식은 아직 스페셜티라는 단어가 낯선 많은 이들에게 진입장벽을 만들고 있다. 바리스타 김동민은 이럴수록 단골들의 입맛에 집중해야 한다고 말한다. 그들에게 일상이 될 수 있다면 그게 가장 옳은 스페셜티 커피라면서 말이다. 이렇게 외계인 커피는 '적당히 빈틈이 있고 허술한 커피'로 우리 스페셜티 커피 업계에 새로운 대안을 제시하고자 한다.

⚙️ 프렙, 커피를 내리기 전에 준비해야 할 것들

'프렙'prep, preparation의 줄임말은 본격적인 요리에 앞서 재료를 알맞게 손질하는 작업을 의미한다. 스무 살의 김동민은 이 프렙의 매력에 빠져 요리를 시작했다. "카페 문을 닫고 집에 돌아와 눈을 감고 있으면 종종 칼과 도마가 생각납니다. 커피는 저에게 정성스럽게 재료를 손질하는 그 순간에 느꼈던 쾌감을 다시 상기하는 작업이랄까요." 커피를 하는 데 가장 영감을 주는 물건이 무엇이냐는 질문에 그는 칼과 도마를 꺼내들었고, 주방에 들어서던 그 순간을 늘 기억하며 바에 들어가 커피를 내린다고 설명했다. '커피는 요리다'라는 말은 그래서 그에게 더욱 와 닿는 말이다. 생두를 고르는 일부터 로스팅과 추출 준비에 이르기까지, 바리스타에게는 프렙의 중요성이 남다르기 때문이다. 고등학교 시절부터 꿈꿔온 요리사의 길을 접고 바리스타가 되기로 결심했던 이유도 바로 한 잔을 위해 오랜 정성을 들이는 '커피 프렙' 때문이었다.

김동민이 일하던 식당에는 실력 있는 요리사 선배들이 있었고, 그들은 항상 "어머니에게 차려드리는 마음으로 한 접시의 실수도 없이 요리를 하라"고 말했다. 하지만 레스토랑의 오너는 항상 원가절감을 이야기했고, 쏟아지는 손님들을 상대하기에는 정성을 들일 시간이 부족하기도 했다. '내가 원하던 요리는 이런 것이 아니야!'라고 생각하게 됐을 때 그는 '학림다방'에 들렀고, 한 잔의 커피를 위해 갖은 정성을 다하는 바리스타의 모습을 눈에 담았다.

하지만 현실을 깨닫기까지는 그리 오랜 시간이 걸리지 않았다. 일하던 레스토랑에 당당하게 사직서를 내고 김동민이 출근한 곳이 한 프랜차이즈 카페였기 때문이다. 몰려드는 손님에게 정신없이 메뉴를 내주는 일만이 가득한 그곳에서의 일은 바쁜 식당과 별다를 바 없었고, 그는 곧 매너리즘에 빠졌다. 조금만 더 해보자는 심정으로 '클럽 에스프레소'에 지원했을 때도 바쁜 일상과 매너리즘은 크게 달라지지 않았다. 커피에만 매달린 아들이 매일 지친 모습으로 집에 돌아오는 것을 탐탁지 않게 여긴 부모님의 반대까지 겹치자 모든 일을 접을 수밖에 없었다. 그리고 나서 1년 남짓의 시간을 하릴없이 지내던 그가 갑자기 카페 일을 시작하게 된 것은 친구를 따라간 '주빈커피' 사

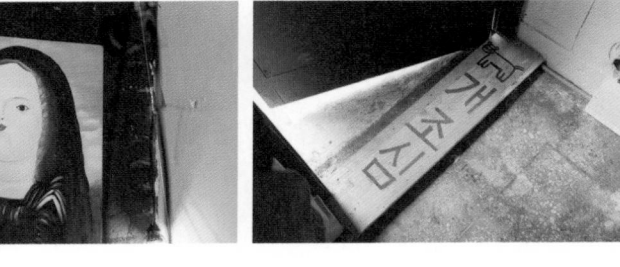

장과의 만남 때문이었다.

"그런데 함께 온 저 친구는 직업이 뭔가?"라고 주빈커피 사장은 운을 띄웠고, 커피를 하다가 지금은 쉬고 있다는 그의 말에 "그럼 내일부터 와서 일해"라고 말했던 것이다. 다른 일을 찾지 못하고 있던 그는 그날로 주빈커피에 출근했고, 사장의 남다른 관심을 받으며 일할 수 있었다. 클럽에스프레소에서 일했을 때 김동민은 커피 원산지에 대해 자세하게 공부할 기회가 있었는데, 이를 눈여겨본 주빈커피의 사장은 그에게 더 많은 것을 알려주려고 했기 때문이다. 덕분에 커피에 대한 열정이 식어가고 있던 바리스타 김동민은 가장 완벽한 프렙을 꿈꾸던 처음의 마음으로 커피를 다시 시작할 수 있었다.

주빈커피에서의 2년은 김동민에게 뜻 깊은 시간이었다. 당시 주빈커피에서는 커피를 다룬 다양한 외서를 번역하는 작업을 하고 있었다. 이 작업에는 동료 직원들과 사장이 모두 참여했고, 김동민은 그들과 함께 번역을 위한 공부를 하며 커피에 대한 지식을 더 탄탄하

게 할 수 있었다. 더불어 우리나라에 스페셜티 커피 개념이 도입되는 시점에서 사장의 제안으로 COE 옥션에 참가하기도 하면서, 좋은 재료로 완벽한 한 잔의 커피를 만들 수 있다는 꿈도 꿀 수 있었다. 바리스타 대회에 참가하는 것은 그중에서도 그가 가장 즐기던 일이었다. 당시 유행하기 시작한 스페셜티 커피를 이해하고, 대회에서 좋은 성적을 얻기 위해 동년배 바리스타들과 '커피 A 크루'를 만들고 멤버들이 커피 연구를 하거나 대회를 준비할 수 있는 랩을 오픈했던 것도 그때. 주빈커피와 커피 A 크루를 오가며, 김동민은 그동안 꿈꿔왔던 일들을 하나둘씩 실현해나가기 시작했다.

말썽쟁이 아들에서 바리스타 엄친아로

그러나 꿈의 실현이 그리 녹록지는 않았다. 최선을 다했던 대회에서는 본선 진출 이후 이렇다 할 성적을 얻지 못했고, 새로이 준비했던 카페도 제대로 빛을 내지 못하고 내리막길을 걸었기 때문이다. 그때 바리스타 김동민은 더 이상 요리와 커피를 하지 않겠다는 생각까지 하게 되었다. 바리스타를 제대로 된 직업으로 보지 않았던 부모님의 시선 또한 그의 발목을 잡았다. 이번에는 정말로 커피를 떠날 때가 왔다고 생각했다. 그는 커피와 관련된 일들을 접으며, 랩에 마련해 두었던 물품들을 하나둘씩 정리하기 시작했다.

커피 기구를 정리하고 있다는 사실을 알게 된 부모님은 그에게 뜻밖의 제안을 했다. "사업계획서 한 번 써봐"라는 것이었다. 동네 카페에까지 스페셜티 커피 붐이 일어나기 시작한 그때, 김동민은 동네 아주머니들 사이에서 '바리스타 엄친아'로 통했다. 이제 막 바리스타의 꿈을 안고 커피를 시작한 또래들에 비해서 경력도 많고 바리스타 대회 본선 진출 경험까지 있었기에 어른들 사이에선 선망이 대상이 되었던 것이다. 줄곧 그가 커피 일을 하는 걸 반대하던 부모님이지만, 동네 사람들 사이에서 스타 바리스타가 되자 아들을 적극 후원하게 된 것이다.

예상치 못한 부모님의 지원으로, 바리스타 김동민은 두 번이나 그만두려 했던 커피를 다시 시작하게 되었고, 자신의 이름을 건 가게를 열 수 있었다. 가게의 콘셉트와 목표는 '강동구의 별' 같은 카페가 되는 것이었는데, 당시 강동구 주변에는 스페셜티 커피를 다루는 로스터리가 많지 않았다는 점을 공략한 것이다. 결론부터 말하자면 길동 외계인커피는 꾸준한 성장 속에 가게 확장을 하였고, 최근에는 성

내동에 2호점을 오픈하면서 강동구민의 사랑을 받는 '별 같은 카페'가 되었다. 바리스타 김동민은 '동네 사람들의 눈높이에 맞는 커피'가 비결이라고 귀띔하며, 대회에 나가듯 완벽한 커피를 추구했다면 외계인커피는 이미 문을 닫았을 거라고 말한다.

"바리스타 챔피언의 커피가 100층 꼭대기의 커피라면, 외계인커피의 커피는 지상 1층 정도에 있을 겁니다." 그렇다면 도마 위의 오른 재료에 최선을 다해, 완벽한 한 잔의 접시를 만들겠다던 그의 결심은 어디로 간 것일까. 그는 어느 날 가게의 매출을 확인하다가, 커피만을 찾는 손님들만 신경 쓰면 위험해지겠다는 생각을 하게 됐다. 그때 그는 처음으로 최고의 커피를 팔기 위해 온 신경을 집중하던 시선을 카페의 생존으로 돌렸다. 아무리 맛있는 커피라도 사람들이 마셔주지 않는다면 결국 카페는 문을 닫을 것이기 때문이다.

그는 아직 스페셜티 커피에 익숙하지 않은 동네 사람들의 취향을 고려한 카페를 만들기로 결심했다. 당장 여름 특선 메뉴로 빙수를 시작했고, 화려하고 산도 높은 스페셜티 커피 맛에 익숙하지 않은 사람도 어색하지 않게 즐길 수 있는 블렌드를 개발해 밸런스를 맞추었다. 그렇게 가게의 메뉴들을 바꾸던 즈음, 그는 최선의 요리는커녕 원가 걱정만 한다며 뛰쳐나온 10년 전의 주방을 생각했다. "저 스스로는 만족하지 못했지만, 그 식당을 찾았던 손님들은 항상 웃으며 문을 나섰다는 생각이 그제서야 들었어요." 직업 바리스타로 10년 동안 커피를 해온 사람과 그렇지 않은 사람의 입맛은 분명 차이가 있을 것이다. 마땅한 스페셜티 커피를 내는 카페가 없는 곳에서 자신만 알고 있는 맛을 추구한다면 그건 아집일 것이다.

"멀리 이사 갔지만, 이 집 커피 맛이 그리워 찾아왔어요. 아직까지 있어줘서 고맙습니다!" 강동구 길동에는 유난히 신혼부부들이 많이 산다. 한동안 소식이 없다가 다시 찾아와서 이런 말을 남기고 간 부부도 길동에 살던 외계인커피의 단골이었다. 바리스타 김동민은 이 말이 카페를 하면서 가장 오래 기억에 남는다고 한다. 100점짜리 커피를 위해서 끊임없이 노력하는 바리스타 선수들도 있지만, 대중의 입맛을 이해하고 언제든 편하게 마실 수 있는 커피를 내리는 바리스타도 있어야 한다고 그는 말한다. 스무 살의 김동민은 도마 위에서 완벽한 요리를 만들고자 했지만, 서른이 훌쩍 넘은 그는 더 이상 그런 꿈을 꾸지 않는다. 대신 자신의 요리를 이해할 손님들을 생각하며, 그들과 함께 발맞춰 변해가는 요리를 생각하고 있다. "먼 길을 돌아 이제야 이해하게 된 것 같아요. 가끔씩 주방으로 다시 돌아가는 상상도 한답니다." 프렙을 이해하는 데 꼭 10년이 걸렸다. 이제 그는 혹독하게 이해한 프렙으로 사람들의 입맛을 사로잡고자 한다.

커피도 요리와 같은 시선으로 바라봐야 한다는 말은, 스페셜티 커피 시장이 열리면서 높아진 커피의 위상을 보여준다. 커피가 진짜 요리가 될 수는 없지만, 요리를 준비하는 과정만큼이나 한 잔의 커피에도 과학적인 접근과 섬세한 손길이 필요하기 때문이다. 또 요리의 개념에 빗대어 커피에 접근하다 보면 더 맛있는 커피가 무엇인지 명확하게 이해할 수 있게 된다. 가령 맛있는 생고기를 레어로 먹는 것처럼 질 좋은 생두를 약배전한다는 개념을 예로 들 수 있다. 바리스타 김동민이 자신의 커피 인생을 위한 도구로 '칼과 도마'를 얘기했을 때, 나는 그가 누구보다도 '커피는 요리다'라는 말을 잘 이해할 수 있는 사람이라고 생각했다. 외계인커피가 기본을 지키는 레시피를 강조하며 '지상 1층'의 커피를 표방할 수 있는 것은 주방에서 일해본 바리스타 김동민의 경험 때문이다. 외계인커피의 2호점 오픈은, 그의 접근이 얼마나 성공적이었는지를 구구절절 설명하지 않고도 보여준다. '커피는 요리다'라는 말을 하면 사람들은 으레 비까번쩍한 호텔 레스토랑의 고급 요리를 생각한다. 하지만 신선한 재료로 소박한 반찬을 만드는 식당에서 매일 점심 때 먹는 백반 또한 요리다. 외계인커피는 이처럼 백반집을 찾듯 편안한 마음으로 누구든 찾을 수 있는 카페를 꿈꾸고 있다.

+ 외계인커피
서울시 강동구 진황도로47길 67 / 010-2050-6267 /
평일 08:00~24:00(주말·공휴일 12:00~24:00) / 연중무휴

KIM DONG MIN

[1] 한 잔의 커피를 준비하는 데 정성을 다하는 학림다방 바리스타에게서, 프렙의 쾌감을 느끼다. [2] 바쁜 일상과 매너리즘, 본선 진출 이후 이렇다 할 성적을 얻지 못한 바리스타 대회. [3] '바리스타 엄친아', 부모님의 후원에 힘입어 '강동의 별' 같은 카페를 꿈꾸다. [4] 동네 사람들의 취향을 고려한 메뉴, 여름 특선 빙수와 언제나 편안한 블렌드. [5] "바리스타 챔피언의 커피가 100층 꼭대기의 커피라면, 외계인커피의 커피는 지상 1층 정도에 있을 겁니다." [6] '강동의 별' 같은 카페, 강동구민과 함께 발맞춰 변해가며 이루다. [7] 칼과 도마. 요리사를 꿈꾸던 그에게 '커피는 요리다'라는 말은 더욱 와 닿는다.

펠트

커피만을 위한 공간에서 즐기는
감칠맛 넘치는 에스프레소

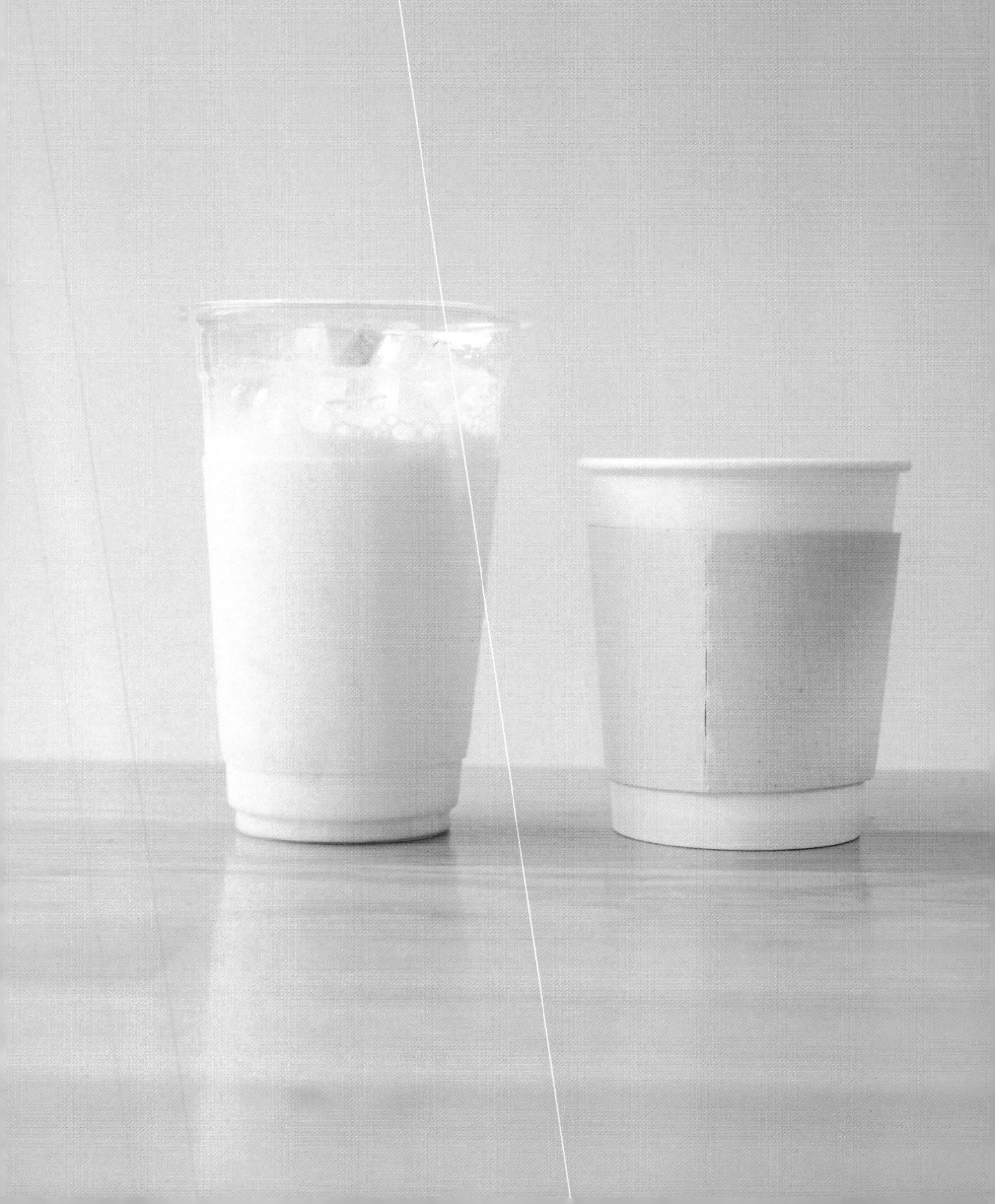

온통 하얀색 페인트로 칠한 벽과 색깔을 맞춰 구입한 하얀색 에스프레소 머신 슬레이어가 전부인 카페 펠트에는, 마땅히 무엇을 올려놓을 테이블 하나 없다. 간판도 펠트 개업 전에 자리하고 있었던 '은파 피아노'의 것을 그대로 두고 있으며, 카페를 처음 열었을 때 마땅한 홍보도 하지 않았다. 이런 펠트의 이름을 알린 것은 SNS에서 퍼지기 시작한 하얀색 슬레이어가 올라간 바bar 사진이 전부였다. 하지만 펠트는 문을 연 지 한 달이 지나지 않아 커피 마니아들 사이에서 화제가 됐고, 영업 시간이 오전 8시부터 오후 6시까지인 골목길의 작은 가게는 커피를 찾는 사람들이 부지런히 오고가는 장소가 되었다. 펠트의 콘셉트는 '커피를 온전히 즐길 수 있는 공간'이다. 테이블이 없는 이유는 바로 이 때문이다. 아무것도 할 수 없는 이곳에서, 사람들은 자연스럽게 커피에 집중할 수밖에 없다. 이렇게 펠트의 시스템은 온전히 커피에 의존하며, 카페의 외적인 요소보다 '커피 맛'에 집중한다. 애써 사람들을 설득하려기보다, 자연스

럽게 커피에 집중할 수 있는 시간을 만들겠다는 펠트 바리스타들의
전략은 적중했다.

◎ 펠트, 커피를 보여주는 쇼룸

　묵직한 보디감과 그 위로 흩어지는 과실 향, 입안을 가득 채우는
풍부한 질감까지 완벽한 펠트의 에스프레소와 카페라테. 커피에만
집중할 수 있는 공간이라는 콘셉트가 부끄럽지 않게, 펠트의 커피는
'스페셜티 커피의 진수'를 보여준다. 홍대의 카페들과 여의도의 '매드
커피'를 거쳐 펠트에 정착한 김영현(1983년생)의 탄탄한 로스팅 실력
은 맛있는 커피의 첫 단추다. 단순히 연두색 생두를 불에 익히는 작
업이라고 오해할 수 있는 로스팅은, 맛있는 커피를 만들기 위해 가장
중요한 작업 중의 하나다. 그해의 작황에 따라 변화하는 생두의 특
성을 파악하고, 추출 이후의 변수까지 고려해 생두를 배합하고 시간
과 온도를 체크해가며 알맞은 로스팅 포인트를 잡는 것이 모두 로스
터가 감당해야 하는 일이다. 여기에 전형적인 오피스 상권 매장이었
던 여의도 매드커피에서 쏟아져 들어오는 직장인들에게 커피를 내
려주던 바리스타 정환식(1985년생)의 안정적인 추출은 그의 로스팅을
더욱 빛나게 만든다. 더하여, 그의 천부적인 재능을 알아보고 오피스
상권의 한계를 벗어나기 위한 '리브랜딩'을 제안했던 바리스타 송대
웅(1984년생)의 합류는 공간의 멋스러움을 완성시켰다.

애초에 매장만을 운영할 계획으로 여의도 오피스 상권에서 매드커피 로스터스를 운영했던 김영현은, 원두 납품이 생각보다 늘어나자 신도림에 따로 로스팅 공장을 열었다. 이 과정에서 규모가 커진 매드커피 로스터스의 생두 수입부터 납품까지 전반적인 운영을 담당할 사람이 필요했고, 바리스타 송대웅이 합류하게 되었다. 매장에서 추출을 담당하는 바리스타 정환식까지 총 3명이 여의도와 신도림을 오가며 운영하던 매드커피는, 더 많은 사람들에게 그들의 커피를 선보일 수 있는 방법을 모색하기 시작했다. 그래서 지어진 이름이 '펠트', 매드커피보다 좀 더 부드러운 느낌을 강조한 이름이다. 매장 또한 그들의 커피를 제대로 보여줄 수 있는 일종의 '쇼룸'으로 기획했고, 이런 논의를 통해 온전히 커피에만 집중할 수 있는 공간이 탄생하게 된 것이다. 이렇게 탄생한 펠트는 세 명의 로스터와 바리스타의 색을 고스란히 담고 있다.

펠트가 문을 열기 전, 김영현이 감칠맛 나는 로스팅으로 유명세를 떨쳤던 매드커피의 책장에는 보통의 카페에서는 볼 수 없는《월간 낚시》와《낚시춘추》가 각종 커피 잡지와 패션 잡지 사이에 꽂혀 있었다. 매드커피에서 펠트까지, 김영현이 로스팅을 담당하는 매장은 커피 마니아들 사이에서 맛있는 에스프레소로 유명하다. 그에게 꾸준한 맛의 비결을 묻자 대뜸 커피가 아닌 낚시 잡지《낚시춘추》를 꺼내 들었다. "살면서 가장 꾸준히, 의미를 가지고 한 건 낚시예요. 출판업을 하던 아버지가 어렸을 때 거래처였던 잡지사에서 낚시 잡지를 가져다준 게 제 낚시 인생의 출발점이었죠." 지금도 카페가 쉬는 날이

면 좋은 낚시터를 찾아 떠난다는 얘기를 곁들이며, 그는 계속 이야기를 해도 되겠느냐고 묻는다. 붕어가 표지를 장식한 《낚시춘추》가 눈앞에 놓인 카푸치노와 무슨 연관이 있을까 생각하는 찰나, 그의 이야기는 시작되었다.

◑ 호수의 고요 같은 시간에 원두를 낚다

김영현이 생각하기에 가장 아름다운 물고기는 붕어라고 한다. 그가 가진 유년기의 기억 대부분은 아버지와 함께 갔던 낚시와 이어져 있었고, 그중에서도 잊을 수 없는 건 아버지와 함께 잡은 붕어를 직접 만지고 살펴보았던 순간이었다. 중학교 3학년 때부터는 아버지로부터 선물받은 낚싯대를 가지고 낚시 여행을 떠나기도 했는데, 공교롭게도 본격적으로 시작했던 그때의 낚시는 붕어를 잡을 수 없는 루어낚시였다. 초식 어종인 붕어는 별다른 움직임이 없어 낚싯대를 놓고 하염없이 기다리는 대낚시로 낚는 반면, 루어낚시는 시력이 좋고 움직임이 활발한 육식 어종인 배스나 쏘가리를 잡는 데 적합하다. 루어낚시는 물길을 따라 움직이는 물고기를 현혹하기 위해 끊임없이 낚싯대를 움직여야 하고, 오직 낚시만을 생각하며 정신없이 즐기기에는 그만한 것이 없다고 김영현은 말한다. 그때부터 시작된 김영현의 루어낚시는 부모님의 등쌀에 밀려 뉴질랜드로 유학을 갔을 때도 계속되었다. 실패한 유학 생활의 전형이었던 그의 뉴질랜드 시절은 낚시와 게임이 전부였다. 의미 있는 일이라곤 낚시밖에 없다고 생각한 건 눈물의 귀국길 이후에도 여전했다. 그래서 20대가 되어서도 그의 손에도 역시 낚싯대가 있었다.

"사실 저는 루어낚시보다는 대낚시를 좋아하는 편입니다. 붕어를 잡을 수 있다는 것도 큰 매력이지만, 무엇보다도 낚시를 하는 동안 찾아오는 고요가 너무 좋거든요."

귀국 후 어머니가 운영하던 프랜차이즈 카페에서 일을 도우며, 엉겁결에 커피 일을 시작한 것은 20대 후반에 이르러서의 일. 그가 뒤늦게 시작한 커피 일에서 재능을 발견할 수 있었던 건 낚시의 영향이 컸다. 대낚시는 빈 낚싯대를 낚는 일이 가장 많은 낚시인데, 물의 색과 흐름을 파악하는 일부터 신중하게 시작해야 한다. 계절에 따른 수온 변화와 물고기의 움직임을 고려한 장소 선정은 오랜 경험과 예민한 감각이 없으면 쉽게 할 수 있는 일이 아니다. 자리를 잡았다면 고요한 호숫가를 깊이 바라보고, 물고기들이 놀라지 않게 조용히 낚싯대를 드리워야 한다. 낚싯대를 드리우고부터는 시간과의 싸움이다. 성급해하지 않고 물고기를 기다리며 주변 상황의 변화를 읽어내다 보면 붕어들이 슬며시 모습을 드러낸다.

로스팅도 마찬가지로 인내심과 세심함을 필요로 한다. 계절과 날씨에 따라 생두 투입과 배출 온도를 세심하게 조절해야 하며, 해마다 민감하게 변화하는 생두의 상태 또한 잘 파악해 로스팅 프로파일에 변화를 주어야 한다. 에스프레소 블렌드는 고온·고압으로 단시간에 추출이 이뤄지는 그 특성을 잘 이용해야 하며, 추출 이후에 이뤄

지는 우유와의 결합 또한 로스터가 고려해야 하는 요소다. 오랜 데이터와 매장에 따른 추출 변수를 따져 블렌드를 설계했다면, 이를 세심하게 반영해 로스팅을 시작한다. 로스팅 중에는 원두의 상태를 살펴볼 수 있는 샘플봉으로 생두가 익는 과정을 세심하게 살펴야 한다. 생두에 있던 수분이 날아가고 부피가 커지면서 조직이 벌어지면, '따닥따닥' 하는 소리와 함께 크랙이 일어난다. 어쩌면 가장 극적인 변화가 이뤄지는 이 순간에, 로스터는 붕어를 기다리는 일처럼 더 조심히 그 소리에 귀를 기울여 로스팅의 방향을 결정해야 한다. 김영현은, 로스팅을 처음 시작하던 때 수많은 실패를 경험하고도 의연할 수 있었던 건 대낚시가 있었기 때문일 거라고 말한다. 가장 아름다운 붕어가 찌를 무는 순간을 기다리는 심정으로 그는 로스터 앞에 섰고, 사람들의 오감을 매혹할 맛있는 원두를 볶았다.

처음 들어간 카페를 나와 로스터로 취직을 하고 마침내 자신의 매장을 열기까지, 방황을 끝내고 뒤늦게 시작한 커피 일에서 쉬운 것은 하나도 없었다. 마음에 드는 커피를 볶고 한 잔을 만들어내는 일은, 드넓은 호수에서 하염없이 붕어를 기다리는 것만큼이나 어려운 일이었다. 하지만 붕어를 기다리는 그 고요와 침묵이 좋았던 것과 마찬가지로, 정적 속에서 커피가 가장 맛있어질 때를 기다리는 일 또한 그에게 즐거움을 가져다주었다. 매장의 문을 닫고 주변의 상점들도 셔터를 내리면, 호수의 고요 같은 시간이 찾아온다. 그 순간 그는 로스터 앞에 서고, 커피와 마주한다. 그리고 낚시를 즐기는 마음으로 커피의 가장 아름다운 순간을 낚는다. 여기에서도 중요한 포인트는 그 순간을 즐겨야 한다는 것. 그는 가장 아름다운 붕어를 낚으면 다시 호수로 돌려보낸다고 한다. "낚시의 기쁨은 그 과정 속에 있어요. 커피도 마찬가지입니다. 커피와 마주하는 순간을 즐기는 것, 그게 저의 비결입니다."

ᴅᴅ 카메라를 내려놓고 저울을 들다

자신에게 가장 의미 있는 도구가 무엇이냐는 질문에 펠트의 바리스타 송대웅은 자신이 항상 들고 다니는 필름카메라를 꺼내들었다. 그는 순수미술로 먹고사는 꿈을 가진 적이 있다. 대학에서 디자인을 전공하고 영국 유학을 준비했던 것도 파인아트 포토그래퍼가 되기 위해서였고, 언제나 삶의 지향점은 셔터를 누르는 순간에 집중돼 있었다. 파인아트 포토그래퍼가 무엇이냐는 질문에 송대웅은 타린 사이먼Taryn Simon에 대해 이야기한다. "그녀는 작업에 앞서 2~3년 정도의 준비기간을 가져요. JFK공항에서 금지품목만 모아 촬영한 작업, 영주권이 없는 사람이나 장기수들을 찍은 작업은 모두 사회상을 폭넓게 반영하죠." 상업적인 목적을 가진 포토그래퍼와 달리, 이처럼 예술 작품으로서 순간을 포착하는 순수사진을 찍는 게 파인아트 포토그래퍼다. 유학 전 홍대 '커피 볶는 곰다방'에서 파트타임으로 바리스타를 했을 때도, 영국에서 작업실을 드나들며 카페 '프루프록커피Prufrock Coffee'에서 커피를 마시는 순간에도 그는 카메라가 자신의 인생을 책임질 것이라 생각했다.

"갑자기 꿈을 포기한 이유요? 제가 예술을 하기 위해 태어난 사람이 아니라는 것을 깨달았기 때문이죠." 런던에서의 일이었다. 종종 안부를 주고받았던 한국인 유학생과 친해지면서 송대웅은 자신이 순수미술로 먹고살 수 있을지에 대해 고민하게 되었다고 한다. 그 친구의 삶은 말 그대로 미술을 위한 삶이었다고 한다. 어렸을 적, 산골 마을에서 아무것도 할 게 없어 수채화를 그린 순간부터 한 번도 그 친구에게 예술 밖의 삶은 없었다. 예술로 먹고살 수 있는가라는 질문은 그 유학생의 고민에도 들지도 않았다. 그 친구의 삶을 마주한 순간, 송대웅은 직업으로 예술가가 되기에는 자신의 삶이 온전치 못하다 생각했다. 그렇다면 무엇을 할 수 있을까. 이런 고민 끝에 그는 곰다방의 커피, 취미로 배웠던 런던스쿨오브커피의 수업 그리고 프루프록커피의 에스프레소를 떠올렸다.

"저에게 커피는 예술이 아닙니다. 바리스타는 저의 직업이죠." 그는 커피는 어디까지나 자신의 직업이라고 강조한다. 그래서 그에게 인생의 도구와 커피를 위한 도구는 일치할 수 없다. 영국에서 스페셜티 커피를 접하고 돌아왔을 때, 이미 한국에서는 커피의 제3의 물결이 시작되고 있었다. 로스팅 카페를 중심으로 커피 본연의 맛과 향을 강조하는 흐름인 '제3의 물결'의 등장은 생두의 엄격한 품질 관리와 보증을 요구한다. 그래서 직업으로서 마주한 커피업계에서, 스페셜티 커피 시장에서 흐름을 잃지 않는 바리스타가 되기 위해 송대웅은 저울을 들었다. 늦깎이 바리스타가 궤도에 오르기 위해서는 끊임

없는 연구와 피드백이 필요했다. 그는 자신이 추출한 커피 하나하나를 기록했다. 덕분에 그는 비교적 짧은 기간에 바리스타로 인정받고, 챔피언 바리스타 김사홍이 운영하는 상암동 커피템플에서 일할 수 있었다. 카페에 출근하면서부터는 잘해야겠다는 생각밖에 하지 않았다. 바리스타 김사홍은 화려한 수상 경력만큼이나 모든 커피인에게 어려운 존재였고, 그에게 인정받는다면 바리스타로서 더 성장할 수 있을 거라 생각했기 때문이다. 송대웅은 오직 커피에만 집중했다. 점심시간이면 몰려드는 손님들에게 끊임없이 커피를 내어주는 한편 매장을 대표해서 대회에 나가는 바리스타를 지원하면서, 그는 일 잘하는 바리스타가 되려고 부단히 노력했다.

　부산에서 열리는 커피 행사에 참석하기 위해 김사홍 바리스타와 매장 전 직원이 함께 차를 타고 갈 때였다. 운전대를 잡고 있는 송대웅에게 바리스타 김사홍은 뜬금없는 질문을 던졌다. "송대웅에게 커피란?" 그는 무덤덤하게 "커피는 저에게 일이죠"라고 대답했다고 한

다. 그 대답에 김사홍 바리스타는 실망스러운 표정을 지었다. 그럼에도 그는 부끄러워하지 않았다. 그에게 커피는 먹고살기 위한 일이었고, 잘 살기 위해서 잘해야 하는 것이기 때문이었다. 그가 상암동을 떠나 신도림 매드커피 로스터스의 공장으로 향한 이유 역시 김사홍의 질문에 대한 답변의 연장선상에 있다. 매드커피 로스터스에서 그가 담당했던 일은 로스터 김영현을 도와 커피 산지를 돌며 질 좋은 생두를 들여오는 일과 로스팅, 퀄리티 컨트롤 그리고 납품이었다. "일을 잘하기 위해서는 바에만 있어선 안 된다고 생각했어요. 커피가 유통되는 과정을 이해하는 일은 맛있는 커피를 추출하는 일만큼 중요하죠." 송대웅의 합류로 매드커피 로스터스는 본격적인 납품 전략을 세웠고 '맛있는 커피'를 어떻게 '잘 팔 것인가'에 대한 고민을 시작했다. 헬카페에만 납품했던 에스프레소 블렌드를 상암동의 커피템플에도 납품하게 된 것은 그 고민의 첫 결과물이었다. 이후 그들은 납품처를 늘려가며 본격적으로 자신들의 브랜드를 알리기 시작했다.

'어떻게 하면 일을 더 잘할까?'라는 그의 생각은 자신들이 지향하는 커피와 맞닿아 있는 브랜드를 만들고자 하는 기획으로 이어졌다. 바리스타 송대웅은 로스터 김영현과 이 고민을 함께 나누었고 창전동에 카페 펠트를 열게 됐다. 펠트에 들어서면 하얀색 인테리어에 걸맞은 하얀색 아카이아 저울 3개가 눈에 띈다. "정확한 레시피로 가장 맛있는 커피를 내리는 건 커피 비즈니스에서 가장 중요한 작업입니다." 오후 6시까지만 문을 열자는 아이디어도 바리스타 송대웅이낸 것이다. "펠트는 맛있는 커피와 함께 이미지를 각인시키고, 영업시간이 어떻든 사람들이 찾아오도록 만들기 위한 일종의 '쇼룸'과 같은 곳입니다."

펠트의 목표는 지속 가능한 성장을 위해 더 많은 납품처에 자신들의 커피를 심고 브랜드 이미지를 소비자에게 각인시키는 것이다. "종종 사람들은 커피를 소통의 도구라고 얘기하곤 합니다. 하지만 그건 언제까지나 정글 같은 커피 시장에서 살아남았을 때 할 수 있는 말이에요." 모든 것을 뒤로하고 커피에만 몰두했던 송대웅의 지난 시간은 펠트의 오픈으로 이어졌다. 그리고 미술 밖의 삶을 꿈꾸지 못했던 그 친구처럼, 그 또한 커피 밖의 삶을 꿈꾸지 못하는 사람이 되어버렸다.

◐◐ 평범하지만 평범하지 않은 침묵의 커피

'홍대 패션피플'로 SNS에 등장하곤 했던 바리스타 정환식은, 이제 패션에 신경 쓰지 않는다고 말했다. "옷을 한 번 사면 오래 입는 편이에요. 비싼 옷이나 유명 브랜드의 옷도 별로 없고요." 그는 다소곳한 단발머리를 넘기며 안경테를 스윽 밀어 올린다. 3년은 족히 됐을, 너무 오래돼서 코팅이 벗겨진 그의 안경 줄이 더욱 눈에 띈다. 바리스타 정환식을 아는 사람이라면 대부분은 으레 그의 안경 줄을 떠올리는데, 이 안경 줄은 명품으로 오해받기도 한다. "사실 이 안경 줄은 홍대에서 만 원 주고 산 거예요. 제 기억으론 이 안경 줄이 겉모습에 신경 쓰면서 샀던 마지막 물건일 거예요." 한껏 꾸며 입고 바에 섰지만 정작 멋있는 사람들은 꾸미지 않아도 멋있다는 걸 깨달았던 때도 그즈음이다. 정말 커피를 잘 만드는 사람은 화려한 기술이나 큐그레이더 같은 자격증이 없어도 맛있는 커피를 내릴 수 있다고 생각한 것도 그때였다고 말하며 그는 자신의 이야기를 시작한다.

체대 입시 멀리뛰기 평가에서 딱 1센티미터가 모자라 낙방했던 스무 살, 숫기가 없고 조용하게 지내는 것을 좋아했던 그는 오히려 체대에 가지 못한 것을 다행이라 생각했다. 재수를 하면서 보기 시작한 일본 드라마가 그의 인생을 바꾸었다. 정환식은 골방에서 〈만하탄 러브스토리〉를 보며 바리스타의 꿈을 꾸게 되었다고 한다. 정장에 나비넥타이를 매고 가짜 콧수염을 붙인 마스터, '순수 만하탄'의 점장을 생각했다. 진지하게 커피를 내리고자 하는 그 점장 앞에서

나폴리탄이나 슬램덩크 따위를 요청하며 카페를 시끄럽게 하는 손님들의 이야기는, 수줍음이 많지만 사람을 좋아하는 그가 바리스타가 되야겠다고 결심하게 만들었다. 커피에 대한 경험이라곤 군대에서 휴가를 나왔을 때 찾아간 이대 앞 스타벅스에서 마신 쓰디쓴 에스프레소가 전부였지만, 그는 군복무 기간 동안 틈틈이 커피 잡지와 책을 읽으며 바리스타의 꿈을 키웠다.

“참 평범한 이야기네요”라고 말하려던 차, 그가 먼저 자신은 정말 평범하다고 털어놓았다. 커피를 배우러 홍대의 카페에 드나들던 땐 그런 생각이 더욱 심해졌고, 개성 없는 자신이 초라하다는 생각도 줄곧 했다고 한다. 안경 줄을 사던 그 순간까지, 그는 평범하게 사는 게 부끄러웠다. 그래서 그는 누구보다도 ‘간지’ 나는 바리스타가 되고자 홍대에 늘어선 옷집들을 전전했다. 생두 감별사 자격증으로 당시만 해도 국내에는 많지 않았던 큐그레이더 시험에 응시했던 것도 평범했던 자신의 커피 인생을 돋보이게 만들려는 부단한 노력이었다. “여자인 줄 알고 볶음밥도 조금만 볶았네, 미안해 총각!” 하지만 예술가처럼 보이려고 기른 머리카락은 중국집 아주머니의 오해만 살 뿐이었다. 특별히 ‘권위 있는 자격증’이 없는 커피업계에 등장한 큐그레이더 시험도 본연의 의미를 잃어버리고 ‘커피 좀 하는 사람’들의 자랑거리가 되기 시작한 것이 그즈음이다. 바리스타 정환식이 이런저런 옷을 걸쳐 입은 자신의 모습에 회의를 느끼기 시작했던 것도 그 무렵이었다.

폐공장을 개조해 만든 합정동의 카페 앤트라사이트는 근처에 작업실을 둔 아티스트들이 작업도 하고 커피도 마시는 공간이었다. 화려한 홍대 중심부에서 마주하는 패션 피플들과는 다른, 예술로 밥벌이를 하는 사람들이 조용히 찾아오는 이 카페는 바리스타 정환식이 두 번째로 둥지를 튼 곳이었다. 정환식은 이 카페에서 일을 하며 멋을 내지 않아도 스스로 멋이 나는 사람들과 수없이 마주쳤다. 커피도 마찬가지, 그는 큐그레이더가 된다거나 사람들 앞에서 능숙한 손놀림을 뽐내는 일도 겉치레에 불과하다고 생각하게 되었다. 그때 그는 사람들 앞에 나서는 것보다 커피를 이해하는 게 우선이라 생각했고, 합정동을 떠나 생두회사 M.I. Coffee로 이직했다. 이곳은 하루에도 수톤의 커피들이 오고가는, 커피를 사 마시는 사람들은 꿈에도 알지 못할 일들이 일어나는 암막커튼으로 가려진 무대의 뒤쪽 같은 곳이었다. 수도 없이 많은 생두를 볶고, 매일같이 커핑을 하는 그곳에서 그는 이제야 제대로 커피를 이해하게 된 듯했다.

그에게 또 다른 영감을 준 카페는 펠트를 열기 전까지 일했던, 여의도에 있는 '매드커피 로스터스'다. 오피스 상권에 있는 매장은 점심 시간이 되면 두 명의 바리스타가 쉴 새 없이 일해도 부족할 만큼 주문이 몰려드는데, 자리에 앉은 손님들에게 친절하게 커피를 설명할 수 있는 카페들과는 달리 오직 '커피로만' 손님을 설득해야 한다. 역설적으로, 이렇게 커피에 대해 구구절절 설명을 늘어놓을 시간이 없는 상황은 오히려 사람들의 솔직한 반응을 살필 수 있도록 도와준다. 맛이 있다면 별 말 없이 다시 찾아오고, 그렇지 않다면 다시 오지 않는 것이다.

구석진 골목, 간판도 없는 공간에서 카페 펠트의 운영이 가능하리라 믿었던 이유는 그가 거쳐온 카페에서의 경험이 있었기 때문이었다. 그 시절 길렀던 단발머리, 시간이 흘러 코팅이 벗겨지기 시작한 안경 줄은 카페 펠트에 이르러서야 바리스타 정환식의 것이 되었다. "다른 것들은 다 버렸지만, 안경 줄만큼은 그대로 두었어요. 유난히 돋보이는 이 안경 줄이 스스로 어울릴 때를 기다리고 싶었거든요." 그만큼 그의 커피 또한 무르익었다. 유난히 돋보이지는 않지만, 누가 마셔도 그의 커피임을 알 수 있기에 사람들은 딱히 이렇다 할 홍보를 하지 않았음에도 펠트에 찾아와 그가 내려주는 커피를 마신다. 돋보이려 하지 않아도 스스로 빛을 내는 카페 펠트처럼 먼 길을 돌아와 그곳에 선 바리스타 정환식은 커피 뒤에 숨어서 자신의 오랜 경험을 드러낼 줄 아는, 이상적인 바리스타의 모습을 갖춰가고 있다.

바리스타 김영현의 카푸치노는, 내가 본격적으로 에스프레소를 마시게 된 계기였다. 그가 처음 일했던 홍대의 한 카페에서 내려준 그 커피를 마신 후, 나는 에스프레소의 매력에 빠져 유명한 카페들을 찾아다니기 시작했다. 하지만 그렇게 많은 카페를 다녔음에도 가장 편안하게 즐길 수 있는 커피는 여전히 바리스타 김영현의 카푸치노다. 오랜 시간 침묵의 순간을 견뎌내며 붕어를 기다리는 것처럼, 커피가 가장 맛있는 순간을 포착하는 데 집중한 그의 로스팅이 낳은 에스프레소다. 이제야 온전히 자신을 맡길 무엇인가를 찾았다고, 자신의 인생을 대변할 도구는 카메라가 아니라 바로 이것들이라고 저울을 만지작거리는 바리스타 송대웅은 자신의 철학을 대변해줄 둥지를 찾았다. 바리스타 정환식 또한 자신이 일하던 카페 중에서 펠트가 가장 완벽하다고 얘기한다. 커피에만 집중하는 파트너들은 그가 더 훌륭한 커피를 내릴 수 있도록 항상 자극을 준다고, 이제는 그들이 안경 줄처럼 자신의 커피 인생을 얘기하는 데 빼놓을 수 없는 사람들이 되었다고 그는 말한다.

온통 하얀색 페인트로 칠한 벽과 색깔을 맞춰 구입한 하얀색 에스프레소 머신이 전부인 카페 펠트에는, 그 공간을 완벽하게 채울 세 명의 로스터와 바리스타가 있다. 누구도 시도해보지 않은 커피 쇼룸 펠트, 완벽한 커피 한 잔을 즐기는 일은 그곳을 찾는 손님들의 몫이다.

+ 펠트
서울시 마포구 서강로11길 23 / 070-4108-3145 /
평일 08:00~18:00(주말·공휴일 11:00~18:00) / 명절 당일 휴무

KIM YOUNG HYUN

1 실패한 유학 생활, 늦은 나이에 커피에서 재능을 발견. 2 여의도 매드커피 매장에서 신도림 로스팅 공장까지. 3 감칠맛 나는 김영현의 로스팅은 펠트 커피의 첫 번째 단추다. 4 "낚시의 기쁨은 과정에 있어요. 커피도 마찬가지입니다. 커피와 마주하는 순간을 즐기는 것, 그게 저의 비결입니다." 5 로스팅도 낚시와 마찬가지로 인내심과 세심함을 필요로 한다. 어릴 때부터 그와 함께한 낚싯대가 그의 커피 도구인 이유.

JEONG HWAN SIK

[1] 재수 시절 본 일본 드라마, 커피는 모르지만 바리스타를 꿈꾸다. [2] 생두회사에서 커피 무대의 뒤쪽을 경험하고 매드커피에서 손님을 경험. [3] 바리스타 정환식의 안정적인 추출은 펠트를 온전히 커피에 집중하는 공간으로 만든다. [4] "큐그레이더가 된다거나 사람들 앞에서 능숙한 손놀림을 뽐내는 일도 겉치레에 불과하다고 생각하게 됐죠." [5] 시간이 흘러 코팅이 벗겨진 안경 줄은 스스로 빛을 내는 그의 커피를 대변한다.

SONG DAE WOONG

1 예술 밖의 삶, 커피. **2** '커피는 저에게 일이죠'라는 말로 커피템플의 김사홍을 실망시키다. **3** 바리스타 송대웅의 합류는 펠트를 그들의 커피를 온전히 보여주는 쇼룸으로 완성했다. **4** "일을 잘하기 위해서는 바에만 있어선 안 된다고 생각했어요. 커피가 유통되는 과정을 이해하는 일은 맛있는 커피를 추출하는 일만큼 중요하죠." **5** 하얀색 아카이아 저울 세 개, 정글 같은 커피 시장에서 살아남기 위한 가장 중요한 도구다.

프릳츠 커피컴퍼니

햅쌀같이 신선한 커피와 빵 내음이 그득한
서울의 '화양연화'

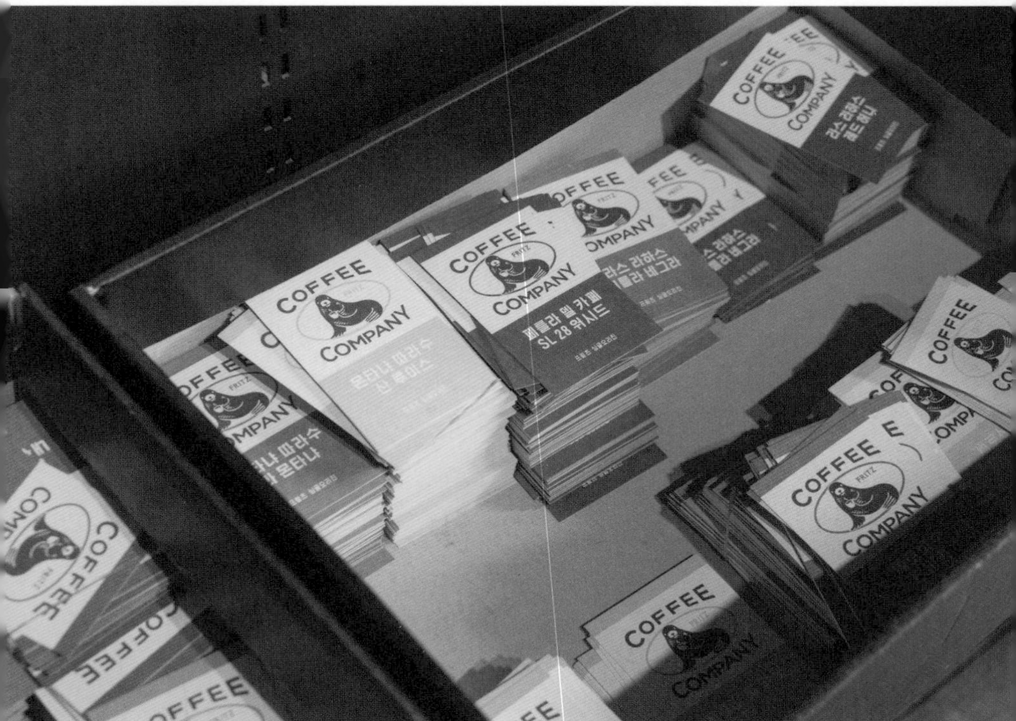

　　바리스타 챔피언 박근하, 그린빈 바이어 김병기, 로스터 김도현, 그린빈 바이어이자 커퍼인 전경미, 바리스타 송성만 그리고 베이커 허민수까지. 도화동에 '커피컴퍼니 프릳츠'가 오픈한다고 했을 때, 각 분야의 전문가를 넘어서 국가대표급 활약을 하는 커피인들과 제빵인의 결합에 마니아들은 "카페 어벤저스가 나타났다!"고 외쳤다. 물론 커피에 관심 없는 사람들은, 커피 잔을 든 물개가 그려진 소박한 로고나 하얀 도화지 위에 붓펜으로 '빵과 커피'라고 쓴 간판을 보고 '저래 가지고 뭘 지키기나 하겠어?'라고 생각할지 모른다. 어쩌면 평범해 보일지도 모르는 한 잔, 도대체 그들은 무엇을 지키고 있을까.

　프릳츠의 그린빈 바이어와 커퍼는 농부와 마주한다. 그리고 자신들이 할 수 있는 최선을 다해 농부들의 노력에 값을 지불하고, 그 커피가 가장 맛있는 순간을 포착해 들여온다. 햅쌀 같은 생두는 그 커피를 가장 잘 이해하는 로스터와 만나 절정의 맛과 향을 찾는다. 이렇게 완성된 신선한 과일 같은 원두는 다시 바리스타의 손을 거쳐 아늑한 매장에 발길을 들인 손님들의 미감을 자극한다. 마지막 화룡 점정은 '오븐과 주전자'로 이름을 날린 베이커의 빵. 이것들이 조금 비어 있던 허기진 공간들을 채우면서, 영화 〈화양연화〉를 연상케 하는 매장을 완벽하게 만들어준다.

프릳츠를 찾는 사람들은 오감을 자극하는 카페의 모든 것과 마주하며, 이제껏 맛보지 못한 서울의 스페셜티 커피를 체험한다. 그들은 말한다. 비틀즈가 그 자체로 고유명사가 되었듯, 프릳츠 또한 맛있는 커피를 연상케 하는 고유명사가 되기를 꿈꾼다고. 더 많은 사람들에게 농부의 땀방울과 함께하는 자신들의 커피가 오래도록 기억될 수 있기를 꿈꾼다고. 이렇게 커피를 둘러싼 수많은 관계들이 서로 더 오랫동안 함께하도록 지켜주고 싶다고.

◍◍ 좋아하는 일을 기다리는 것

이 카페 어벤저스에도 리더는 있을 터. 누가 프릳츠 커피컴퍼니의 주인이냐고 묻자, "대표는 김병기와 박근하로 되어 있지만 별 의미는 없다"는 대답이 돌아왔다. 실제로 연필을 귀에 꽂고 직원들 사이에서 바삐 움직이는 김병기(1981년생)의 모습에서는 사장'님'의 모습을 찾아볼 수 없다.

무료로 볼 수 있는 스포츠 기사들이 넘쳐나는 시대, 〈스포츠 2.0〉

은 과열된 경기 뒷면에 숨겨진 선수들의 이야기를 전달하거나 대중에게 주목받지 못하는 종목에 대한 리뷰나 선수 인터뷰 등 진중한 글을 담아내던 주간지였다. 뿐만 아니라 〈스포츠 2.0〉은 정치적 입장이 담긴 스포츠 기사, 스포츠의 역사를 다룬 연재물은 물론, 웬만한 정치 주간지 못지않은 표지 사진으로 탄탄한 마니아 구독층을 형성했다. 대학 시절 영어영문학과 신문방송학을 전공했던 김병기의 목표는 〈스포츠 2.0〉의 기자가 되는 것이었는데, 전공과 관심분야를 살리면서도 학생운동의 경험을 담아 비판적인 글쓰기를 하고 싶었기 때문이었다. "지금 와서 생각해보면 참 어리석었네요. 〈스포츠 2.0〉에서 기자를 뽑는 공고가 날 때까지 고향에 있던 공장에서 일을 했거든요." 몇 달의 기다림 끝에 그는 결국 기자가 되었고, 자신이 우러러보던 선배 기자들과 평생 잊지 못할 기사들을 써내려갔다. 하지만 여느 훌륭한 주간지들이 역사 속으로 사라졌던 것처럼, 〈스포츠 2.0〉도 다양성과 깊이 있는 접근이 존중받지 못하는 잡지 산업의 큰 흐름을 이기지 못하고 폐간을 맞았다. 그도 6개월간의 짧은 기자 생활을 마치고 사무실을 떠날 수밖에 없었다. 아쉬운 마음이 없었던 것은 아니지만, 정말 좋아하는 일을 해봤다는 사실만으로 조금이나마 미련을 덜 수 있었다. 생각해보면 그 순간에는 '언젠가는 또 다른 좋아하는 일이 생기겠지, 그렇게 기다리면 또 다른 기회가 오겠지'라는 생각에 도리어 마음이 편했다고 그는 기억한다.

그 시절에 김병기는 학창 시절 선배 손에 이끌려 단골이 된 카페 보헤미안을 자주 찾았다. "처음 마셨던 카페 보헤미안의 '도쿄 블렌

드'는 아직도 기억에 선합니다. 담배를 처음 피운 것처럼 아찔한 느낌이었어요." 늘 손님으로 찾던 그 카페에서 아르바이트를 하게 된 것은 〈스포츠 2.0〉의 폐간 후. 오래 묵은 나무 바닥에서 피어오르는 깊은 향기와 아늑한 그 분위기가 마음을 편안하게 해주었던 것일까. 커피를 내리는 직업을 가져도 좋겠다는 생각도 했다.

당시 카페 보헤미안에서는 지금의 커피리브레 대표인 서필훈이 실장으로 일하고 있었는데, 한국 커피 시장에서는 드물게 스페셜티 커피 개념을 도입하고 커피에 대한 접근 방식을 새로이 하던 시점이었다. 김병기가 친형같이 따르던 서필훈 실장은 그와 스페셜티 커피에 대한 지식을 공유하며 한국 스페셜티 커피 시장에 대한 밑그림을 그리고자 했다. 이 생각은 카페 보헤미안을 나와 직접무역을 중심으로 스페셜티 커피를 다루는 커피리브레의 설립으로 이어졌다.

함께 일해보지 않겠냐는 서필훈 실장의 제안에 김병기는 고개를 끄덕였다. 커피 산지에서 농부들과 직접 얼굴을 마주하고, 가장 맛있는 커피를 만들기 위해 수많은 변수들을 마주하는 일은 그 어떤 것보다 그의 마음을 설레게 했기 때문이다. 물론 낭만적인 일들만 가득했던 것은 아니다. 그린빈 바이어는 한 해 혹은 몇 해 동안 수입할 커피를 결정해야 하는 만큼 안목과 실력을 두루 갖춰야 한다. 그만큼 많은 공부와 훈련이 필요하다는 뜻이다. 또, 농부들과 스스럼없이 얘기할 만큼 깊은 관계를 맺는 것도 그린빈 바이어가 해내야 하는 일이다. 깊은 신뢰와 소통이 있어야 그만큼 믿을 수 있는 생두를 들여올 수 있기 때문이다. "좋아하기 때문에 남들이 뭐라고 해도 했던 것 같아요." 누구보다 프로페셔널한 그린빈 바이어가 되기 위해 그는 틈만 나면 부족한 부분을 채우는 공부를 했다. 그렇게 정신없이 보냈던 커피리브레에서의 3년은 〈스포츠 2.0〉에서 보냈던 6개월의 시간만큼이나 또 다른 좋아하는 일인 커피와 함께한, 잊을 수 없는 시간이었다.

◑ 연필과 같은 커피, 완벽한 한 잔의 아름다움

김병기는 늘 지우개 달린 연필을 귀에 꼽고 다닌다. "저에게 지우개가 달린 연필은 가장 완벽한 도구거든요." 그가 귀에 꼽고 있던 연필을 빼서 보여주며 말을 잇는다. "연필은 커피를 하는 순간부터 저에게 가장 중요한 도구가 되었죠." 서필훈 실장이 건네주는 자료를 무작정 공부할 때에도, 로스팅을 하며 순간순간의 로그를 기록할 때에도, 커핑을 하며 노트를 하거나 점수를 매길 때에도 지우개 달린 연필은 훌륭한 조수 역할을 해주었다. 특히 로스팅이나 커핑같이 순간순간 변화하는 커피의 맛과 향을 포착해야 하는 순간에는 쉽게 쓰고 지울 수 있는 연필이 꼭 필요한 도구다.

이런 이유 때문에 실제로 커피 산지에서 열리는 COE 심사 현장에서는 지우개 달린 연필이 제공된다고 한다. 그가 가장 아끼는 연필도 브라질 COE 심사위원을 할 때 받은 초록색 연필인데, 브라질 커피답지 않게 화사한 풍미가 매력적이었던 커피를 맛보며 연필로 사각 사각 그 느낌을 적던 순간은 잊을 수 없는 기억이라고 한다.

아끼는 연필을 다 닳을 때까지 쓰듯이 3년의 시간을 커피와 보낸 그는, 돌연 커피리브레에 사표를 냈다. 첫 휴가를 쓴 것도 거의 입사 후 2년이 지나서였는데, 그렇게 좋아하던 일을 왜 그만두었을까? "당시에 만나던 여자친구가 부산에서 일을 하게 됐어요. 둘 중 누군가 일을 포기하지 않으면 만나기 힘든 상황이었죠." 커피보다 더 좋아하는 일이 생긴 것이다. 오랜 고민 끝에 그는 퇴사를 하고 그녀를 쫓아 부산으로 내려갔다. 〈스포츠 2.0〉을 그만두었을 때의 느낌도 이와 같았을까, 그는 다시 커피를 하지 않을 수도 있겠다고 생각했다.

그렇게 부산에서 두문불출하던 그가 서울로 발길을 돌린 이유는 동료이자 가장 친한 친구였던 바리스타 박근하의 국가대표 선발전 우승 때문이었다. 바리스타 박근하도 김병기와 비슷한 시기에 커피리브레를 퇴사한 상태였는데, 혼자서는 결코 국제 대회를 준비할 수 없었다. 무소속 바리스타 박근하는 김병기를 포함한 옛 직장 동료들과 팀을 꾸리게 됐다.

프릳츠 커피컴퍼니에 대한 이야기가 나온 것이 그때였다. 장인정신을 바탕으로 한 소규모 빵집과 카페가 함께하는 페스티벌인 윈도우 베이커리 컬렉션을 통해 알게 된 허민수 베이커도 은근슬쩍 카페와 베이커리가 함께 있는 공간에 대한 이야기를 꺼냈다. 기왕 이렇게 모인 거, 다 같이 카페를 여는 건 어떨까 하는 이야기가 시작된 것이다. 대회를 준비하는 한편 프릳츠 커피컴퍼니의 이상을 실현할 좋은 장소를 찾았고, 그린빈 바이어 겸 로스터 김병기와 바리스타 박근하를 중심으로 매장 오픈을 준비하기 시작했다. 작은 커피회사임에도 무리해서 직접무역을 하고자 했던 이유도 프릳츠라는 공간을 커피를 마시기에 가장 완벽한 공간으로 만들고 싶은 욕심 때문이었다. 가장 좋아하는 일, 커피는 그렇게 다시 시작되었다.

프릳츠 커피컴퍼니에서 김병기는 그린빈 바이어라는 직함을 맡았고, 동료들과 산지를 돌아다니며 직접 농부들과 마주하며 한 해 동안 판매할 커피를 들여왔다. '자연이 선물한 아름다운 커피에, 인간이 할 수 있는 최선의 노력을 담아내자'는 것이 그의 목표인데, 비슷한 생각을 빵에 담은 허민수 베이커는 훌륭한 커피에 어울리는 빵을 만들어 프릳츠 커피컴퍼니의 완성도를 높였다.

"육각기둥 모양에 지우개가 달린 연필은 그야말로 완벽한 디자인을 가진 물체입니다. 그래서 다른 필기구는 잘 사용하지 않게 돼요." 가장 완벽한 연필도 쓰지 않는다면 아무 소용이 없다. 그린빈 바이어 김병기는 자신과 동료들이 만들어낸 가장 아름다운 커피를 되도록 많은 사람들에게 선보이고자 한다. 새로운 필기구가 수도 없이 등장했지만 지우개 달린 연필은 실용적 디자인과 나름의 필요성으로 오랫동안 그 가치를 증명해왔다. 그린빈 바이어 김병기가 가지는 목표도 이와 같다. 꾸준히 좋은 커피를 만들기 위해 노력하다 보면 언젠가는 수많은 프랜차이즈 카페들과 공룡 같은 기업형 커피회사 사이에서 가치를 인정받을 수 있을 거라고 그는 말한다.

프릳츠의 베이커리를 맡고 있는 서교동 빵천재 허민수가 운영하던

'오븐과 주전자'가 문을 닫았을 때, 프릳츠 커피컴퍼니는 그 가게의 직원들을 모두 품었다. 작은 카페에서 이렇게나 많은 사람들이 함께 먹고살 수 있을까 싶었지만, 프릳츠는 그렇게 1년의 시간을 버텼다. 이런 모습을 지켜보니 프릳츠 커피컴퍼니는 카페들의 과열된 경쟁 속에서 잊힌 소중한 가치들을 지키는, '그 자체로 아름다운 카페'라는 생각이 들었다. 또 김병기의 이야기를 듣다가 문득 그가 들고 있는 연필을 보니 그의 말처럼 매력적인 물건으로 느껴졌는데, 사람들도 프릳츠 커피컴퍼니가 지키고자 하는 가치에 대해 알게 되면 이곳의 커피를 더욱 사랑하게 되지 않을까 하는 생각이 들었다.

+ 프릳츠 커피컴퍼니
서울시 마포구 새창로2길 17 / 02-3275-2045 /
평일 08:00~23:00(주말·공휴일 10:00~23:00) / 명절 연휴 휴무

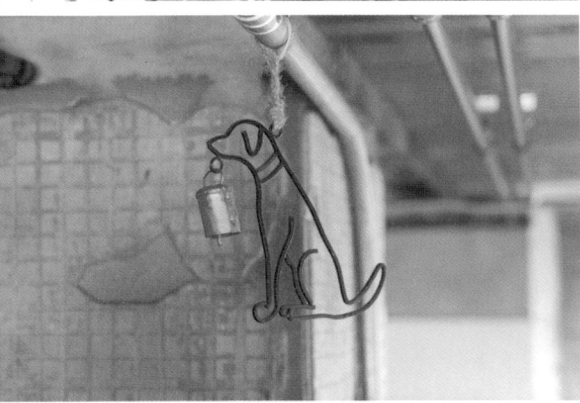

KIM BYUNG KI

1 카페 보헤미안의 커피, 담배를 처음 피운 것처럼 아찔한 느낌에 빠지다. **2** 스포츠 기자를 그만두고 된 그린빈 바이어. 좋아하는 일이 다가왔다. **3** 무소속 바리스타 동료를 도우려 꾸린 팀으로 프린츠 커피컴퍼니 오픈. **4** 커피 산지에서 농부들과 직접 대면하여 한 해 동안 사용할 커피 수입을 결정하는 그린빈 바이어에게는 그만큼 뛰어난 안목과 실력, 신뢰가 필요하다. **5** '커피 어벤저스' 프린츠를 맛있는 커피의 고유명사로 만드는 게 공동 대표 김병기의 꿈. **6** "자연이 선물한 아름다운 커피에, 인간이 할 수 있는 최선의 노력을 담아내자는 게 목표입니다." **7** 커핑 노트를 작성할 때도, 산지의 생두를 심사할 때도 함께한 지우개 달린 육각 연필은 김병기 커피 인생의 가장 중요한 도구다.

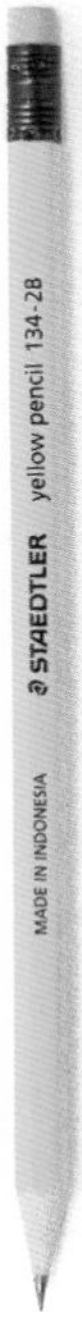

STAEDTLER
yellow pencil 134-2B
MADE IN INDONESIA

커피를 재배하는 농부들은 자연을 이해하며 커피 종자를 심는다. 그 커피가 가장 뛰어난 개성을 발휘할 수 있게 가공 과정을 거치면, 그린빈 바이어가 산지를 찾아 그 커피를 맛본다. 마음에 드는 생두를 구매하기로 결정하면, 통관 절차를 거친 생두가 항구 혹은 공항에 도착한다. 로스터는 커피의 특성을 분석한 뒤 추출에 적합한 로스팅 포인트를 잡는다. 이렇게 볶은 원두는 하루가 다르게 상태가 변하는데, 바리스타는 상황에 맞게 레시피를 바꿔가며 가장 맛있는 방법으로 커피를 추출한다. 커퍼는 이 모든 과정의 사이사이, 커핑을 통해 각각의 커피 상태를 파악하고 정보를 제공하는 역할을 한다. 이 모든 전문가의 합작품이 바로 한 잔의 커피다.

그린빈 바이어 김병기는 '반가운 사람들을 만나러 가는 직업'이라며 자신의 일을 설명했다. 그는 그린빈 바이어는 세 가지 중요한 조건을 갖춰야 한다고 말한다. 제일 중요한 것은 체력이다. 공항에 내려서도 한참이나 차를 타고 먼 길을 가야 만날 수 있는 커피 농장을 찾아가는 일은 어지간한 체력으로는 감당할 수 없기 때문이다. 그다음으로 중요한 일은 언어를 이해하는 일이다. 영어는 기본, 산지에 맞게 스페인어와 같은 현지 언어를 조금이라도 구사할 줄 알아야 좋은 생두를 고를 수 있다. 마지막으로 필요한 것은 훈련된 미각이다. 맛있는 커피는 좋은 생두의 선택에서 출발하는데, 그린빈 바이어는 가장 중요한 결정을 하는 사람이다.

로스터 김영현과 류정윤은 로스팅을 '요리하는 일'에 비유한다. 일단 요리를 잘하기 위해서는 청각과 시각 그리고 후각 등 자신의 감각을 최대한 조화롭게 유지해 커피의 변화를 감지해야 한다고. 로스터기에 생두가 들어갔을 때부터 그 소리에 집중하는 일, 눈으로 색의 변화를 감지하고, 작은 냄새라도 민감하게 포착하는 일까지, 로스터는 커피를 볶는 내내 쉴 틈이 없다. 여기에 체력과 인내심은 덤인데, 보통 커피를 1배치(batch) 볶기 위해서는 20분 정도의 시간과 그 이상의 준비와 마무리 시간이 필요하기 때문이다. 로스터기를 예열하고 로스팅 프로파일을 설계하는 일, 다 볶은 커피를 평가하는 일까지. 어느 하나 고되지 않은 일이 없다.

바리스타 임성은과 정환식은 손님을 기다리는 일에 대해 이야기한다. 바리스타는 커피 한 잔을 두고 손님을 마주하는 최전선의 직업인데, 때문에 항상 준비된 마음으로 한 잔의 커피를 내리기 위해 바에 서 있어야 한다. 그래서 임성은은 바리스타가 갖춰야 할 조건으로 직업윤리를 꼽는다. 손님의 목에 넘어가는 음료를 만드는 바리스타는, 항상 위생관념이 철저해야 한다는 것이다. 마찬가지 의미에서 정환식 또한 바리스타는 늘 청소하는 습관을 가져야 한다고 말한다. 항상 에스프레소 머신 위에 곱게 접혀 있는 하얀 수건은, 당신의 한 잔을 위하여 바리스타가 무엇을 신경 쓰는지 보여주는 증거다.

단일직업이라 하기에는, 우리나라에 아직 커핑을 전문으로 하는 커퍼는 손에 꼽을 정도로 적다. 그래서 바리스타 송대웅은 커피 산지 생두조합에서의 커핑 경험을 전해준다. 하루 24시간을 3교대로 쉬지 않고 커핑을 하는 사람들을 보면서, 전문 커퍼라면 튼튼한 체력을 필수로 갖춰야 한다고 생각했다고 한다. 이렇게 마신 커피를 데이터베이스화하는 능력, 다른 커퍼 혹은 로스터나 바리스타와의 의사소통 능력 또한 프로페셔널한 커퍼가 되기 위해 필수적인 능력이다.

이 모든 일에 경계선은 명확하지 않다. 가령, 훌륭한 로스터는 농부의 일부터 커퍼, 그린 빈 바이어, 바리스타의 일을 정확하게 이해하고 있어야 한다. 커피의 씨앗부터, 한 잔의 컵까지 이 모든 과정에서 중요하지 않은 일은 없다.

월드 바리스타 챔피언십에서 바리스타에게 주어지는 시연 시간은 15분이다. 바리스타는 이 시간 동안 테이블을 세팅하고 에스프레소, 카푸치노, 시그니처 드링크(응용음료)를 각 4잔씩, 총 12잔 뽑아 서빙까지 해야 한다. 초시계가 돌아가기 시작하면 선수들은 대회를 위해 준비한 원두를 알맞은 굵기로 갈아낸다. 가장 적당한 양을 포터필터Portafilter에 담는 도징Dosing이 끝나면 이를 고르게 다져주는 탬핑Tamping을 한다. 이 부분에서 압력을 어떻게, 얼마나 가하느냐에 따라 추출 결과물이 달라지기 때문에 섬세한 기술이 필요하다. 이어서 포터필터를 끼우고 추출이 끝나는 마지막까지, 바리스타는 실수가 없도록 에스프레소 머신을 통제해야 한다. 이 모든 과정에는 테크니컬 심사위원들이 따라다니며 커피를 흘리진 않았는지, 뽑는 과정에서 기술적인 실수는 없었는지 꼼꼼히 체크한다. 센서리sensory 심사위원은 커피의 완성도와 맛을 평가하는데, 우유 거품의 밀도 같은 섬세한 부분까지 체크한다. 에스프레소를 뽑는 일은 그저 기계가 하는 것이라고 생각하는 사람도, 대회 영상을 보면 이 작업이 얼마나 어려운 일인지를 알게 된다.

바리스타 챔피언십은, 바리스타가 가장 화려하게 꽃을 피우는 순간이다. 그래서 그 짧은 무대를 준비하는 바리스타들은, 대회 시즌이 다가오면 마감이 끝나도 바를 떠나지 않고 연습에 몰두한다. 올림픽을 준비하는 운동선수의 마음이 이와 같을까. 완벽한 한 잔의 커피를 위해 무대에 서는 순간은 그 어떤 쾌락의 순간에도 견줄 수 없는 기쁨을 그들에게 전해준다. 하지만 대회를 준비한다고 해서, 그들의 커피가 달라지지는 않는다. 바리스타 챔피언, 로스터 챔피언의 대회를 위한 한 잔의 커피는, 결국 매장에 오르는 한 잔의 커피를 위한 연습에 불과할 테니 말이다. 바리스타 챔피언이, 로스팅 챔피언이, 챔피언을 가장 많이 배출한 카페의 오너가, 말하지 않아도 모두가 챔피언으로 인정하는 커피인이 말하는 그들의 인생은, 당신 앞에 놓인 그 한 잔이 무엇을 의미하는지 알게 해줄 것이다.

3.
01

커피템플

꾸준한 감동을 전하는 챔피언의 커피

　　　상암동에 자리 잡은 커피템플의 바리스타들은 대회 기간이 아니더라도 김사홍(1976년생)의 지휘 아래 끊임없이 추출 연습을 하며 기본기를 다진다. 항상 청결하게 바를 관리하고 매일매일 그라인더를 분해해 청소하는 일 또한 기본기를 위한 훈련의 일환이다. 바리스타 대회 심사 항목에도 들어가 있는 기본적인 덕목 하나하나가 커피템플에서는 일상인 셈이다. 이렇게 매일 대회 준비하듯 트레이닝을 하기 때문인지, 이곳의 커피 맛은 수십 잔의 커피 주문이 몰려드는 점심시간에도 꾸준한 수준을 유지한다.

　텅 빈 건물과 공터가 전부였던 상암동 DMC에 여러 언론사들이 한꺼번에 자리를 잡으면서 유동인구가 급격하게 증가했다. 덩달아 우후죽순으로 늘어난 카페들은 요란스럽게 들어섰다가는 이내 조용히 사라지곤 했다. 이렇게 하루가 멀다 하고 상권 전쟁이 벌어지는 상암동에서 커피템플은 5년을 버텨냈다. 까다로운 방송가 사람들의 입맛을 사로잡는 비결은 무엇일까. 많은 사람들은 커피템플의 장점으로 '꾸준하게 맛있는' 커피를 꼽는다. 챔피언의 자리에 올랐음에도 누구보다도 성실하게 스스로를 단련시키는 바리스타 김사홍은 자신의 매장을 찾는 손님에게 늘 최상의 커피를 내려주고자 한다. 아직까지 기본기를 다지는 걸 잊지 않는, 아무리 사소한 주문에도 최선을 다하는 그의 모습은 많은 바리스타들이 그를 롤 모델로 손꼽는 이유다.

◑◑ 줄넘기가 있는 커피

"10년 동안 커피를 하면서 줄넘기를 한 적이 있었나 싶더라고요." 바리스타 김사홍이 빨강색 줄넘기 줄을 꺼내들며 한 말이다. 커피와 줄넘기? 얼마 전부터 기초체력을 기르기 위해 복싱을 배우기 시작했다는 그가 줄넘기 예찬을 시작한다. 줄넘기는 스텝부터 호흡, 지구력 같은 복싱의 초석을 다지는 가장 좋은 방법이며, 숙련된 선수도 꾸준히 해야 하는 기본 중의 기본이라고 한다. 하지만 커피는 아직까지 복싱과 같은 체계를 갖추지 못했고, 줄넘기에 해당하는 기본 훈련이 없다는 것이 바리스타 김사홍의 생각이다. 챔피언의 자리에 올랐던 자신조차도 일단 시작한 후 잘못된 것들을 고쳐나가는, 주먹구구식의 아마추어 방식을 따라왔다고 고백한다. "매일 줄넘기를 하는 마음으로 기초적인 작업들에 대해 생각합니다. 도징Dosing과 탬핑 Tamping, 추출의 기본을 생각해보는 거죠." 복싱을 시작한 지 넉 달이

겨우 지났지만, 이 빨간 줄넘기 줄은 그에게 영감을 주는 아주 중요한 도구가 되었다. 매년 바리스타 대회에 출전하고 매일같이 수백 잔의 커피를 내려 이제는 몸이 저절로 움직일 정도지만, 그는 줄넘기를 하는 마음으로 커피의 기본을 생각하려 한다.

"그때도 줄넘기를 했더라면 다르지 않았을까 해요." 영화에 미쳐 있었던 20대를 회상하며 김사홍은 자신의 이야기를 시작한다. 그 시절의 그는 다니던 대학을 그만두고 영화판에 뛰어들 만큼 영화에 미쳐 있었지만, 기본을 생각하기보다 큰 꿈만을 좇았다. 그리고 스물아홉 살이 되던 해에 집에서 독립하고 시나리오를 쓰려고 했을 때만 해도 그는 자신감이 넘쳤다. 하지만 1년간의 시나리오 작업은 무엇도 남기지 못한 채 허무하게 끝났다. 생각해보니 어떤 것도 남지 않았고 아무것도 할 수 없었다. 어떻게든 돈을 벌어야겠다며 찾아본 자동차 정비사 자리도 파릇파릇한 스무 살의 청년들 사이에서 시작하기에는 10년이라는 벽이 너무 높았다.

그때 신문 한 면을 크게 장식했던 라테아트 사진과 '차세대 유망 직종'으로 바리스타를 소개한 기사가 눈에 띄었다. '커피? 어렸을 때 보리차도 좀 끓여봤고 인스턴트 커피를 내리면 칭찬깨나 받았는데!' 아직 안정적인 직업군도 아닐뿐더러 진입장벽이 높지 않다면 바리스타가 되는 것도 나쁘지 않겠다고 생각했다. 그리고 무작정 달려갔던 이대 앞의 한 카페에 앉아 그는 인터넷으로 바리스타에 대한 정보를 찾기 시작했다.

"커피 배우시게요?" 바리스타에 대해 검색하고 있던 그의 뒤에서 카페 주인이 말을 걸어왔다. "에스프레소요? 드립이요?"라는 질문에 그는 짧게 대답했다. "에스프레소요!" 뭐가 다른지 잘 몰랐지만 돈을 벌려면 에스프레소를 해야 할 것 같다는 생각이 들었는데, 그가 알고 있는 유일한 에스프레소 전문점인 스타벅스가 언제나 인산인해를 이뤘기 때문이다. 카페 주인은 에스프레소를 할 거면 라테아트를 통해 국내에 에스프레소를 소개하는 역할을 했던 바리스타 이영민이 운영하는 커피랩이자 교육기관인 CBSC로 가라고 조언했고, 김사홍은 그 얘기를 듣자마자 그곳으로 찾아갔다. 역시나 나이가 있어서 어렵겠다는 얘기를 들었지만 무작정 두 달간의 수업을 듣기 시작했고, 여러 곳에 이력서를 넣은 끝에 역삼동의 한 카페에 자리를 얻을 수 있었다. 모 대학병원 건강검진센터 아래층에 있었던 그 카페는 커피와 함께 검진자들을 위한 건강죽을 판매하는 곳이었는데 그가 주로 맡았던 일은 서빙과 설거지 그리고 죽 쑤기였다.

기대했던 바리스타 생활은 아니었지만 김사홍은 그곳에서 서비스의 기본을 배울 수 있었다. 그리고 말하지 않아도 손님들이 원하는 것을 가져다줄 정도로 눈치도 늘었다. 스무 살의 그였다면 진작 때려치웠을 일이지만 그는 포기하지 않았고, 성실함을 인정받아 새로 문을 연 카페의 매니저 자리까지 제안받았다. 갤러리 겸 카페였던 그곳에서 그는 본격적으로 커피를 추출하며 바리스타로 일을 시작했다.

✿✿ 10년을 넘어, 챔피언의 자리에 오르다

10년을 투자해도 빛을 볼 수 없었던 영화판의 기억을 되살리고 싶지 않았던 것일까. 김사홍은 어렵게 얻은 매니저 자리에 안주하지 않고 더 뛰어난 바리스타가 되기 위해 끊임없이 기회를 찾았다. 그러던 중 바리스타학과 2기를 뽑는다는 나주대학교의 공고가 눈에 들어왔다. 당시만 해도 제대로 된 에스프레소 교육장도 없었던 데다가 혼자서 공부하는 것에 한계를 느꼈던 그에게 확실한 커리큘럼이 있는 대학에서의 수업은 매력적이었다. 운이 좋게도 학과가 생긴 지 얼마 되지 않아 큰 어려움 없이 학교에 들어갈 수 있었고, 에스프레소가 국내에 소개됐던 2000년대 초반부터 커피 교육기관으로 유명했던 리에스프레소 대표이자 나주대학교 교수였던 이승훈의 배려로 서울에서도 수업을 들을 수 있었다. 그를 눈여겨봤던 바리스타 이승훈의 제안으로 방학 때는 리에스프레소의 커피랩에서 일할 수 있었는데,

대기업의 지원을 받아 새로 오픈한 랩에는 수준급 바리스타들이 대회 준비를 위해 찾아오곤 했었다. 형설지공의 마음으로, 낮에는 그라인더와 에스프레소 머신을 청소하고 세팅하며 일을 도왔고, 어깨너머로 바리스타 챔피언들의 추출을 지켜보았다. 그가 직접 추출할 기회는 모든 이가 떠나고 연습용 커피가 남았을 때에만 주어졌다. 하지만 누가 지켜보지 않아도 그는 꾸준히 연습했고, 그 결과 1년 뒤에는 대회 출전을 꿈꿀 수 있을 정도로 성장할 수 있었다.

바리스타 김사홍이 처음 바리스타 대회에 나간 것은 2006년이었는데, 그는 지금도 그 대회를 잊지 못한다. 예선에서 사람들은 그를 '다크호스'라 불렀다. 쟁쟁한 우승 후보들 사이에서 떨지 않고 빼어난 실력을 보여주었기 때문이다. 문제는 본선부터였다. 비교적 쉽게 예선을 통과한 덕분에 그는 본선 준비에 소홀했고 첫 잔을 추출할 때 잔을 놓는 것을 깜빡했다. 커피가 그대로 바닥에 흘렀을 때 "아!" 하고 탄식을 뱉었지만 이미 아수라장이 된 뒤였다. 바리스타 대회

에서는 테크니컬 점수가 20점에 불과하다. 하지만 20점에서 단 1점이라도 소홀히 했을 땐 음료의 완성도를 평가하는 80점의 센서리 Sensory 점수에 큰 영향을 미친다. 잊고 싶은 기억이지만, 김사홍은 10년이 지난 지금에도 그날을 상기하며 완벽한 테크닉을 가다듬기 위해 노력한다고 말했다.

허탈한 대회 출전을 끝낸 그날부터 그는 가장 기본이 되는 기술을 다듬기 시작했고, 2007년 대회에서는 빈틈없는 테크닉으로 우승 트로피를 거머쥐었다. 이후에도 꾸준히 KBC Korean Barista Championship에 출전해 좋은 성적을 거뒀다. 이후 김사홍은 스페셜티 커피를 국내에 소개한 커피리브레 서필훈 대표를 2009년에 만나면서 이탈리안 커피에 중심을 둔 대회가 아닌 스페셜티 커피로 눈을 돌리게 된다. 이탈리안 에스프레소는 로스팅에 신경을 쓰기보다는 바리스타의 개별 능력을 중요시하는 추출을 지향한다. 그런데 생두의 차별화를 강조하는 시대적 흐름 속에서는 한계가 있다는 것도 김사홍은 느끼게 되었다. 2010년, KBC와 병행해서 열린 월드 바리스타 챔피언십 국가대표 선발대회에서 로스터 서필훈과 호흡을 맞춘 바리스타 김사홍은 2위를 차지한다.

바리스타가 대회에서만큼 스포트라이트를 받는 일은 드물다. 수개월간 쉴 틈 없이 커피 한 잔의 완성도를 높이는 일은 고단하지만, 커피가 전부인 이들에게 바리스타 대회는 일종의 쾌감이 느껴지는 순간이기도 하다. 챔피언의 자리에 올랐음에도 다시 대회에 출전하는 이들의 마음은, 그 무대에 서본 사람이라면 백번이고 공감할 것이다.

그런 마음으로 바리스타 김사홍 또한 KBC에서 트로피를 들어 올렸음에도 국가대표 바리스타가 되어 WBC에 출전하기 위해 국제 규정을 따르는 선발전에 도전했다. 이 과정에서 그는 스페셜티 커피의 매력을 알게 되었다. 완벽한 한 잔의 커피를 만들기 위해 가장 먼저 해야 하는 일은 좋은 재료를 고르는 것인데, 대회에 출전하는 바리스타들은 최상급 원두를 찾기 위해 1년 가까이 수많은 스페셜티 커피들을 맛보곤 한다. 김사홍 역시 대회 준비를 하는 동안 재배 과정부터 기존의 커피와 다른 방향을 제시하는 스페셜티 커피를 통해 새로운 방향을 세우게 되었다.

대회 출전에 심혈을 기울이는 와중에, 김사홍은 젊은 직장인들을 스페셜티 커피에 매혹시키기 위해 상암동 디지털미디어시티에 커피템플을 열었다. 바리스타 챔피언의 카페답게 커피만을 팔고 싶었다. 하지만 리에스프레소에서 일하던 시절부터 알게 된 인연으로 아내가 된 또 다른 챔피언 바리스타 신채용의 의견을 존중해 유자 아메리카노와 텐저린 카푸치노를 메뉴에 넣었다. 놀랍게도, 우후죽순 생겨나는 음료 매장들 사이에서 버틸 수 있도록 도와준 메뉴는 유자 아메리카노와 텐저린 카푸치노였다. "사람들이 오랫동안 좋아한 음식들은 대부분 단맛을 베이스로 한 것이라는 말이 있어요. 식품공학을 공부하다 보니 손님들의 입맛을 체계적으로 이해할 수 있게 되더라고요."

복싱을 통해 줄넘기의 중요성을 알게 되면서 그는 기본에 대해 다시 생각하는 시간을 가지고 있다고 한다. 물론 챔피언의 자리에 오르고, 그 자리를 지키기 위해 한 잔의 완벽한 커피를 만드는 것도 하나의 목표지만, 꾸준히 기본기를 다져 그 커피가 더 많은 사람들에게 사랑받을 수 있게 하는 것은 그의 궁극적인 지향점이다. "아직도 많은 사람들이 스페셜티라는 단어를 낯설어할 정도로 스페셜티 커피에 무심해요. 기본기를 다지고 꾸준히 줄넘기를 해서 사람들이 정말로 스페셜티 커피를 좋아하게 만들고 싶어요." 또 한 번 기본기를 강조하는 그는, 송창식과 장혜진에 대해 이야기한다. "그들의 음악이 언제 어디서 들어도 사람의 마음을 움직이는 까닭은 기본을 중요하게 생각하고 끊임없이 노력하기 때문이 아닐까요."

아직 커피에는 줄넘기가 없다는 말은 많은 것을 생각하게 한다. 단순히 돈을 벌기 위한 도구로서의 커피는 시장의 성장을 가져오기는 했다. 그러나 맛있는 커피로 사람들의 입맛을 사로잡는 일에는 소홀했고 질적 성장을 더디게 만들었다. 끊임없이 줄넘기를 하듯 기본기를 연마한 커피는 스페셜티 커피를 수식하는 화려한 말들 없이도 사람들의 고개를 끄떡이게 할 거라고 바리스타 김사홍은 믿는다. 2010년, 그는 바리스타 대회 출전 소감으로 자신의 경연을 지켜본 분들에게 자신의 카페에서 에스프레소를 선물하겠다고 말했다. 그 말을 믿고 처음으로 커피템플을 방문한 그날부터, 나는 그가 끊임없이 커피의 줄넘기를 하는 모습을 보고 있다. 그럼에도 아직까지 자신은 제대로 된 줄넘기를 해보지 않았다고 김사홍은 말한다.

꾸준한 반복과 이를 통한 변화를 관찰하는 것, 이것이 바리스타 김사홍이 말하는 커피의 줄넘기다. 빨간 줄넘기를 보여주며 기본기에 대해 말하면서 에스프레소 두 잔을 건네주던 그 날로부터 몇 개월 후, 바리스타 김사홍은 다시 한 번 챔피언의 자리에 올랐다. 그 소식을 들으니 그의 꾸준한 줄넘기가 드디어 빛을 보기 시작했다는 생각이 들었다. 다시 챔피언의 자리에 올랐지만, 그는 여전히 줄넘기를 하듯 기본을 생각하며 커피를 내릴 거라고, 가게를 찾은 이들에게 틀림없이 그가 내릴 수 있는 가장 맛있는 커피를 만들어줄 것이라고 믿을 수 있었다.

+ 커피템플
서울시 마포구 월드컵북로 396 누리꿈스퀘어 r100호 /
02-2132-8051 /
평일 08:00~21:00(주말 12:00~20:00) / 공휴일·명절 휴무

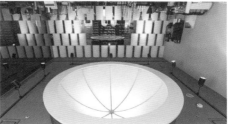

[1] 에스프레소와 드립이 뭐가 다른지도 몰랐지만 일단 커피 수업을 들었다. [2] 2006년, 처음 출전한 바리스타 대회에서 잔을 놓지 않은 채 추출. 커피가 바닥에 흘러내릴 때 그의 점수도 흘러내렸다. [3] 2007년 한국 바리스타 챔피언십에서 우승 트로피를 거머쥔 후, 2010년 월드 바리스타 챔피언십 국가대표 선발대회에서는 서필훈과 호흡을 맞춰 2위를 차지. [4] 바를 청결하게 관리하고 매일 그라인더를 분해해 청소하는 것은 커피의 기본기. [5] 대회에 나가 완벽한 한 잔을 만들어내는 것은 매장에서 더 많은 사람에게 사랑받는 커피를 만들기 위해서다. [6] "매일 줄넘기를 하는 마음으로 기초적인 작업들에 대해 생각합니다. 도징, 탬핑, 추출의 기본을 생각해보는 거죠." [7] 인터뷰를 할 때는 빨간 줄넘기 줄을 보여주었지만, 촬영할 때는 그걸 찾을 수 없어 줄무늬 줄넘기 줄을 가져왔다. 커피의 기본에 대해 끊임없이 상기시키는 커피 도구.

180커피로스터스

컨테이너 박스에서 로스팅 챔피언의 포디엄까지

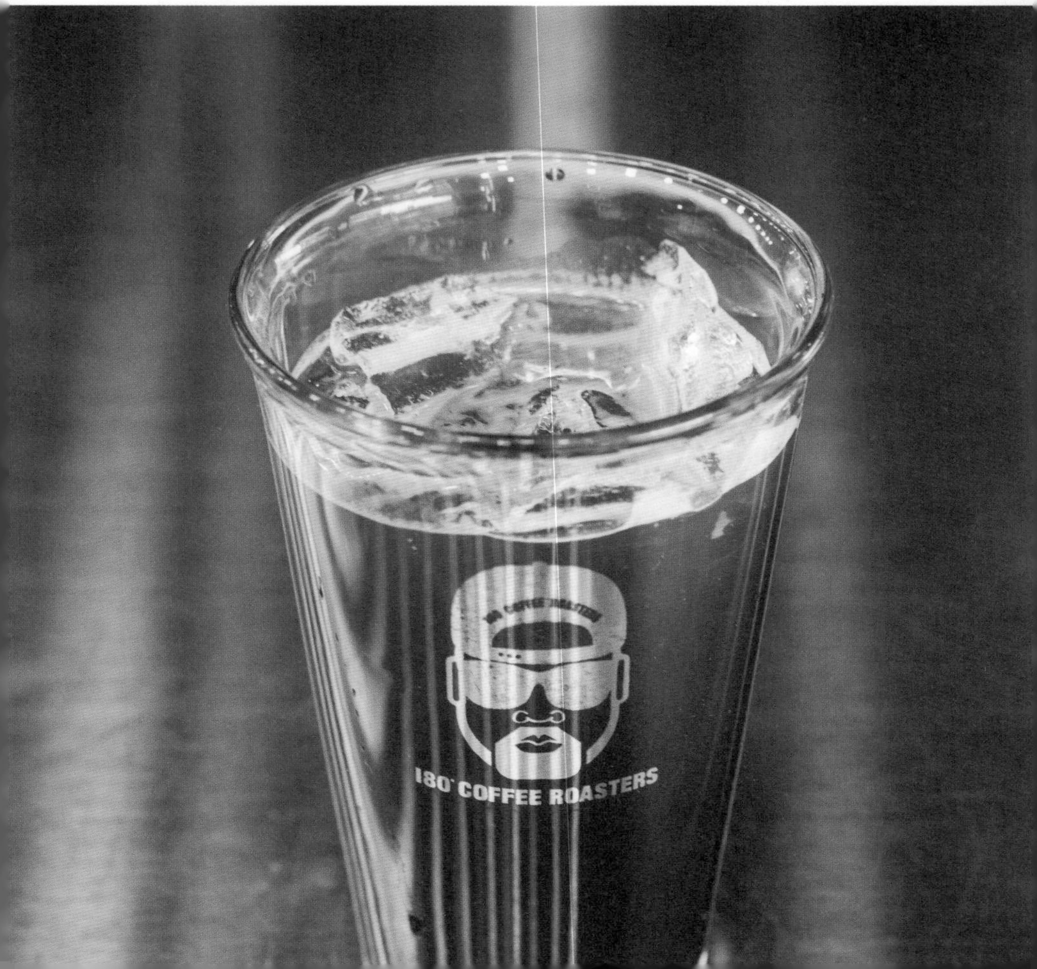

　　　　　　　지금의 성남시 율동공원 앞 건물에 자리 잡기 전까지, '180커피로스터스'는 컨테이너 박스에 로스터를 가져다놓고 원두 납품만 했다. '180커피로스터스'의 대표 로스터 이승진(1980년생)은 로스팅의 기준으로 특별함보다는 어떤 카페에서나 편안하게 내릴 수 있는 안정감을 추구했다. 스페셜티 커피에 대한 폭넓은 지식을 바탕으로, 납품처의 현실적인 상황을 충분히 이해하고 만들어내는 그의 블렌드는 로스팅 챔피언십 우승 이전에도 커피인들 사이에서 인정받고 있었다. 로스터스 챔피언십에서 우승한 후에도 그의 로스팅 철학은 변하지 않았다. 화려한 커피들이 매일같이 서로의 향미를 뽐내는 스페셜티 커피 시장에서, 로스터 이승진은 어떤 상황에서 내려도 잘 녹을 수 있는, 수율에 중점을 둔 로스팅을 하고자 한다.

　생두의 개성을 강조한, 화려한 향미가 매력적인 커피는 마니아들에겐 익숙할지도 모른다. 하지만 아직도 많은 사람들이 스페셜티 커피를 생소하게 생각하고, 그 독특함을 쉽게 이해하지 못한다. 또 스페셜티 커피 시장이 많이 성장했다고는 하지만, 아직까지 대부분의 카페들이 운영상의 한계로 다양한 추출변수를 통제하지 못하고 있는 것 또한 현실이다. 많은 카페들이 종종 마주하는 문제점을 분석해 누구라도 편하게 추출할 수 있는 블렌드, 특별함과 보편적인 맛 사이에서 접점을 찾아내고 사람들을 설득할 수 있는 커피. 로스터 이승진은 뚜렷한 철학을 가지고 스스로를 뽐내지만, 좀처럼 사람들에게 다가가지 못하는 스페셜티 커피 시장에서 새로운 대안을 제시하고 있다.

◐◑ 숨겨진 재능, 커피

'180커피로스터스'는 로스터 이승진이 디자이너였을 때 친구들과 함께 운영한 디자인 스튜디오의 이름을 따서 만들었다. 두 명의 친구들과 함께했던 편집 및 웹 디자인 스튜디오는, 규모는 작았지만 일거리는 끊임없이 몰려들었다. 24시간을 일해도 늘 시간이 모자라던 당시에는 하루 종일 인스턴트 커피를 입에 달고 살았다. 가끔씩 사무실에서 쪽잠을 잘 때를 제외하곤 숨 쉴 틈 없이 일하던 그 시절, '180디자인스튜디오'라는 팀이 있었기에 힘든 순간도 기꺼이 버텨낼 수 있었다고 이승진은 말한다. 잘나가던 스튜디오가 위기를 맞은 것은 2006년 즈음, 웹 시장의 디자인 수요가 증가하면서 회사의 운영 방향을 틀었을 때였다. "열심히 해보려고 해도 불가능한 게 있더군요. 수많은 업체들이 난립했고, 단가가 낮아지다 못해 무료로 웹 디자인을 해주는 회사들이 늘어나면서 더 이상 설 곳이 없었어요." 회사의 경영은 깊은 수렁에 빠져들었고, 지난 2년의 성과를 다 쏟아부어도 1년 동안의 위기는 막아낼 수 없었다. 가정을 꾸린 두 명의 친구들이 다른 회사로 옮길 수 있도록 놓아준 이승진은 남은 일처리를 모두 떠안았다. 회사의 남은 빚을 다 정리하고 미련 없이 디자인업계를 떠났을 때, 그에게 남은 것은 카페인 중독과 불면증 그리고 각종 질병뿐이었다.

사업을 접은 이승진은 얼마간의 휴식 기간을 가진 후 어머니가 운영하던 도넛 전문점에서 일을 도왔다. 그러면서 자신이 의외로 손님을 대하는 서비스업에 소질이 있다는 사실을 발견했고, 무작정 아이스크림과 커피를 취급하는 프랜차이즈 매장을 오픈했다. 주력 상품은 아이스크림이었지만, 그의 가게에서 가장 잘 팔린 메뉴는 의외로 커피였다. 본사에서는 제공하지 않는 시그니처 커피 메뉴도 직접 개발해 판매했는데 생각보다 잘 팔리기도 했다. 숨겨진 재능을 찾은 것처럼 바쁘게 커피를 내리면서, 그는 넘쳐나는 카페 일을 함께 할 직원을 구했다. 공고를 붙인 지 얼마 지나지 않아 가게의 문을 두드린 직원은 이승진 몸집의 절반이 될까 하는 왜소한 체구의 여성이었다. 본격적인 커피 인생이 시작되려던 그 시점, 이승진이 자신의 커피 인생을 이끄는 '도구'라고 말한 첫 번째 팀원, 로스터 성보람(1986년생)과 이렇게 만났다.

"체력이 좋은 남자들이 하기에도 힘든 일이었는데 그녀는 아무리

일이 많아도 묵묵하게 해냈어요. 게다가 어떤 면에서는 저보다 더 뛰어났죠." 커피에 대한 흥미가 커지면서 그는 가게에서 멀지 않은 곳에 있는 단국대학교 평생교육원에서 커피 수업을 수강했는데, 가게를 맡길 수 있는 든든한 직원이 있기에 가능한 일이었다. 덕분에 커피가 메인이 아니었던 매장에서 핸드드립은 물론 로스터 이승진이 직접 볶은 원두로 만든 커피 메뉴들을 팔았다. 또, 가게 일이 여유로울 때에는 직원인 성보람에게도 수업에서 배운 것들을 가르쳐주곤 했다. 그렇게 둘은 자연스럽게 커피에 빠져들었고 커피를 전문으로 판매하는 매장에 대한 꿈을 키우기 시작했다.

00 챔피언이 되다, 동료들을 얻다

결론부터 얘기하자면, 이승진은 2013년 국내에서 처음 열린 로스

팅 챔피언십에서 1등을 차지했다. 그리고 이어진 세계대회에 국가대
표로 출전하여 5위에 올랐다. 본격적으로 로스팅 공부를 시작한 지
5년 만에 국내 최정상의 자리에 오를 수 있었던 데는 여러 사람의 도
움이 있었다. 그를 항상 믿고 도와준 성보람 외에도, 어머니의 도넛
전문점에서부터 이승진이 내려주는 커피가 맛있다며 격려해주던 '카
페 토리'의 사장과 당시 단국대 평생교육원의 강사였던 서필훈이다.
그들로 인해 이승진은 본격적으로 로스터의 길을 걷기 시작했다.

　당시에 대부분의 로스팅 수업은 수업을 진행하는 로스터 개인의
로스팅 프로파일을 바탕으로 이뤄졌는데, 서필훈의 수업은 이와는
다르게 수강생들이 자신의 프로파일을 만들 수 있도록 이끌어주었
다. 스페셜티 커피의 주요 흐름을 짚어가며 로스팅의 본질을 가르치
는 이 수업을 들으며, 이승진은 자신이 운영하던 프랜차이즈 매장을
접고 '토리 2호점'이라는 상호로 카페를 열었다. 얼마 지나지 않아 경
영상의 문제로 토리 2호점은 더 이상 운영할 수 없게 되었고, 로스터

이승진과 성보람은 토리의 로스팅 팩토리로 자리를 옮긴다.

이때부터였다. 오로지 로스팅에만 신경 써야 하는 환경에서, 이승진은 자신의 커피가 어떻게 해야 바리스타들을, 손님들을 이해시킬 수 있는지 연구하기 시작했다. 그리고 동시에 한번 맛본 사람들이라면 절대 잊을 수 없는 자신만의 스타일을 만들려고 노력했다. 그렇게 로스팅 공장에 갇혀 보내길 몇 개월, 이승진은 로스터 성보람과 함께 자신만의 브랜드 '180커피로스터스'를 오픈하기에 이른다. 컨테이너 박스 안에서 로스팅을 해야 할 만큼 상황은 열악했지만, 힘들었던 그 시절의 경험은 대회에서 좋은 성적을 얻을 수 있는 밑거름이 되었다.

"사실 그때를 돌이켜보면, 커피를 하면서 가장 어려운 순간이었어요." 로스팅 챔피언십 예선 전 날까지, 그는 밀린 납품과 수업으로 정신이 없었다고 한다. 예선에 참가한 로스터는 80명, 로스터들이 경연하는 첫 대회이다 보니 국내의 이름난 로스터들은 전부 모였다. 본격적으로 로스팅을 공부한 지 5년에 불과한 이승진은 참가에만 의의를 두겠다는 마음이었다고 한다. 하지만 운이 좋게도 그는 12명을 뽑는 결선에 진출했고, 기대했던 대로 로스팅이 잘 되었던 덕에 우승 트로피까지 거머쥘 수 있었다.

로스팅 챔피언십 우승 이후 그의 커피 인생은 180도 달라졌다. 로스터로서 한 단계 더 성장한 그는 매장을 옮기기로 결심했고, 그동안 미뤄두었던 성보람과의 결혼 준비도 시작했다. 기회가 다가오고 변화가 시작된 이 시기는, 동시에 로스터 이승진에게 새로운 고민거리도 던져주었다. 규모가 커진 180커피로스터스를 함께 이끌어갈, 더 많은 팀원이 필요했기 때문이었다. 다행히 갓 매장을 열었을 때에는 평소 커피업계에서 알고 지낸 세 명의 바리스타가 도움을 주었지만 개인적인 사정으로 그들도 매장을 그만두게 되었다.

'때마침'이라는 표현이 딱 맞았다. 당장 매장을 꾸려갈 팀원을 모집해야 하는 상황에서, 로스터 주성현이 네 명의 동료들과 함께 보금자리를 찾고 있었던 것이다. 첫 만남에, 로스터 이승진은 그들 모두를 180커피로스터스의 가족으로 받아들이기로 결정했다. 처음부터 죽이 잘 맞았던 일곱 명의 팀원은 로스터 이승진이 막 디자인 일을 시작할 때 함께했던 친구들 못지않은 가족이 되었다. 근무가 없는 날에도 팀원들을 보기 위해 출근할 만큼, 180커피로스터스의 팀워크는 끈끈함을 자랑한다.

◑ 동료, 커피 인생의 가장 큰 원동력

이승진이 로스팅을 할 때의 기준은 무엇보다 팀원이다. 팀원 중 누가 추출을 해도 스트레스 받지 않고 일정한 맛을 낼 수 있도록, 오픈 조를 맡은 바리스타가 어떤 상황에서도 당황하지 않고 그날의 추출 가이드를 잡을 수 있도록 하는 일은 로스터 이승진이 블렌드를 개발할 때 가장 신경 쓰는 부분이다. 이렇게 심혈을 기울여 만든 에스프레소 블렌드는 결국 대중의 입맛을 사로잡은 스페셜티 커피 블렌드로 확장된다. "스페셜티 커피 시장이 성장하고 있다지만 모든 카페가 탬핑과 도징, 추출을 엄격하게 통제하지는 못해요. 우리가 제공하는 블렌드는 불안정한 변수를 만나도 스페셜티 커피의 매력을 살리는 게 목표죠."

이렇게 만들어진 180커피로스터스의 커피는 언제나 균일하면서도 편안한 느낌을 주는데, 로스터 이승진은 이 비결을 수율을 고려한 로스팅에서 찾는다. 커피의 고형 성분이 물에 녹는 정도를 의미하는 수율은, 스페셜티 커피 시장이 성장하면서 주목받게 된 개념이다. 스페셜티 커피 시장에서 수율은 생두가 가진 본연의 향미를 제대로 추출하는 기준으로 쓰이기도 하는데, 원두의 상태나 추출 목적에 따라 이상적인 수율은 달라지기도 한다. 이승진 로스터가 추구하는 '수율이 좋은 커피'는, 말 그대로 좋은 원두가 가진 성분을 제대로 이끌어낼 수 있는 커피를 의미한다. 다양한 변수가 존재하는 납품처의 추출 환경에서, 수율을 고려한 안정적인 로스팅은 그렇지 않은 로스팅에 비해 쉽게 꾸준한 맛을 낼 수 있기 때문이다. 납품처의 다양한 추출 환경을 고려해 최적의 수율을 낼 수 있는 로스팅 포인트를 잡는 일은 그만큼 어렵기도 한데, 이는 아직도 로스터 이승진이 매일같이 고민하는 것이기도 하다.

일곱 명의 동료들을 챙기는 일부터 수많은 납품처에 더 좋은 커피를 공급하려는 부단한 노력까지, 쉬운 일은 아니다. 앞으로도 이렇게 힘든 일을 꾸준히 해내는 것이 만만치 않으리라. "커피를 시작하면서도 팀이 가장 중요하다는 생각은 변하지 않았어요. 이것도 일이잖아요. 힘든 순간을 함께 버틸 수 있는 팀원들이 없으면 커피도 결국 힘들지 않을까 생각합니다." 함께했던 동료들이 더 이상 같이 있을 수 없게 되었을 때, 그는 디자인 스튜디오를 떠나겠다고 결정했다. 팀워크가 사라지면서 즐거움도 사라졌고 일 또한 고통으로 다가왔기 때문이다. 빚도 있고 전보다 시장 상황이 어려워진 것도 있었지만, 디자인을 그만둔 가장 큰 이유는 친구들을 떠나보낸 것이었다. 커피를 하면서 그가 가장 중요하게 생각한 것도 팀원이었다.

첫 번째 팀원이자 평생을 함께할 아내 성보람을 비롯해 어렵게 모인 일곱 명의 동료는 새로 시작한 그의 커피 인생에서 가장 큰 원동력이다. 그래서 180커피로스터스의 페이스북에는 커피보다 팀원들에 대한 얘기가 많이 올라온다. 함께 캐치볼을 하거나 보드를 타는 영상도 자주 올라오고, 카페에서 일하는 모습을 찍은 사진도 직원들모두 함박웃음을 짓거나 즐겁게 일하는 모습들로 가득하다. 사람들은 종종 그에게 너무 직원들끼리만 소통하는 게 아니냐고 얘기한다. 하지만 그는 대답한다. 디자인을 했던 그때나 지금이나 자신에게 가장 중요한 것은 팀이라고. 어떤 일이 있어도 서로를 지켜주고 응원해주는 팀이 없다면 커피도 의미 없는 일이 될 거라고.

"간결하면서도 화려하고, 모던하면서도 클래식하고, 평범하면서도 엣지 있는 그런 느낌으로 가주세요"라는 말은, 고객들은 늘 상반된 두 가지 스타일의 공존을 요구한다는 개발자와 디자이너의 신세한 탄을 대변한다. 스페셜티 커피도 마찬가지다. 사람들은 특별하고 맛있는 커피를 원하지만, 그들의 선택은 늘 익숙한 맛에 멈춰 있다. 로스터 이승진은 언제든지 변화가 가능하다고 말한다. "우리나라만의 특수한 커피 소비 스타일이 있어요. 이 배경을 잘 이해한다면 여태까지 찾지 못했던 우리만의 스페셜티 커피 스타일을 만들 수 있지 않을까요." 그리고 그는 덧붙인다. 이 목표는 180커피로스터스의 팀원들이 함께해야만 가능하다고.

인터뷰와 촬영을 진행하면서 직접 겪은 팀의 분위기는 로스팅 팀이라기보다 흡사 프로스포츠 팀 같았다. 이렇게 서로 긴밀한 호흡을 유지하며 커피를 만드는 그들을 보니, 로스터 이승진의 목표를 이루는 것이 결코 불가능하지 않으리라는 생각이 들었다. 그리고 그들이 그 어떤 프로스포츠 팀보다 멋진 호흡을 보여주며 만들어낼 커피들이 더욱 기대가 됐다.

+ 180커피로스터스

경기도 성남시 분당구 문정로144번길 4 / 031-8017-1180 /
11:00~22:00 / 매달 마지막 주 금요일 휴무

 챔피언의 커피 · 180커피로스터스

LEE SEUNG JIN

1 디자인회사를 정리한 후 시작한 프랜차이즈 아이스크림 가게에서 자신의 커피 메뉴를 개발하다.
2 단국대 평생교육원에서 서필훈의 로스팅 수업을 들으며 로스팅 공부. **3** 2013년 국내 첫 로스팅
챔피언십에서 1등, 이어진 세계대회에서 5위. **4** 성보람과 함께 컨테이너 박스에서 시작한 '180커
피로스터스'. 율동공원 앞에 자리 잡으며 동료들을 맞다.

5 "이것도 일이잖아요. 힘든 순간을 함께 버틸 수 있는 팀원들이 없으면 커피도 결국 힘들지 않을까 생각합니다." **6** 누가 추출을 해도 스트레스 받지 않고 일정한 맛을 낼 수 있는 커피, 불안정한 변수를 만나도 스페셜티 커피의 매력을 살리는 게 로스팅 포인트. **7** 그 어떤 프로스포츠 팀보다 멋진 호흡을 보여주는 180커피로스터스의 팀원들. 그들이 없다면 자신의 커피 인생도 의미가 없을 거라는 이승진.

3.
03

카페 뎀셀브즈

종로의 터줏대감, 스타 바리스타 양성소

　　이런 공간이 또 있을까. 대기업 프랜차이즈 커피의 전쟁터나 다름없는 종로 한복판에서, 카페 뎀셀브즈는 자신들이 직접 볶은 블렌드 원두로 커피를 내린다. 자리만 났다 하면 기업을 등에 업고 소비자를 유혹하는 음료 매장들이 생기지만, 카페 뎀셀브즈는 그때그때 트렌디한 메뉴를 내놓으며 끊임없이 손님들을 끌어모으고 있다. 13년이 넘는 경력과, 어느 카페에 견주어도 뒤지지 않을 규모로 위엄을 갖춘 뎀셀브즈는, 커피업계의 주목을 받는 독보적인 매장으로 자리 잡았다. 스페셜티 커피 시장이 열린 후에도 오랜 경험과 신선한 재료를 발판 삼아 커피 마니아와 대중의 경계선에서 가장 보편적인 입맛을 공략했고, 방황하고 있는 스페셜티 커피 업계의 많은 카페들에게 롤 모델이 되고 있다.

　　종종 사람들은 이런 성공이 카페 뎀셀브즈의 사장이 건물주이기 때문에 가능한 일이라고 말한다. 김세윤 대표(1974년생)는 고개를 끄덕이며 이렇게 말한다. "디지털멀티미디어 업계에서 일하는 대학 동기들도 부동산을 가지지 않고 사업하는 것은 무리라고 말하더군요. 안정적인 부동산은 사업 성공의 필수요소라고 생각합니다."

하지만 커피깨나 마셨다 하는 사람들에게 카페 뎀셀브즈는 그렇게 쉽게 얘기할 수 있는 공간이 아니다. 무엇보다도 카페 한켠을 가득 채운 트로피들은 이 공간의 의미를 보여준다. 카페 뎀셀브즈는 그저 '성공한' 카페가 아니다. 김세윤 대표의 끊임없는 투자와 노력으로 수많은 스타 바리스타들을 탄생시켰고, '카페 뎀셀브즈 출신' 바리스타들은 우리나라 스페셜티 커피 업계를 이끌고 있다. 뿐만 아니라, 지속적인 설비와 인력에 대한 투자로 '지속 가능한 카페' 모델을 만들고 있기도 하다.

◐◑ 커피 전쟁터 종로의 터줏대감

"맛있는 음식은 건물주로부터 나온다." 일본의 한 칼럼니스트가 한 말이다. 카페 뎀셀브즈 김세윤 대표에게는 비슷한 콘셉트의 카페를 차리고 싶다는 상담이 종종 들어온다. 그때마다 김 대표도 똑같은 말을 한다. "건물주가 아니면 시작하지 마세요." 카페 창업 붐의 이면에는 클리셰라 해도 될 만큼 똑같은 갈등이 반복되고 있기 때문이다. "아들이 원래 카페를 하고 싶어했는데, 이참에 시작해보려고요." 건물주들이 자신의 건물에 입점한 카페를 내쫓을 때 가장 흔하게 늘어놓는 핑계다. 인테리어, 카페 설비, 단골고객까지, 공들여 차려놓은 밥상은 그대로 건물주의 것이 되어버린다.

사실 카페 템셀브즈가 자리 잡고 있는 건물은 김세윤 대표의 것이 아니라 김 대표 아버지의 것이다. 김세윤 대표는 매월 꼬박꼬박 아버지에게 임대료를 정산한다. 대신 그는 장사가 아무리 잘돼도 터무니없는 이유로 자신을 내쫓을 사람이 없다는 점에서 조금 더 유리한 위치에 있는 것뿐이다. 카페 템셀브즈가 종로의 새로운 랜드마크로 성장할 수 있었던 데는, 그리고 그 모습을 계속 유지하고 있는 이면에는, 그를 믿고 지지하는 든든한 건물주가 있었다. 그래서 김세윤 대표는 더 커피에 매달릴 수밖에 없었다. 누구나 이해할 수 있는 보편타당한 커피를 만드는 일은, 안정적인 매장에서 카페를 운영하는 그에게 가장 간절한 목표가 될 수밖에 없었다. 당당한 아들이 되고 싶었고 지금보다 더 많은 사람들이 카페 템셀브즈를 인정하게끔 만들고 싶었기 때문이다.

그 시대의 아버지라면 아들에 대해 다 같은 바람이 있었겠지만, 김세윤은 언제나 그 바람에서 조금 비켜난 선택을 했다. 첫 번째 선택은 미대에 진학한 일이었고, 제대 후 첫 직업으로 네트워크 마케팅의 선두주자인 모 회사의 사업자가 된 일이 두 번째 선택이었다. "아버지는 제가 언젠가는 정신을 차릴 거라고 생각하셨던 것 같아요. 덕분에 후회 없이 새로운 일에 도전했고 다양한 사람들도 만나며 겸손해질 수 있었죠." 그리고 그가 네트워크 마케팅 사업자를 그만두고 나왔던 2001년, IMF 때 경매로 나온 '이명래고약'의 명래제약소 건물을 낙찰받은 후 아버지는 솔깃한 제안을 했다. 이제 그만 방황하고 네가 할 수 있는 일을 해보라며 그 터에 지은 건물을 내어주었던 것이다.

2000년대 초반의 '무엇이든 하면 된다!'는 사회 분위기와 '물장사는 망하지 않는다'는 스스로의 믿음이 맞물려, 김세윤은 아버지에게 커피 사업을 하겠다고 얘기했다. 하지만 그것이 아버지의 기대를 저버린 세 번째 선택이 되었다고 깨닫기까지는 그리 오래 걸리지 않았다. 카페 뎀셀브즈가 자리를 잡은 지 6개월 뒤, 50미터 거리의 옆 건물에 한 프랜차이즈 카페가 문을 열자 매출이 반 토막 났기 때문이다. 그때부터 김세윤은 철저히 생존을 위해 온 힘을 다했다. 부모님의 만류와 역정이 그에게 압력으로 다가왔지만, 쉽게 카페를 포기하고 싶지 않았다. 당시 우후죽순 생겨나는 프랜차이즈를 쫓아다니며 전략을 연구하기도 했고, 직접 베이커리를 운영하며 새로운 돌파구를 찾아보기도 했다. 그리고 풍전등화 같은 카페의 생존 앞에서 절박한 마음으로 하루하루를 보냈던 그 시절의 고민은, 2003년의 매장 리모델링 이후 서서히 매출로 드러나기 시작했다.

가게가 안정세를 되찾으면서 김세윤 대표는 직원들에게 바리스타 대회에 나갈 것을 독려했다. 기계처럼 커피를 뽑아내는 일에서 벗어나 커피에 집중할 수 있는 시간을 주고자 한 것이다. 전문직으로서의 바리스타를 양성하기 위한 이런 노력은 시간이 지나자 성적으로 나타났고, 뎀셀브즈는 한국바리스타협회BAOK, Barista Association of Korea가 주관하는 국내 바리스타 대회부터 국가대표 선발전에 이르기까지 수많은 우승자와 스타 바리스타를 배출했다. 2009년에는 카페 뎀셀

브즈의 바리스타 김재범이 국내 최초로 월드컵 테이스터스 챔피언십에서 9위에 오르기도 했는데, 이를 계기로 커피리브레 서필훈 대표와 인연을 맺게 되었다. "2008년 처음으로 국가대표를 배출해 국제대회에 나갔어요. 그때 카페 뎀셀브즈가 우물 안 개구리라는 생각을 하게 됐죠. 당시 운이 좋게도 로스터 서필훈을 만나면서 다양한 시도를 할 수 있었습니다." 기존에 사용하던 일본 UCC 원두를 사용하지 않고, 직접 로스터를 구입해 매장용 블렌드를 만들기 시작한 것이 그 시도들 중 하나다. 매장의 오너이자 로스터로서, 그는 틈틈이 해외 원두를 구입해 직원들과 함께 커핑을 하고 스페셜티 커피에 대한 지식을 쌓으며 카페에 대한 새로운 그림을 그리기 시작했다.

"그때 스페셜티 커피에 대한 공부를 하면서 오너가 무엇이든 다 알아야 한다는 생각을 버렸어요. 대신 각 분야의 전문가들과 잘 협력해 최고의 커피를 만들겠다고 결심했죠." 13년 동안 종로에서 버틸 수 있었던 비법이 단지 베이커리만은 아니었다. 스페셜티 커피 시장에서도 카페 뎀셀브즈의 명성이 이어진 것은 이러한 노력과 발 빠른 움직임이 있었기에 가능한 일이었다.

◍ 믹스커피 같은 스페셜티 커피?

기회라 생각했던 스페셜티 커피 시장은 오히려 카페 오너들에게 더 많은 것을 요구했다. "좋은 재료로 맛있는 것을 만드는 일은 가장 쉬운 일이에요." 한번은 '케냐 100%'라는 이름으로 질 좋은 케냐 커피로만 만든 블렌드 메뉴를 한 달 동안 판매한 적이 있었다. 하지만 소비자들의 반응은 썩 좋지 않았다. 바쁜 시간을 쪼개 커피를 테이크아웃해가는 종로의 사람들, 여유롭게 커피의 향미를 즐기기에는 너무나 바쁜 손님들에게는 케냐 블렌드의 신맛이 불편할 수밖에 없었다. 또 다른 문제도 있었다. 원두 소비량이 많은 뎀셀브즈 같은 매장에서는 좋은 생두를 쓴 블렌드 메뉴를 개발하는 일이 딜레마로 이어진다. 고급 생두는 대부분 많은 양을 한꺼번에 들여놓기 어려워 블렌드에 꾸준히 사용하기가 불가능하다. 결국 카페의 대표 메뉴인 블렌드 맛의 일관성을 유지하기가 어려운 것이다. 스페셜티 커피의 가능성에 눈떠 다양한 시도를 했지만, 카페 뎀셀브즈는 다시 길고 긴 방황을 시작했다.

그렇게 어려움을 겪던 때에 새로운 길을 제시해주었던 물건이라며 그는 조심스럽게 비닐 봉투를 꺼내들었다. 그 봉투 안에는 그의 커피 인생에 오랜 숙제이자 가장 큰 영감을 주는 도구, 동서식품의 스테디셀러 커피믹스가 담겨 있었다. "언제 어디서나 통하는 보편타당한 커피를 만들고 싶었어요." 김세윤 대표는 오히려 스페셜티 시장이 열리고 나서 많은 사람들이 쉽게 이해할 수 있는 커피를 만드는 일이 중요하다고 생각하게 됐다. 그때 그는 커피믹스를 떠올렸다. 수십 년의 세월이 지나도 남녀노소 누구나 언제든 쉽게 찾아 마실 수 있는 커피믹스 같은 커피.

누구든 설득할 수 있는 믹스커피의 맛을 따라잡는 일은, 김세윤뿐

아니라 많은 커피인들이 꿈꾸는 목표이자 오랜 숙제다. 나에게 처음 커피를 가르쳐주셨던 선생님도 믹스커피를 예찬하곤 했다. 자신이 만든 커피는 쓰다며 마시지 않던 어머니께서, 믹스커피를 타 드리면 그렇게 좋아하셨단다. 그 모습을 보고 있으면, 완벽한 한 잔을 만들겠다고 애쓰는 자신이 부끄러워질 때가 있다는 것이다. 믹스커피는 모든 바리스타에게 이데아와 같은, 가장 완벽한 커피의 형태다. 그런 커피를 만들기 위한 김세윤의 연구는, 몇 년 후 '갓파더'와 '엘 클라시코'라는 카페 뎀셀브즈의 시그니처 블렌드를 탄생시켰다. 여기에 가장 최근 라인업에 오른 '오마쥬 블랙'까지, 카페 뎀셀브즈의 블렌드는 좋은 재료를 사용해 가장 편안한 맛을 보여주는 커피로 사람들의 입맛을 사로잡았다.

"가장 보편타당한 커피를 만들었다면 가장 보편타당한 매장을 만드는 게 그다음으로 할 일이라고 생각했어요." 스페셜티 커피 시장이 성장하고는 있지만, 아직도 많은 사람들은 믹스커피를 마시는 일에 더 익숙하다. 화려한 향미와 혀를 자극하는 신맛의 커피보다는, 부드럽고 달달하면서도 쌉쌀함이 살아 있는 다방커피를 더 좋아하는 것이다. 그가 바라보는 목표는 바로 사람들의 이런 입맛을 사로잡는 일. 자연스럽게 뎀셀브즈를 찾을 수 있게 아주 작은 매장을 많이 만들고, 카페를 찾는 모든 이에게 보편타당한 커피를 만들어주는 일이다. 그리고 스페셜티 커피의 주역이었던 샌프란시스코의 카페 블루보틀Blue Bottle 못지않은, 동서식품의 믹스커피만큼 사랑받는 커피 브랜드를 사람들의 머릿속에 각인시키고자 한다. 또한 커피에만 매몰되지 않고 다양한 음료 메뉴를 개발하여 사람들이 카페 뎀셀브즈를 오래 기억하게 하는 일도 그가 정성을 들이는 일인데, 최근 새로 만든 '참외 스무디'는 프로모션부터 가니쉬를 올리는 일까지 그의 전공이었던 디자인에 대한 지식과 오랜 감각을 총동원한 메뉴이기도 하다.

아버지가 건물을 내어주지 않았더라면, 김세윤은 지금의 카페 뎀셀브즈를 만들 수 없었을 것이다. 하지만 그 어떤 건물주도 뎀셀브즈 같은 카페를 쉽게 만들지는 못한다. 하루가 멀다 하고 대기업이 진출하는 카페들의 전쟁터 종로에서, 카페 뎀셀브즈는 13년을 버텼고 수많은 스타 바리스타들을 양산하며 커피업계에 적잖은 영향력을 미치고 있다. 조심스럽게 카페의 연혁과 납품처를 소개한 브로슈어를 내놓으면서 그는 얘기한다. "이제 곧 카페 뎀셀브즈가 법인이 돼요. 아버지에게 그 소식을 전했더니 '너 이제 회장님 되는 거냐?'며 좋아하시더라고요." 언제나 기대에서 벗어난 선택을 하던 아들이, 이제 아버지에게 당당하게 명함을 내밀며 카페 뎀셀브즈라는 브랜드를 소개할 수 있게 되었다. 하지만 아직 갈 길은 멀다. 카페 뎀셀브즈는 중규모 로스터리로서 한국 커피 시장에서 독보적인 위치를 차지하고 있는데, 김세윤 대표는 이 모델이 혼자서 잘 돌아갈 만큼 완벽한 시스템으로 성장하기를 꿈꾸고 있다. 더불어 그가 지향하는 '보편타당한 커피'를 통해 믹스커피처럼 사랑받는 커피 브랜드를 만드는 일 또한 그가 가진 궁극적인 목표다.

인터뷰를 진행하던 날, 믹스커피 예찬론을 한참 쏟아내던 로스터 김세윤은 가장 최근에 개발한 '오마쥬 블랙'을 맛보여주고 싶다며 나를 에스프레소 머신 앞으로 이끌었다. 작은 잔에 진하게 담겨 나온 그 에스프레소에 설탕 한 숟갈을 듬뿍 넣어 마시면서, 나는 이 블렌드가 믹스커피의 오마주라는 생각을 했다. 하지만 한편으로는 믹스커피와는 또 다르게 생동감이 넘치는 향미를 느낄 수 있어, 어렴풋이나마 로스터 김세윤이 추구하는 방향을 이해할 수 있었다.

카페 뎀셀브즈가 카페들의 전쟁터인 종로에서 살아남을 수 있었던 것은 국내외 커피 시장의 변화를 발빠르게 인지하고, 조금씩 발전해나갔기 때문에 가능했다. 그가 말하는 '믹스커피를 닮은 커피'란, 스페셜티 커피를 비롯한 커피 시장의 변화를 적극 수용한 보편타당함을 의미한다고 생각한다. 여태껏 아무도 시도해보지 못했던 그 보편타당함을, 카페 뎀셀브즈는 찾을 수 있을까. 끊임없이 작은 변화를 만들어가는 카페 뎀셀브즈이기에, 어쩌면 생각보다 빨리 로스터 김세윤이 말하는 그 보편타당한 커피를 맛볼 수 있을 것 같다.

+ 카페 뎀셀브즈
서울시 종로구 삼일대로 388 / 02-2266-5947 /
10:00~23:00 / 명절 당일 휴무

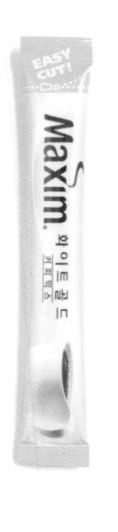

KIM SE YOON

¹ 그만 방황하고 네가 할 수 있는 일을 해보라는 아버지의 제안에 카페를 열다. ² 철저히 생존을 위한 카페 운영 후 전문직 바리스타 양성소로 거듭나다. ³ 좋은 재료를 사용해 가장 편안한 맛을 보여주는 뎀셀브즈의 블렌드 갓파더, 엘 클라시코, 오마쥬 블랙. ⁴ 직원들이 바리스타 대회에 출전하도록 독려하는 것은 기계처럼 커피를 뽑아내는 일에서 벗어나 커피에 집중할 수 있는 시간을 주고자 한 것이다. ⁵ "오히려 스페셜티 커피 시장이 열리고 나서 많은 사람들이 쉽게 이해할 수 있는 커피를 만드는 일이 중요하다고 생각하게 됐어요." ⁶ 중규모 로스터리로서 독보적인 카페 뎀셀브즈. 이 모델이 혼자서 잘 돌아갈 만큼 완벽한 시스템으로 성장하길 꿈꾼다. ⁷ 누구든 설득할 수 있는 믹스커피의 맛을 따라잡는 것은 커피인 김세윤의 목표이자 숙제다.

FM커피하우스

커피의 정석,
부산의 숨은 챔피언

　　오래전부터 부산에서 '화이트 마운틴'이라는 이름의 블렌드 원두를 납품하던 로스터 강무성(1977년생)의 별명은 백산이다. 어느 겨울날, 한 스님이 잘 웃는다며 지어준 법명이 흰 산을 의미하는 '백산'이었는데, 이 이름으로 자신의 브랜드를 만든 것이다. 부경대 앞에 작은 로스팅랩을 차려놓고 밤낮으로 커피만 연구하던 백산의 커피는 탄탄한 밸런스와 안정감으로 인기를 얻었다. 2000년대 초반부터 부산 지역에 꾸준한 납품으로 커피 마니아들의 입맛을 사로잡았던 로스터 백산은 커피의 정석Field Manual이라는 의미의 'FM 커피하우스'를 2008년에 열었다. FM커피하우스는 강무성이 가장 아끼는 바리스타 이지훈(1984년생)의 합류로 날개를 달았고, 커피 마니아들 사이에서는 부산에서 꼭 가봐야 하는 카페로 손꼽히며 유명세를 타고 있다.

오직 커피뿐이었던 강렬한 첫 만남

　부산시 전포동에 있는 FM커피하우스에 가면 중후한 매력의 다크 블렌드와 생두의 개성을 듬뿍 살린 약배전 싱글 오리진을 맛볼 수 있다. 강배전 로스팅을 하면 감칠맛은 살아나지만 생두의 개성이 죽는 경우가 많다. 하지만 FM커피하우스는 각 생두의 개성을 조화롭게 살리면서도, 강배전의 매력을 듬뿍 느낄 수 있는 다크 블렌드를 선사한다. 약배전 로스팅은 생두의 향미를 살리기 위해서는 좋은 선택이지만, 자칫 잘못하면 생두가 제대로 익지 않아 떫은맛이 나는 경우가 왕왕 발생한다. 하지만 로스터 백산은 오랜 경험을 살려 생두를 고르게 잘 익혀낸다. 이렇게 균일하게 익은 원두는 추출하면서 어지간한 실수를 하지 않는 한 어떻게 내려 마셔도 생동감이 느껴지는데, 생두가 가진 가능성을 최대로 뽑아내 다양한 향미를 이끌어내는 그의 커피는 스페셜티 커피에 익숙지 않은 사람들의 입맛도 사로잡는다. 여기에 더해, FM커피하우스는 매년 뛰어난 생두 초이스로 예상치 못한 새로운 맛을 선사한다.

　대회에 나가는 일보다, 먼저 자신의 커피 실력을 최고의 단계로 올려놓아야 한다는 로스터 강무성의 철학은 트로피와 온갖 자격증명을 요구하는 스페셜티 커피 업계에서 불리하게 작용할 때도 있다. 하지만, 그의 노력이 항상 외면받는 것은 아니다. 노르웨이의 스페셜티 카페 후그렌이 도쿄에 문을 열었을 때, 수차례 FM커피하우스의 커피를 보낼 일이 있었다. 나중에 들은 얘기지만, 세계 곳곳의 유명한 원두를 블라인드 테이스팅하는 자리에서 FM커피하우스의 커피는 줄곧 1, 2등을 다툴 정도로 인정받았다고 한다. 이 일화가 말해주듯, FM커피하우스는 이렇다 할 대회의 수상 경력은 없지만 끊임없이 노력하고 성장하며 '챔피언의 커피' 못지않은 커피를 내어주고 있다.

FM커피하우스의 커피 맛을 책임지고 있는 이는 로스터 강무성만이 아니다. 강무성이 가장 아끼는 바리스타 이지훈은 강무성과의 첫 만남을 절대 잊을 수 없다고 말한다.

2007년의 일이었는데, 처음에는 뭐 이런 사람이 다 있나 싶었단다. 가게에 들어선 강무성은 추출 연습을 하고 있던 이지훈에게 인사도 하지 않고 대뜸 잔소리를 늘어놓기 시작했다. "제빙기가 돌아가고 있는데 커피 추출을 하면 제대로 되겠어?" "잔을 뜨거운 물에 담가 놓았다고 그걸로 예열이 끝난 건 아닐 텐데." 바리스타 대회를 앞두고 추출에 신경 쓰기도 바쁜 이지훈에게, 강무성은 그가 커피의 범주에 넣지도 않은 것들을 끊임없이 지적했다. '이게 커피라고?' 기인 같은 그의 말에 제대로 된 대답을 하지 못했던 첫 만남은 아직도 이지훈의 기억 속에 강렬하게 남아 있다.

그다음으로 기억나는 것은 강무성이 볶은 '에티오피아 코라티에' 원두다. 도대체 어떻게 커피에서 이런 맛이 날까 싶었다. 화사한 꽃향기와 뚜렷한 과일의 맛 그리고 어느 하나 부족하지 않는 균형감까지, 그야말로 '완벽한 커피'였다. 이게 전부가 아니었다. 처음 만났던 그때부터 지금까지, 로스터 강무성은 끊임없이 이지훈에게 영감을 주고 있다. 그가 아니었으면 지금의 자신은 없었을 거라고, 도구가 아

닌 사람을 선택해도 된다면, 내 커피 인생의 원동력은 로스터 강무성
이라고 바리스타 이지훈은 말한다.

✺✺ 모든 것을 잃은 순간, 바리스타의 길을 걷다

이지훈의 원래 꿈은 해경이었다. 일찍 돌아가신 아버지를 대신하
여 가장이 되어야 했기에 그는 안정적인 직장을 생각했고, 스무 살
이 되자 해경이 되기 위한 준비로 제주도에서 군 생활을 시작했다.
그래서 갑자기 어머니마저 돌아가셨을 땐 인생을 살아가야 할 이유
를 찾지 못할 만큼 절망스러웠다. 너무 많이 울어서 더 이상 울 수도
없을 만큼 힘들었던 그때, 군대는 아무 생각 없이 시간을 보낼 수 있
는 곳이어서 오히려 버틸 수 있었다고 그는 회상한다.

제대 후, 허무한 그의 마음을 달래준 사람들은 입대 전 일하던 '카
페 모스크바'의 사장과 직원들이었다. 지금은 'RBH커피'로 상호가
바뀐 '카페 모스크바'는, 이지훈이 처음 일할 때만 해도 믹스커피를
팔던 카페였다. 하지만 그가 전역할 무렵엔 에스프레소 머신까지 갖
춘 그럴싸한 카페가 되어 있었다. 장례식 때 어머니의 관을 함께 들
정도로 마음을 써준 카페 모스크바의 사장은 복학도 못한 채 방황
하고 있는 이지훈에게 바리스타가 되어보지 않겠냐고 제안했다. 2년
전의 커피와 지금의 커피는 무척이나 다르다고, 우리가 모두 도와줄
테니 같이 해보지 않겠냐고. 사람들이 소믈리에는 알아도 바리스타

는 모르던 그 시절, 이지훈은 다른 길을 찾아보라는 친척들의 만류를 이겨내고 커피를 배우기 시작했다.

카페 모스크바 사장의 소개로 '카페 루바토'에 자리 잡은 후, 이승훈은 주전자 잡는 일부터 수망 로스팅까지 당시에 배울 수 있던 모든 것을 배웠다. 당시 부산에서 진행되던 커피 수업들은 대부분 일본의 방식을 따르고 있었는데, 더 많은 것을 배우기 위해 일본으로 떠나려던 그에게, 카페 모스크바의 사장은 이탈리아행을 권했다. 엉겁결에 떠난 이탈리아 여행에서 그는 로마의 에스프레소를 맛볼 수 있었고, 오직 핸드드립 커피만 생각하던 커피 패러다임은 순식간에 바뀌었다.

로스터 강무성과의 인상적인 첫 만남은 이탈리아 여행에서 돌아온 후, 에스프레소에 대해 본격적으로 공부하며 바리스타 대회를 준비할 때 이루어졌다. 강무성의 사무실은 부경대 앞 건물 옥상에 있었는데, 이지훈이 일하던 카페와 그리 멀지 않은 곳이었다. 대회를

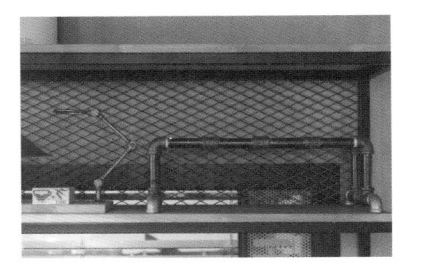

준비하며 고전하던 그에게 카페 모스크바의 사장이 로스터 강무성을 소개시켜준 것이다. 강무성을 만난 후 충격에 빠진 이지훈은, 대회에 앞서 배워야 할 것이 더 많다고 생각해 매일같이 강무성의 로스팅랩을 찾아갔다. 그는 로스터 강무성과 함께 버스가 끊길 때까지 말없이 커피만 뽑아대던, 월급을 받으면 새로 나온 그라인더를 사느라 정신없었던 그 시절이 자신의 커피 인생에서 가장 행복했던 순간이라고 말한다.

그러던 그가 부산을 떠나 김해로 향한 것은 커피를 배우던 시절 만난 여자친구 때문이었다. 세 번의 거절 끝에 연애에 성공한 이지훈은 결국 결혼 승낙까지 받아냈고, 아내와 함께 김해에 정착해 카페를 열기로 결심했던 것이다. 그곳에서 그는 새로 오픈한 '카페 두'를 아내와 함께 돌보면서 커피 아카데미 강사로 일하기 시작했다. 안정적인 카페 수입과 적지 않은 강사료는 신혼부부가 순조롭게 새 둥지에 정착할 수 있게 도움을 주었다.

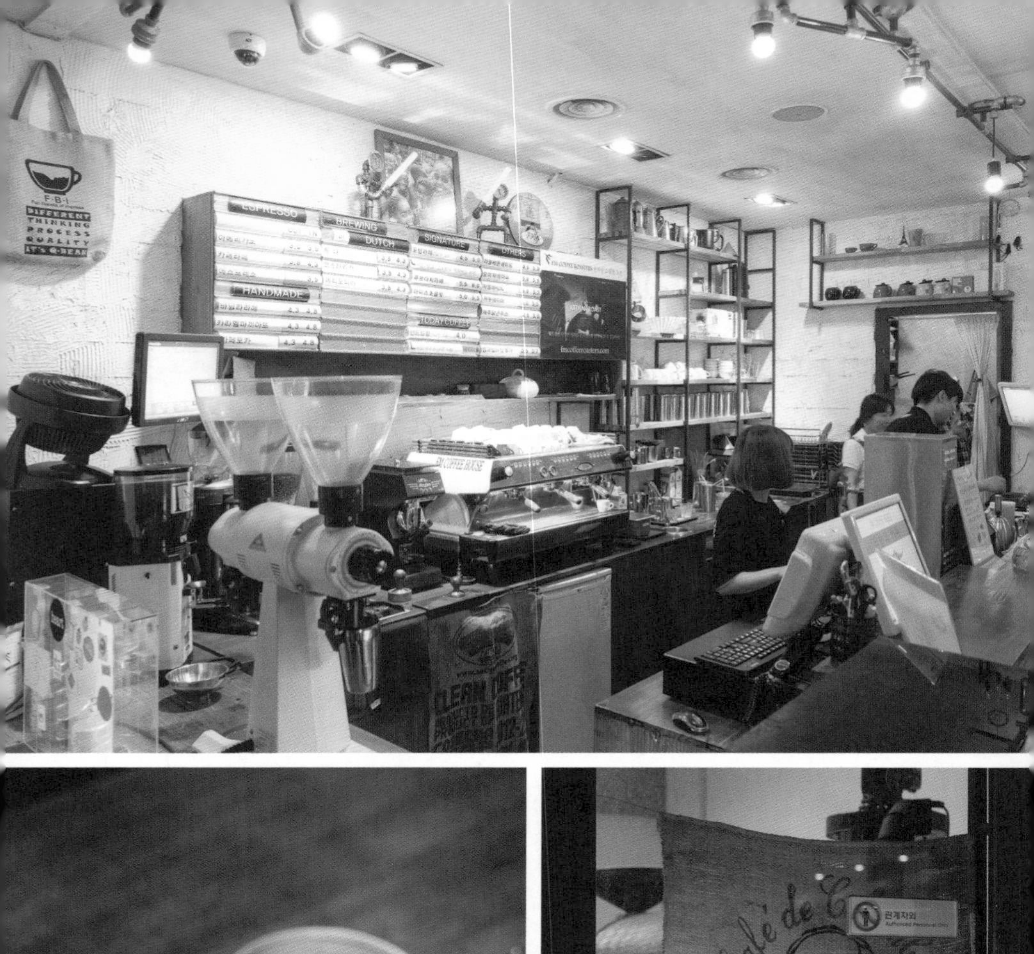
ESPRESSO
BREWING
DUTCH
SIGNATURE
OTHERS
HANDMADE
TODAY COFFEE
DIFFERENT
THINKING
PROCESS
QUALITY

관계자외
Nariño
Reserva
del Patrón

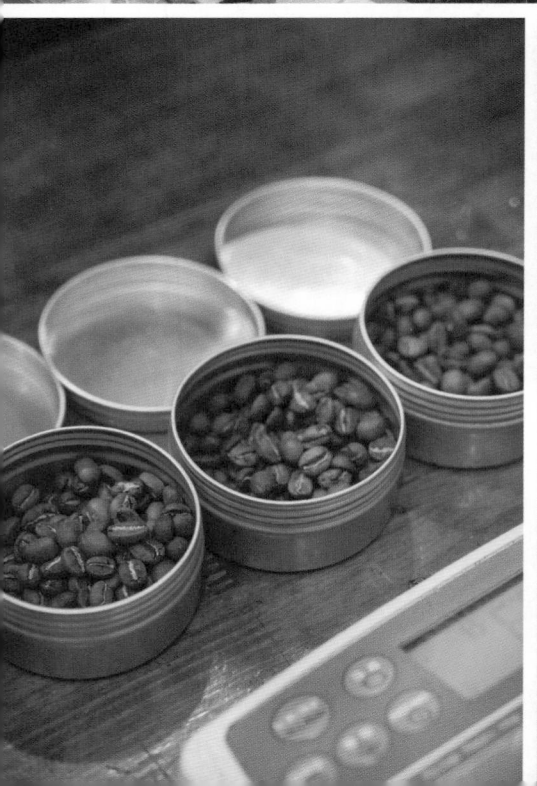

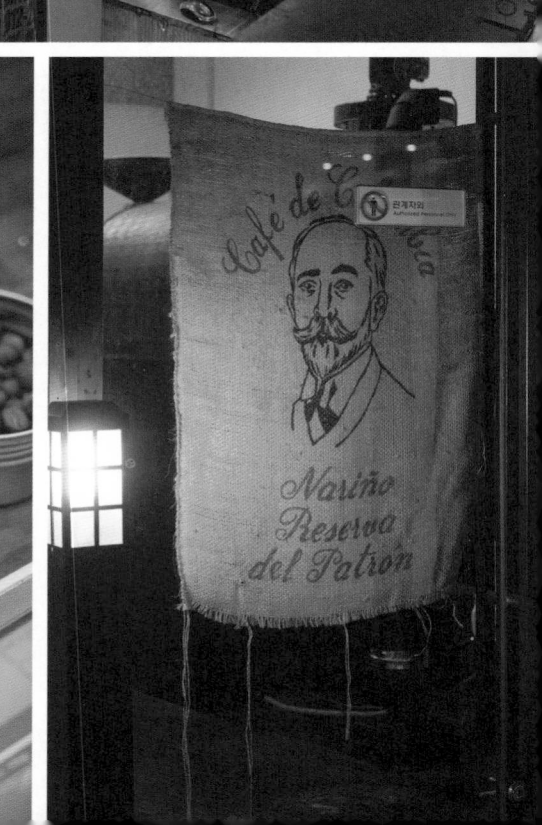

⚉ 커피 하는 사람들에게 손을 내밀어주는 공간

평화로운 나날을 보내고 있던 그가 다시 부산행을 결심한 건 로스터 강무성이 매장을 준비한다는 소식 때문이었다. 이지훈은 이 소식을 듣고 한달음에 부산으로 와 매장의 오픈을 도왔다. "그분이 얼마나 커피를 어렵게 했는지 알고 있어요. 교육을 하거나 대회에 나가는 일보다, 자신의 로스팅에 완벽을 기하는 일에 매진했기 때문이죠. 제가 아는 최고의 로스터이자 스승을 돕는 일은 저에게도 큰 기쁨이었습니다." 그렇게 FM커피하우스의 오픈을 돕고 종종 카페를 방문하던 이지훈은 갈증을 느끼기 시작했다. 먹고살 만큼 가게도 자리를 잡았고 안정적으로 생활하고 있었지만 자신의 커피가 부족하다는 생각이 들었기 때문이다. FM커피하우스의 일을 도우면서 원 없이 커피를 파고들던 시간이 잊히지 않아 결국 아내를 설득해 부산으로 이사했다. 가장으로서의 책임감이 마음 한편을 짓눌렀지만, 당시의 그로서는 어쩔 수 없는 선택이었다.

"지금도 강무성 대표님은 저에게 농담처럼 말씀하십니다. 졸업장을 가지고 오라고 했더니 혼인신고서를 들고 왔다고." 로스팅랩에서 함께 커피를 연구하던 시절부터 강무성은 그에게 커피는 나중에라도 배울 수 있으니 다니던 대학교의 졸업장은 받아두라고 얘기하곤 했다. 그의 인생사를 누구보다도 잘 알고 있었던 강무성은 이지훈을 항상 자식보다 더 소중한 존재로 생각했고, 커피에 대해서 언제든지 도움을 주겠다고 다짐했기 때문이다. 하지만 역설적으로 강무성의 그런 마음은 바리스타 이지훈이 커피에 더 몰두하게 만들었고 그가 운영하는 카페에서 같이 일하도록 이끌었다.

바리스타 이지훈의 목표는 두 가지인데, 첫 번째는 자신이 아는 최고의 로스터 강무성의 커피를 더 빛나게 하는 일이다. FM커피하우스의 또 다른 주인으로서, 자신들이 함께한 시간이 헛되지 않도록 인생을 다해 만든 커피에 아쉬움을 남기지 않는 것이다. 두 번째 목표는 가족 같던 사람들을 다시 불러 모으는 일이다. 이지훈이 커피 일을 하는 10년 동안, 어려운 사정으로 말미암아 커피업계를 떠난 사람들이 있다. 이지훈이 모든 것을 잃은 것처럼 슬퍼하던 그때 손을 내밀어준 카페 모스크바의 동료들처럼, 커피를 잊지 못하고 힘들어하는 이들에게 손을 내밀어주고, 그 사람들이 함께할 수 있는 공간을 만들고 싶은 것이다.

오너 바리스타를 인터뷰하겠다고 했을 때 로스터 강무성은 자신보다 이지훈 실장을 인터뷰하라며 추천했다. "오너 바리스타가 아니면 조금 곤란합니다"라는 나의 말에, 그는 이지훈 실장 또한 FM커피하우스의 주인이라고 말했다. 바리스타 이지훈은 자신의 커피 인생에서 가장 중요한 도구로 저울을 꼽으면서 고개를 갸웃거렸다. 자신이 커피를 하는 가장 큰 이유는 바로 로스터 강무성 때문인데, 그분을 '도구'로 만들면 너무 미안할 것 같아 억지로 저울을 가져왔다는 것이다. '도구'는 그 어떤 것이 되어도 좋고 사람도 좋다고 말하자, 이지훈은 말을 듣기 무섭게 로스터 강무성에게 전화를 걸어 당장 가게로 와달라고 부탁했다.

　이지훈은 강무성이 자신에게 왜 이렇게 잘해주는지 아직도 모르겠다고 말했다. 나는 그 말을 기억했다가 '도구' 촬영을 할 때 강무성에게 같은 질문을 던졌다. 그러자 그는 대답 대신 웃으며 바리스타 이지훈을 바라보았다. 그 순간, 나는 서로를 바라보는 그 눈빛을 통해 말하지 않아도 알 수 있는 무언가를 느꼈고, 그렇게 찍은 사진은 어떤 '도구'보다 더 강렬한 인상을 남겼다.

　인터뷰가 끝나고 서울로 올라오는 길, 두 사람은 무슨 일이 있어도 함께 커피를 할 것 같다는 생각이 들었다. 그리고 아주 오랜 시간이 지나도, 그들이 함께하는 공간에 찾아간다면 언제든 맛있는 커피를 마실 수 있을 거라고 확신했다.

+ FM커피하우스
부산시 부산진구 전포대로199번길 26 / 051-803-0926 /
평일 09:00~22:00(주말·공휴일 10:00~22:00) / 연중무휴

YI JI HOON

[1] 살아갈 이유를 잃고 절망하던 청년, 이탈리아에서 에스프레소를 만나다. [2] 뭐 이런 사람이 있나 싶었던 강무성, 커피를 다시 생각하게 한 강렬한 첫 만남. [3] 중후한 매력의 다크 블렌드와 생두의 개성이 살아 있는 약배전 싱글 오리진. [4] 강무성이 오랜 경험으로 볶어낸 FM커피하우스의 커피는 어떻게 내려 마셔도 생동감이 느껴진다.

5 "강무성 대표님과 말없이 커피만 뽑아대던 로스팅랩에서 보내던 시간이 제 커피 인생에서 가장 행복했던 순간입니다." 6 자신이 아는 최고의 로스터 강무성의 커피를 더 빛나게 하는 것, 어려운 사정으로 커피업계를 떠난 동료들에게 손을 내밀어주는 것. 7 커피 인생의 도구로 억지로 가져왔던 저울을 내던지고 함께 촬영한 강무성. 이지훈이 커피를 하는 이유이다.

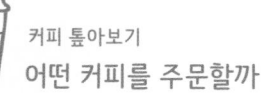

어떤 커피를 주문할까

중학교 2학년이었던 2003년, 커피 전문점에 들어가 커피를 마시는 일은 엄청난 용기를 요구했다. '쫄지 마, 당당하게 주문해야 해'라고 주문을 외우며, 나는 당당하게 커피 전문점의 문을 열었다. 메뉴판의 글자들이 흐릿하게 보였지만, 당황하지는 않았다. "에, 에스프레소 한 잔이요"라고 나는 주문했다. 당돌한 나의 주문에 바리스타 또한 당황한 기색을 보이며 말했다. "그거 정말 쓴데요." 나는 떨리는 목소리로 대답했다. "알아요, 주세요." 그렇게 처음 마신 에스프레소는 부끄러움을 가득 담은 쓴맛이었다.

부끄러움만이 가득했던 이 순간으로부터 13년이 흘렀지만, 역시나 나는 에스프레소가 무엇인지 설명할 수 없다. 이는 비단 나만의 고민은 아닐 것이다. 수많은 커피 교본과 교재가 있지만, 어떻게 내려야 온전한 한 잔의 에스프레소가 되는지 그 누구도 확답을 할 수 없다. 브루잉(Brewing)이라는 단어가 있다. 브루(Brew)는 말 그대로 커피를 우려낸다는 의미인데, 우리가 마시는 모든 커피는 넓은 의미에서 모두 브루잉에 속한다고 할 수 있다. 에스프레소 또한 마찬가지다. 꼭 에스프레소 머신을 이용하지 않아도, 에스프레소를 추출할 수 있는 방법은 다양하기에, 최근에는 에스프레소 또한 브루잉에 속한다고 말하는 사람들이 있다.

에스프레소가 높은 압력으로 단시간에 추출한 커피라고 한다면, 아메리카노, 카페라테, 카푸치노, 플랫화이트, 롱고 등의 음료는 이 에스프레소를 기반으로 한 메뉴들이다. 일반적으로 모든 카페에서 볼 수 있는 아메리카노는 에스프레소에 따뜻한 물이 더해진다. 카페라테와 카푸치노는 모두 에스프레소와 우유를 결합한 음료다. 정해진 것은 여기까지다. 대표적인 예로, 최근 메뉴판에서 자주 볼 수 있는 플랫화이트라는 메뉴는 나라마다, 카페마다 각자 다른 레시피를 가지고 있다. 그 외의 브루잉은 모두 도구의 선택에 따라 달라진다. 올드스쿨에서의 브루잉은 핸드드립이 주를 이루지만, 최근에는 다양한 브루잉 도구의 발달로 같은 원두를 다양하게 내릴 수 있는 방법들이 많아졌다. 어떤 메뉴든 그 메뉴를 규정할 수 있는 것은 그 음료를 만든 바리스타다. 메뉴판의 커피가 어떤 것인지 궁금하다면, 주저하지 말고 바리스타에게 물어보자. 당신이 마실 메뉴를 이해할 수 있는 가장 최선의 방법이다.

싱글 오리진과 블렌드의 차이점을 알아두는 것은, 맛있는 커피를 마시기 위한 또 하나의 중요한 포인트다. 싱글 오리진은 말 그대로 단종의 커피를 의미하는데, 단종 원두 고유의 캐릭터를 그대로 즐길 수 있는 장점이 있다. 반면 블렌드는 싱글 오리진 커피가 가지고 있는 장점을 구조화해서, 조향을 하듯 적당한 비율로 원두를 섞는 것을 의미한다. 블렌드를 만드는 주된 목적은 균형감과 깊이감을 더하기 위함인데, 최근에는 스페셜티 커피 시장의 성장으로 고품질의 원두가 많아지면서 단종 자체로 훌륭한 블렌드를 뛰어넘는 경우도 있다.

원두를 고르는 일 또한 정해진 답이 없다. 같은 원두라고 해도 어제 다르고 오늘 다르기 때문이다. 그날의 원두 상태를 살피는 일 또한 바리스타의 주된 업무다. 오늘 나에게 가장 맛있는 커피를 고르고 싶다면 바리스타에게 물어보자. 그 순간, 가장 빛나는 원두를 골라줄 것이다.

좋은 카페를 선택하는 기준이 하나 있다. 카페가 있는 그 지역을 가장 닮은 카페를 선택하는 것이다. 그 동네에 사는 사람들이라면 누구라도 어색하지 않게 문을 두드릴 수 있는 카페는, 어떤 낯선 사람에게도 맛있는 커피를 내려주기 때문이다. 문턱이 높은 카페는 결코 좋은 카페가 아니다. 손님의 눈높이를 맞춰 커피를 내려주기보다 자신이 세워놓은 눈높이에서 손님의 입맛을 재단하는 카페에서는, 당신의 입맛이 옳지 않다고 구구절절한 설명을 꺼내는 바리스타에게서는, 좋은 커피를 기대할 수 없다.

스페셜티 커피를 어디에서나 맛볼 수 있는 시대가 되었다. 서울의 홍대와 성수동부터 부산, 경주, 남원까지 스페셜티 커피가 없는 곳이 없을 정도다. 하지만 엄청난 양적인 성장에 비례해 '누구나 마실 수 있는 커피'에 대한 고민 또한 성장했는지, 나는 아직 잘 모르겠다.

스페셜티 커피를 다루는 카페란 어떠해야 하는가에 대해, 여기서 소개하는 다섯 곳의 카페는 제각각 멋진 답을 제시하고 있다. 콩밭커피로스터스는 줄어든 고정비용(부동산)으로 좋은 재료를 찾는다. 경주와 남원에서 마주한 두 곳의 카페는, 자신들이 뿌리내린 그곳에 가장 어울리는 모습으로 손님들에게 커피를 대접한다. 성수동에 작은 카페를 연 두 남자는, 매달 동네 사람들의 의견을 받아 새로운 메뉴를 만들곤 한다. 10년 가까이 홍대에서 살아남은 카페는, 진정성 있는 공간이 어떻게 '카페들의 전쟁터'나 다름없는 홍대에서 버틸 수 있는지를 알려준다.

그들은 결코 자신들이 내리는 커피가 완벽하다고 생각하지 않는다. 완벽한 한 잔의 커피는, 카페를 찾아오는 손님들이 채우는 것이라고 말한다. 그래서 그들의 커피는 그 어느 곳에서도 맛볼 수 없는 특별한 맛을 선사한다.

04

스페셜티의 색

4. 01 콩밭커피 로스터스

저마다의 사연을 가진 이에게 내어주는 차 한 잔

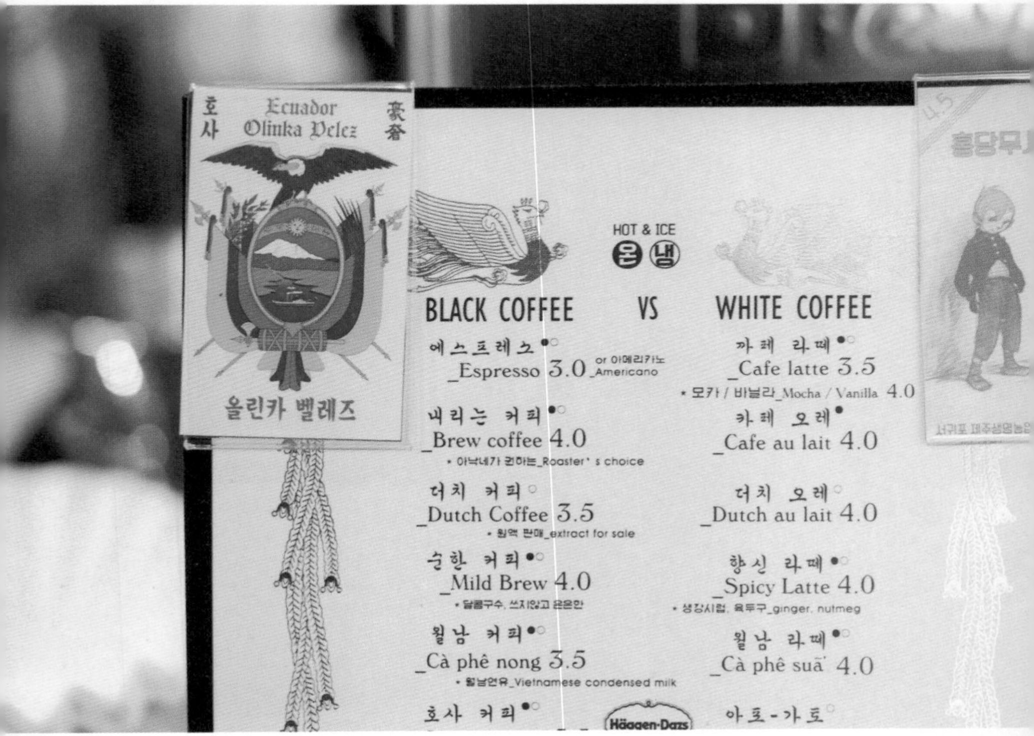

HOT & ICE
온 냉

BLACK COFFEE   VS   WHITE COFFEE

에스프레소
_Espresso 3.0 or 아메리카노_Americano

까페 라떼
_Cafe latte 3.5
• 모카 / 바닐라_Mocha / Vanilla 4.0

내리는 커피
_Brew coffee 4.0
• 이날씨가 권하는_Roaster's choice

카페 오레
_Cafe au lait 4.0

더치 커피
_Dutch Coffee 3.5
• 원액 판매_extract for sale

더치 오레
_Dutch au lait 4.0

슌한 커피
_Mild Brew 4.0
• 달콤구수, 쓰지않고 묜은한

향신 라떼
_Spicy Latte 4.0
• 생강시럽, 육두구_ginger, nutmeg

윌남 커피
_Cà phê nong 3.5
• 윌남언유_Vietnamese condensed milk

윌남 라떼
_Cà phê sua 4.0

호사 커피

Häagen-Dazs

아또-가또

　　카페에 간다. 메뉴판을 본다. 그런데 메뉴판의 그 많은 메뉴를 봐도 뭐가 어떤 맛이 나는 차인지 알 수 없다. 그러면 일단 커피를 한 잔 달라고 한다. 당신이 만약 콩밭커피에 가서 주문을 한다면, 바리스타 겸 로스터 김석(1980년생)은 이렇게 물을 것이다. "단 거요? 아님 안 단 거요?" 손님이 단 커피를 달라면 연유를 넣은 커피를 내어주거나 단맛을 낸 쌍화차를 추천한다. 달지 않은 커피를 마시고 싶어한다면 준비해놓은 원두를 꺼내어 조심스럽게 에스프레소나 핸드드립 커피를 내어준다. '호사 커피'라는 이름의 스페셜티 커피를 추천하는 건 그다음의 일이다.

　　강요한다고 해서 커피가 스페셜해지는 것은 아니다. 사람들에게 정성을 들여 몇 잔의 음료를 만들어주다 보면, 자연스럽게 메뉴판에 있는 스페셜티 커피에 관심을 가진다. 그래서 언제라도 궁금하면 커피 한 잔을 시켜볼 수 있도록, '콩밭커피 로스터스'는 스페셜티급 커피를 문턱 없는 가격으로 판매한다.

커피 이외의 마실 거리에 대한 관심도 많은 바리스타 김석은 좋은 재료를 기반으로 한 메뉴들을 개발했다. 질 좋은 생강이 듬뿍 들어간 인도네시아 음료인 반드렉Bandrek은 이곳의 인기 메뉴다. 겨울 한정으로 판매하는 '뜨거운 사과'에는 충청도 충주에서 날아온 사과주가 들어간다. '지리산 야생차'를 비롯한 각종 메뉴에 넣기 위해 순천에서 가져온 꿀은 바리스타 김석의 철학을 대변한다. "장인이 생산한 유기농 재료를 아낌없이 쓰는 일은 만드는 사람과 마시는 사람 모두에게 기쁨을 선사한다." 그의 말처럼 맛있는 한 잔의 음료가 나오기까지 땀을 흘린 모두가 고생한 만큼의 대가를 받는다.

◦◦ 땅값에 얽매이지 않는 커피

권리금이 없고 월세가 비교적 저렴하다는 것은 콩밭커피 로스터스의 '문턱 없는 가격'의 비결이다. 콩밭커피 로스터스가 해방촌이 아닌 다른 곳에 문을 열었다고 가정해보자. 속된말로 '힙'한 분위기에 가격까지 저렴한 커피로 카페는 인산인해를 이뤘을 테다. 만약 그랬다면 가장 우려되는 것은 부동산가격의 상승이다. 자신의 건물에서 장사가 잘되는 걸 지켜보던 주인은 곧 월세를 두 배 넘게 올려 숨통을 조이거나 '내 아들이 원래 커피에 관심이 많다'는 이유로 콩 볶는 아낙을 내쫓으려 할 것이다. 만약 건물주가 원하는 수준의 월세를 벌기 위한 커피를 손님들에게 팔았다면 아낙의 커피는 더 이상 커피가 아니었을 것이다. 땅값만큼의 커피를 팔지 못했다면 건물주 아들이 카페를 물려받았을 것이다.

"전공을 살려 영상 작업을 했을 때는 지금보다 더 짧은 시간에 더 많은 돈을 벌었어요. 하지만 효율적인 작업을 위해 누군가의 의견을 묵살해야 하고, 친하지도 않은 사람들과 친한 척해야 하는 분위기가 싫었어요." 해방촌에서 멀지 않은 이태원에 가게를 열었다면 영화 일을 할 때와 별반 다르지 않았을 테다. 쏟아지는 손님들에게 정신없이 커피를 내어주는 일이 팍팍한 사회생활과 다를 바 없을 것이었다.

실제로 카페 창업에 도전한 사람들 중 5년을 버텨낸 비율은 대략 10퍼센트 안팎이다. '순댓국보다 비싼 커피'에 어르신들은 혀를 내두르지만, 그렇게 비싼 커피를 팔아도 장비와 가게에 들어간 투자비용을 충당하면 바리스타에게 돌아가는 건 고작 몇 푼이다. "언제부턴가 커피를 마시는 사람들이, 커피 값이 아닌 땅값을 지불한다는 느낌이 들었다"는 바리스타 김석의 말은 과장이 아니다.

열심히 하면 망하진 않을 거라는 생각으로 카페를 열었지만, 해방촌이 아니었다면 진즉에 커피를 그만두지 않았을까 하고 김석은 얘기한다. 당신에게 가장 중요한 커피 도구가 무엇이냐 물었을 때, 콩 볶는 아낙네 김석은 창 밖 너머 용산구에서도 가장 높은 곳에 위치한, 용산2가동 해방촌 거리를 가리켰다. 해방촌이 아니었다면 카페를 열고 바리스타가 되는 일은 진작 포기했을 거라며, 그는 해방촌의 역사가 담긴 책자를 건넸다. 해방촌의 역사를 알면 지금의 이런 분위기가 쉽게 이해될 거라는 그의 말에, 나는 우선 책을 펴고 해방촌

의 역사를 읽기 시작했다. 해방 후 북한의 탄압을 피해 월남한 사람들이 남산 자락에 정착한 것이 해방촌의 시작. 전쟁 이후 북으로 돌아갈 길이 사라진 사람들은 해방촌에 눌러앉았고, 가짜 담배를 팔면서 생계를 이었다고 한다.

서울의 중심이라는 지리적 이점, 그럼에도 부담 없는 땅값 덕분에 해방촌에는 사람이 끊이지 않고 몰려들었다. 보수적인 이들 세대를 이은 해방촌 2세대는 처참한 노동환경 속에서 자라 1970~80년대 노동운동을 이끌기도 했다. 최근에는 지나치게 비싼 집세에 대한 문제의식을 공유하며 함께 사는 공간을 만든 '빈집 공동체'의 젊은 친구들과 이태원에서 올라온 외국인들이 해방촌의 빈자리를 채웠다. 해방촌 오거리는 이렇게 다양한 정체성을 가진 사람들이 어우러져 독특한 분위기를 풍긴다.

자신이 사용하는 수많은 도구에 사연이 깃들어 있지만 해방촌이 아니었다면 의미가 없었을 거라고 김석은 말한다. 도구를 무언가를

하기 위한 수단으로 정의한다면 해방촌도 도구가 될 수 있을 거라는 그의 설득에, 나는 고개를 끄덕일 수밖에 없었다. 그 어느 곳보다도 많은 사연을 담은 해방촌의 역사가 바리스타 김석에게는 그 어떤 도구보다 큰 영감을 주었기 때문이다.

김석이 처음 해방촌을 알게 된 건 '이발사 윤영배'의 블로그를 통해서였다. "지방에서 올라온 사람들에겐 서울살이가 녹록지 않아요. 고시촌을 가득 메운 상경인은 소외된 지방민의 설움을 극단적으로 보여주죠." 대학 생활을 위해 창원에서 서울로 올라와 자리를 잡은 김석은 제주도에 정착한 윤영배의 글을 읽으며 부동산에 얽매이지 않은 도시 밖의 삶을 동경했다. 그러던 중 그는 윤영배가 종종 공연을 한다던 용산 '빈집 공동체'에 대한 글을 읽었다. '빈집'은 서울의 중심 용산 해방촌을 기반으로 도시의 소외된 이들을 보듬는 생활 공동체다. "세상은 언젠가 빈집이 될 거니 빨리 들어와"라는 초대 문구는 김석의 마음을 파고들었다. 곧바로 그는 살고 있던 녹번동에서 해방촌으로 자리를 옮겼고, 어렵지 않게 빈집 사람들 그리고 해방촌 분위기와 어우러질 수 있었다.

⬭ 삶 속 가장 가까운 곳의 커피

대학 졸업 후 5년 동안 해온 영화 일을 그만두고 커피를 시작하고 자 했을 때도, 그는 큰 고민 없이 해방촌의 구석진 자리를 택했다. 그가 카페를 열며 이상으로 그렸던 공간은 대학 시절 자주 찾던 카페였다. 그 카페는 동네에 자연스럽게 스며들어 어서 오라고 손짓하는, 세월에 천천히 녹아든 카페였다. 그는 해방촌의 분위기 또한 그러하다고 느꼈다. 오랜 역사가 고스란히 녹아들어간 동네에서, 바리스타 김석은 해방촌에 완전히 스며드는 카페를 꿈꿨다.

"종종 술 취한 할아버지가 찾아오세요. 계산을 이미 하셨는데도 계속 돈을 내려 하시고, 여긴 왜 여자가 없냐고 물어보기도 하는 짓 궂은 손님이죠." 잊을 만하면 찾아오는 그 할아버지는, 커피가 맛있 으면 한 잔을 다 비우고 가지만 맛이 없으면 남기고 간다고 한다. 가끔씩 찾아와 엉덩이를 툭 치고 가는 동네 아주머니들도, 강아지와 함께 와 한참을 놀다가는 손님들도 마찬가지로, 맛있는 커피는 꼭 다 마시고 간다는 걸 알았다. 그는 구차하게 설명하지 않아도 누구든 맛있게 마실 수 있는 커피를 내리는 게 목표라고 말한다. 커피의 문턱을 낮추고, 해방촌을 찾는 다양한 정체성을 가진 이들을 단골손님으로 만들기 위해서다.

"제일 안 나가는 메뉴를 말해드릴까요?" 콩밭커피 로스터스의 자랑거리를 묻자 바리스타 김석은 오히려 재미있는 반문을 던진다. 그는 가장 팔리지 않는 메뉴는 황차라고 일러주면서, 영화 〈경주〉에서 찻집 주인 윤희(신민아 분)가 손님 최현(박해일 분)을 만나는 장면에 등장하는 차라고 설명한다. 쿰쿰한 향에 구수한 맛이 느껴지는 황차를 마시면 오래된 도시에 서 있는 것 같은 편안한 느낌이 든다는 얘기도 덧붙인다. 그 매력에 빠져 황차 명인을 찾아 어렵게 공수해 메뉴판에 올렸지만 손님들은 좀처럼 다른 메뉴를 올렸을 때만큼 관심을 가져주지 않는다. "누군가가 우연히 발견해주길 바라고 있어요. 비싼만큼 좋은 차라고 설득하지 않아도 그 맛을 이해해줄 거라고 생각하기도 해요."

카페에서 가장 안 팔리는 메뉴뿐만이 아니다. 바리스타 김석은 자신이 볶은 커피를 비롯해 메뉴판의 모든 메뉴를 황차를 구하러 다녔던 심정으로 만든다고 한다. 카페를 찾은 손님들에게 강요하지 않는 것, 어떤 메뉴든 공들여 준비해놓으면 손님들이 찾게 될 거라 믿으며 기다리는 것. 이런 게 바로 해방촌에 가장 어울리는 방식이라고, 동네에 사는 사람들이 자주 찾는 카페가 되기 위해선 마음 졸이지 않고 기다려야 한다고 그는 멋쩍게 웃음 짓는다.

좋은 재료를 사용하고 누구나 편하게 즐길 수 있는 음료들이 즐비한 콩밭커피에는 다양한 사람들이 찾아온다. 근처 봉제공장에서 일하는 아주머니들은 올봄에 유행할 옷에 대해 수다를 떨며 티타임을 갖는다. 얼큰하게 취한 할아버지는 바리스타에게 커피 한 잔 사주며 전쟁 후부터 이곳에서 살았던 자신의 역사를 늘어놓는다. 주거에 대한 불안을 공유하는 해방촌 청년들과 동료 바리스타들도 이곳을 찾는다. 좁은 골목, 어디선가 모르게 끊임없이 쏟아져 들어오는 사람들이 자연스럽게 공간을 채운다. 콩밭커피 로스터스는 누구든 부담 없이 커피 한 잔 마시고 쉬어갈 수 있는, 동네의 모든 것과 함께 어우러진 카페다.

'카페란 어떤 곳인가, 무엇을 위해 커피를 마시는가'라는 질문에 말문이 막힌 당신에게, 해방촌에 녹아든 콩밭커피 로스터스는 멋진 해답을 제시하고 있다.

+ 콩밭커피 로스터스
서울시 용산구 소월로20길 67 / 010-2649-5841 /
화~목 12:00~21:00(금·주말 12:00~23:00) / 월, 명절 당일 휴무

KIM SEOK

¹ 영화 일을 접고 커피를 시작하다. ² 강요하는 스페셜티가 아닌, 당신에게 맞춘 음료를 내어주는 곳. ³ 장인이 생산한 유기농 재료를 아낌없이 써서 만드는 다양한 음료, 그리고 스페셜티 커피 메뉴 '호사 커피'. ⁴ 커피가 맛있으면 한 잔을 다 비우고 가는 할아버지를 만족시키는 커피를 문턱 없는 가격으로 내놓는 게 목표. ⁵ "언제부턴가 커피를 마시는 사람들이, 커피 값이 아닌 땅값을 지불한다는 느낌이 들었어요." ⁶ 저렴한 월세가 콩밭커피를 가능하게 하고, 해방촌의 역사와 사람들이 콩밭커피의 커피 맛에 스며들어 있다. ⁷ 도저히 들고 올 수 없는 도구, 김석에겐 해방촌이라는 공간이 그 어떤 도구보다 큰 영감을 준다.

메쉬커피

신선한 동네의 분위기를 가득 담은
한 잔의 휴식

커피를 주문하고 나니 매장 한켠에 놓인 책상 위의 초록색 책들이 눈에 띄었다. 마치 다큐멘터리 사진 같은 음식 사진이 실려 있는 그 책은, 덴마크 수도 코펜하겐의 레스토랑 '노마'의 레시피와 그곳의 셰프 르네 레드제피Rene Redzepi의 저널과 사진을 담은 책이었다. 그 책을 흥미롭게 훑어보던 나에게 바리스타 김현섭(1981년생)은 요즘 들어 다시 요리에 관심을 가지게 됐다며 말을 걸었다. 그러면서 식당 주변에서 나는 신선한 재료들만을 가지고 가장 지역적이면서도 독창적인 음식을 만들어주는 르네 레드제피에 대해 설명해준다. 한참이나 책을 재미있게 살펴보며 그가 건네준 커피를 마시니, 마치 코펜하겐 항구의 창고를 개조한 그 레스토랑에 가 있는 듯한 느낌이 들기도 했다.

다음으로 내가 김현섭과 나누었던 얘기는 홍대에 대한 것이었다. 요즘 말로 '힙'한 분위기가 넘친다는 성수동 길을 걸어오면서 나는 이곳이 전형적인 젠트리피케이션gentrification, 구도심이 번성해 중산층 이상의 사람들이 몰리면서, 임대료가 오르고 원주민이 내몰리는 현상이 **나타나버린 홍대와 연남동**의 초창기와 비슷하다고 생각했기 때문이다. 여기 오는 길이 참 좋았다고, 지금은 부동산 열풍에 사라진, 사람 향기가 진하게 풍기던 예전의 홍대 골목 카페들이 생각났다며 "그때의 홍대 커피, 참 그립다"고 얘기를 꺼내자, 김현섭도 조용히 고개를 끄덕인다. 그 시절의 홍대 커피는 기타만 들고 놀이터를 찾아도 함께 즐겨줄 사람들이 넘쳐났던, 가정집 사이사이로 세상 어디에도 없을 가게들이 뜨문뜨문 들어서 개성을 뽐내던 그 분위기를 그대로 담고 있었다.

문득, 르네 레드제피의 음식에 대한 철학이, 진한 쌍커풀이 인상적인 로스터 겸 바리스타 김현섭이 내려주는 커피와 닮았다고 느껴졌다. 커피는 어차피 우리나라에서 구할 수 있는 재료가 아니라 별 수 없지만, 로스팅과 추출 그리고 카페의 메뉴와 분위기에 성수동을 한껏 담아낸 '메쉬커피'야말로 가장 생동감 넘치는 커피가 아닐까 하는 생각이 들었기 때문이다.

언제부턴가 고유의 색깔을 잃어버리고 소비만이 넘치는 동네가 된 홍대에서는 제대로 된 커피 한 잔 즐기는 일이 힘들어졌다. 카푸치노 한 잔을 다 마시고 이어 내려준 핸드드립 커피까지 마시며, 나는 메쉬커피가 있는 이곳 성수동만큼은 딱 이 정도에서 머물렀으면 좋겠다고 생각했다. 사람 사는 곳과, 그 사람들이 일하는 곳과, 그 분위기를 가장 잘 이해하는 카페가 있는 그날의 성수동 풍경이 오래오래 지속되길 바라며, 나는 메쉬커피를 나와 성수동 골목길을 걸었다.

00 성수동의 맛

　자신의 카페를 열겠다고 마음먹은 후, 김현섭이 돌아본 장소들은 대부분 임대료가 너무 비쌌다. 처음엔 학교 생활을 해서 너무나 잘 알고 있는 번화가의 분위기 때문에, 건대 입구를 비롯한 성수동 주변에 카페를 열 생각은 없었다. 그러다 문득 우연히 걷게 된 그 골목에서, 김현섭은 자신이 알고 있던 성수동과는 완전히 다른 모습을 발견했다. 드문드문 문을 연 식당들과, 택시회사의 사무실 그리고 몇 안 되는 디자이너와 공예가들의 작업실이 있는 그 골목에 딱 하나 카페만 없었다.

　카페만 하나 있으면 좋겠을 그 골목에, 바리스타 김현섭은 메쉬커피를 열었다. 가게를 열 때부터 그는 골목을 위한 카페를 만들어가겠다고 다짐했다. 유일무이한 카페보다는 동네에서 가장 맛있고 동네 사람들의 취향을 가장 잘 이해하는 카페, 성수동에 온전히 녹아들어 지나가는 사람 누구라도 자연스럽게 쉬었다 갈 수 있는 카페가 그가 생각하는 이상이었다. 그래서 카페에 놓을 멋진 벤치를 근처 공방에 부탁했고, 바리스타 김기훈과 함께 입을 멋진 점프수트 유니폼은 카페 위층에 자리 잡은 디자이너의 도움을 받았다.

　창작 메뉴가 매달 바뀌는 이유도 동네 사람의 의견을 듣고 그들이 좋아할 만한 음료를 만들기 위해서다. 녹차와 홍차를 섞어 만든 '상하이 라테'나, 에스프레소에 연유와 보드카 그리고 리큐어를 넣은 칵테일 '컴언컴common uncommon'은 이렇게 탄생한 음료인데, 반응이

좋아 메뉴판에서 내릴 수가 없었다고 한다. 그들이 무엇보다 신경 쓰는 음료는 물론 커피다. 직접 옥션에 참여해 COE 커피를 가져오는 등 질 좋은 생두를 위한 수고를 마다하지 않지만, 그 커피의 맛은 누가 마셔도 깔끔하고 순한, 가장 동네 친화적인 스페셜티 커피를 지향한다고 김현섭은 말한다.

깔끔한 한 잔의 커피를 비우며, 나는 당신의 커피 인생에서 가장 소중한 도구는 무엇이냐고 김현섭에게 물었다. 뜻밖에도 그는 스케이트 보드라고 대답했다. 고3 때는 정말 공부를 안 했다고, 철학과를 선택한 이유 역시 대학생이 되어서도 스케이트 보드 탈 시간을 더 내기 위해서였다고 이야기한다. "한 번 보드를 들고 한강에 나가면 10시간 정도는 탔던 것 같아요." 러너스 하이Runner's High가 맞는 표현일 거다. 타면 탈수록 아드레날린이 치솟고 흥분을 가라앉힐 수가 없는 순간의 연속. 10대 후반과 20대, 그는 늘 보드와 함께 각성 상태를 유지했다. 그러던 그가 미친 듯이 보드를 타야만 맛볼 수 있었던 희

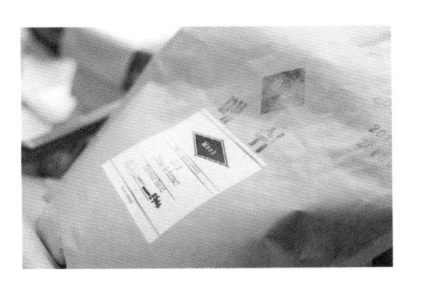

열을 다른 일에서 느꼈던 것은 일생일대의 큰 충격이었다.

⬤⬤ 요리 같은 커피를 찾아

학교 근처 먹자골목의 건물 구석자리, 처마가 삐져나온 서너 평 남 짓의 기묘한 에스프레소 바에서의 일이었다. 처음 가본 그 카페에 발을 들인 이유는, 곱게 수염을 기르고 흰 와이셔츠를 입은 바리스타가 원래 이탈리아 사람들은 이렇게 커피를 마신다고, 당신에게 커피가 참 잘 어울리는 것 같으니 마셔보라고 말을 걸어왔기 때문이다. 고운 설탕을 티스푼으로 두 개 넣어 꿀꺽 넘겼던 그 에스프레소는 아직도 그의 혀 밑 어딘가에 남아 있다. 언젠가 자신도 이 일을 해봤으면 좋겠다는 생각을 문득 했다고 한다.

그로부터 2년이 지났을까, 커피 일을 해보고 싶다던 과 선배의 부

탁으로 바리스타에 대해 알아보고 인터넷을 통해 에스프레소 전문점의 고용 정보를 찾던 그는, 학교 앞에서 마셨던 그 한 잔의 에스프레소를 기억해냈다. 그러고는 바리스타가 되고 싶다는 생각을 하기 시작했다. 당시만 해도 대부분의 카페는 여성 직원만 뽑는 상황이어서 생각보다 취직이 힘들었다고 한다. 하지만 도리어 오기만 생길 뿐이었다. 이곳저곳 이력서를 넣은 끝에 잠원동 고속터미널 근처에 있는 한 에스프레소 바에 취직한 것이 2007년. 그곳은 열정적이고 바쁜 매장이었다. 당시에는 드물게 라마르조코 리네아 4그룹 머신을 가져다놓고 하루 종일 쉴 새 없이 커피를 내리던 그 매장은, 대형 레스토랑에서처럼 주방 내 위계질서도 엄격한 편이었다. 여성 직원이 많은 분위기가 익숙하지 않았을뿐더러, 처음 겪은 서비스업 특유의 스트레스는 이내 김현섭을 비관하게 만들었다. 역시 커피로 돈을 버는 일은 무리였다고 마음을 접을 즈음, 매장에서 유난히 그에게 핀잔을 자주 주던 한 선배 바리스타가 '나무사이로'라는 카페를 추천해주었다. 기계가 아니라 사람 손에서 태어나는 커피, 모두가 조용히 테이블에 앉아 한 잔의 커피를 감상하는 카페는 처음이었다. 바리스타로 사는 것도 나쁘지 않겠다고 다시 마음을 돌린 것은 바로 그때의 경험 때문이었다.

그때부터 김현섭은 당시 유명하던 핸드드립 카페를 찾아다녔고 본격적으로 커피를 공부하기 시작했다. 그러다가 바리스타 허형만의 커피 강좌를 듣게 되었는데, 당시에는 드물게 과학적이고 기술적인 접근을 시도했던 그의 수업은 김현섭이 지금의 커피를 만드는 데 많은 영향을 끼쳤다. 기존의 커피 수업에서는 듣기 쉽지 않았던 이산화탄소, 삼투압 등등의 과학적인 분석과 함께 허형만의 커피는 '깔끔하고 순한 맛'에 중점을 두었다. 가장 인상적이었던 것은 허형만의 말과 그의 커피 맛이 일치한다는 사실이다. 끊임없이 커피의 완성도를 높이는 그 모습을 보며, 김현섭은 어렴풋이 자신이 만들어낼 커피에 대한 밑그림을 그리기 시작했다. "당시에는 진하고 무겁고 쌉쌀한 커피가 인정받았어요. 제가 만들고자 했던 달콤함과 산미가 중심이 되는 커피는 주류가 아니었죠. 잠시나마 요리를 해야겠다고 마음먹었던 이유도 그 때문이었습니다." 자신이 생각하는 이상적인 커피를 본격적으로 만들기 위해, 그는 카페를 그만두고 요리학교를 다니기까지 했다. 커피 맛을 체계적으로 이해하기 위해 더 많은 재료들을 만져보고 다양한 맛을 조리하는 법을 배우고 싶었기 때문이다.

직업에 대한 고민을 시작한 것도 그즈음이다. 본래 하고 싶었던 '사람과 함께하는 일', 더불어 '세상에 도움이 되는 옳은 일'이 무엇일까를 고민하던 그는, 왕십리 재개발 지역을 중심으로 한 공동체 '내 친구네 카페'를 찾았다. "커피를 하겠다고 했다가, 그만두고 요리를 하더니 또 얼마 있다가는 공동체 생활을 하는 모습에, 주변 친구들은 저를 보고 방황하는 보헤미안이라 놀리기도 했죠." 하지만 그는 진지했다. 공동체에서 통돌이로 생두를 볶으며 재개발 지역의 문제와 맞서던 김현섭은, 보다 안정적이고 지속적으로 활동할 수 있는 '아름다운 커피'로 둥지를 옮겼다. 공정무역을 통해 사회적 가치를 생각하면서도, 커피 산업과 직접적으로 연관된 일을 할 수 있다는 것도 그가

'아름다운 커피'를 택한 또 하나의 이유였다.

지금 메쉬커피에서 같이 일하고 있는 바리스타 김기훈(1983년생)을 만난 곳도 '아름다운 커피'였다. 그들은 공정무역도 중요하지만 커피 또한 사람들이 먹는 '음식'이기에 맛을 소홀히 할 수 없다는 데 공감했다. 그래서 품질에 대해 더 고민하고 신경 쓰기 위해, 당시 막 문을 연 커피리브레를 찾아 수업을 들었다. "수업을 들으러 가서 서필훈 대표가 공부했던 책들이 책장 한가득 쌓여 있는 것을 봤어요. 그동안 커피에 대해서 너무 안일하게 공부했다는 생각이 들었죠." 커피리브레는 당시 우리나라의 커피 시장에는 생소했던 스페셜티 커피에 대해 소개하고 있었는데, 이는 커피를 요리와 비슷한 개념으로 접근해 생두가 가진 향미를 잡아내는 일을 고민하고 있던 김현섭에게 큰 자극을 주었다.

한창 스페셜티 커피를 접하며 오랜 고민의 실마리를 풀어가던 중, 그는 아버지가 암에 걸렸다는 소식을 들었다. 어쩌면 아버지와 보낼 수 있는 마지막 시간일지도 모른다는 생각에 당장 아버지 곁으로 달려갔다. 1년이 넘는 아버지의 투병 생활을 곁에서 함께하면서도, 당시 병원 근처에 있는 카페에서 하루에 몇 시간씩 파트타임으로 일하며 힘들었던 그 순간을 버티곤 했다.

결국 아버지가 세상을 떠났을 땐 그도 바를 잠시 떠나려 했다. 하지만 사는 일은 그리 녹록지 않았다. 결혼과 아내의 임신은 그를 다시 커피의 세계로 이끌었다. 마침 그가 다시 커피를 시작하고자 했을 땐, 2010년 처음 커피리브레에서 수업을 들었을 때보다 스페셜티 커피의 영향력이 훨씬 커져 있었다.

◐◐ 커피를 사랑하는 사람들의 공통언어, 스페셜티

"저에게 스페셜티 커피는 보드와 같아요. 어느 곳에서나 보드를 들고 있으면 일면식도 없는 보더들이 말을 걸어와요. 상대방이 고수든 입문자든 스스럼없이 서로 가르쳐주고 배우죠. 스페셜티 커피도 마찬가지입니다. 국적에 상관없이 스페셜티 커피에 관심 있는 바리스타들은 자유롭게 생각을 나눌 수 있거든요."

메쉬커피를 열기 전, 김현섭은 바리스타 김기훈과 함께 상하이에서 열리는 바리스타 캠프에 참가했다. 그곳에서 그들은 캠프의 주최자였던 일본 스페셜티 커피 업계의 리더 중 하나인 마루야마커피의 마루야마 겐타로 대표, 월드 바리스타 챔피언 프리츠 스톰Fritz Storm과 커피에 대한 생각을 나눴다고 한다. 특히 일본 스페셜티 커피 업계의 큰손이었던 마루야마 대표와는 세계 곳곳의 카페 쇼나 커피 경매장에서 우연히 마주치는 일이 잦았는데, 메쉬커피를 열고 난 후에도 그 인연이 이어졌다.

2015년에는 엘살바도르에 직접 찾아가 COE 테이스팅에 참여할 수 있었고, 인터넷에서 열린 옥션에서는 마루야마커피와 함께 참여해 엘살바도르 COE 2위에 오른 농장의 커피를 낙찰받을 수 있었다. 작은 동네 카페가 마루야마와 같은 거장과 함께 테이스팅을 하고,

가장 좋다고 생각하는 커피를 거침없이 낙찰받을 수 있었던 일에 대해, 김현섭은 '스페셜티 커피'라는 언어가 아니었다면 불가능한 일이었을 거라고 다시 한 번 말한다. "커피와 보드가 닮은 점이 또 있어요. 동적인 자기싸움이 필요한 부분이죠. 부단히 실력을 갈고닦아야 비로소 그 결과가 눈에 띄죠. 보드를 타는 일처럼 노력은 거짓 없이 커피 맛에 드러납니다."

공통의 언어를 통한 부단한 소통, 그 소통을 바탕으로 한 지역 간의 유대는, 로스터 김현섭이 보드를 타는 일처럼 커피를 즐길 수 있게 만들었다. 그래서 그는 '성수동을 닮은 커피'의 시작을 스페셜티 커피와 함께했다. 메쉬커피를 좋아하는 동네 사람들에게 스페셜티 커피의 매력을 알려주고, 스스럼없이 피드백을 주고받으며, 그들 모두가 이해하는 커피를 만들기 위해서다. '가장 매력 있는 동네 스페셜티 카페'를 꿈꾸는 메쉬커피는, 그곳을 지나치는 많은 이들에게 특별한 커피 한 잔을 선물하고자 한다.

+ 메쉬커피

서울시 성동구 서울숲길 43 / 02-464-7078 /
10:00~18:00(동계 10:00~17:00) / 일, 공휴일 휴무

KIM HYUN SOP

1 에스프레소에서 러너스 하이를 느끼고, 사람 손에서 태어나는 커피에 빠져 허형만의 커피 강좌를 들었다. **2** 방황하는 보헤미안, 사람과 함께하는 일과 세상에 도움이 되는 일을 고민하며 '아름다운 커피'를 택함. **3** 식당들과 택시회사의 사무실, 디자이너와 공예가들의 작업실이 있는 성수동 골목. 딱 하나 카페만 없는 그 골목에 메쉬커피를 열었다. **4** 동네 사람들의 피드백으로 완성되는 메쉬커피의 메뉴. 녹차와 홍차를 섞어 만든 '상하이 라테', 에스프레소 칵테일 '컴언컴'. **5** "저에게 스페셜티 커피는 보드와 같아요. 상대방이 고수든 입문자든 스스럼없이 서로 가르쳐주고 배우죠." **6** 질 좋은 생두를 가져오기 위한 수고를 아끼지 않지만, 누가 마셔도 깔끔하고 순한 동네 친화적인 스페셜티 커피를 지향. **7** 커피는 부단히 실력을 갈고닦아야 결과가 눈에 띈다는 점에서 보드와 닮았다. 거짓 없는 노력을 되새기는 보드야말로 그의 커피 도구.

커피플레이스

한 편의 소설 같은 커피

　　'커피플레이스'가 있는 노동동은 원래 경주시청을 중심으로 경주에서도 손꼽히는 번화가였다. 그러다가 시청이 자리를 옮기면서 상권이 무너지기 시작했고, 바리스타 정동욱(1981년생)이 처음 그곳을 찾았을 땐 완공을 못한 채 버려진 공사 현장을 연상케 하는 낙후된 동네가 되어 있었다. 그럼에도 가게를 계약했던 이유는 매장 창문 너머로 보이는 봉황대 때문이었다. 오래된 나무 세 그루가 고즈넉하게 자리 잡은 모습을 보며, 그는 연고도 없는 경주에 자리를 잡겠다고 결심했다.

　　'소설 쓰는 바리스타'로 유명한 정동욱은 친절하고 따뜻한 자신의 글처럼 경주 사람들에게 다가갔다. 그리고 5년이 지난 지금, 커피플레이스는 경주의 커피 명소로 자리 잡았을 뿐 아니라 최근에는 포항에 8호점을 내면서 경북 지역의 터줏대감 노릇을 톡톡히 하고 있다.

　　'경주를 닮은 커피'라고 커피플레이스를 소개하면, 사람들은 오래된 도시를 닮은 고리타분한 맛을 생각할지도 모른다. 하지만 연간

1200만 명의 관광객이 다녀가는 경주는, 그 어떤 도시보다 외부에서 들어오는 사람들과 문화에 대해 개방적인 태도를 가지고 있다. 커피플레이스는 이곳에서 5년 동안 자리를 지키며 오래된 도시의 묵묵함과, 스스럼없이 변화를 받아들이는 사람들을 닮은 커피를 만들어내고 있다.

커피플레이스의 블렌드는 기본적으로 미디엄-다크 로스팅을 추구한다. 이는 바리스타 겸 로스터 정동욱이 지향하는 로스팅 포인트이기도 하지만, 한편으론 스페셜티 커피라는 단어가 낯선 사람들을 위한 배려가 담겨 있기도 하다. 그럼에도 종종 정동욱은 라이트 로스팅으로 생두가 가진 활력을 살리는 약배전 로스팅도 꾸준히 하고 있다. 처음 라이트 로스팅을 시도했을 땐, 로스터 본인의 호기심을 채울 목적이 강했다고 그는 얘기한다. 하지만 의외로 경주 사람들은 스페셜티 커피의 새로운 모습을 낯설어하지 않았고, 단골손님들은 오히려 적극적인 피드백을 주었다. 정동욱은 로스터로서 본인이 나아

가야 할 길이 아직 멀다고 얘기한다. 하지만 경주 사람들이 있기에 조금 느리더라도 다양한 시도를 할 수 있다는 말도 덧붙인다. 이렇게 그가 꾸준하게 주고받은 피드백은 경주 사람들의 입맛에 대한 하나의 역사가 되었고, 다른 카페가 가질 수 없는 경주의 색깔을 커피플레이스에 입히고 있다.

◐◑ 아무도 가르쳐주지 않았던 야간비행

그날그날 볶은 원두와 추출한 커피에 대한 감상을 담은 몇 문장의 포스팅부터 창업에 대한 이야기, 혹은 카페를 찾는 이들의 사연을 담은 긴 글까지, 커피플레이스의 바리스타 정동욱이 지금까지 자신의 블로그에 올린 게시물은 1000여 건에 달한다. 이렇게 매일같이 사진을 찍고 글 쓰는 것을 빼먹지 않는 그가 커피 인생의 도구로 고른 것은 4년 전에 구입한 낡은 노트북이다. "사실 고등학교 시절 장래희망은 소설가였습니다. 직업군인의 길을 포기한 이유도 소설을 본격적으로 쓰고 싶은 마음 때문이었고요."

하지만 좋아하는 마음만큼의 재능은 없는 일에 매달리는 건 생각보다 힘들었고, 글을 쓰는 것만으로 가정을 이끌 수도 없었기에, 그는 카페를 열었다. 그렇다고 그가 글 쓰는 일을 포기한 것은 아니었다. 그는 매일 두세 시간 동안 온전히 커피에만 집중하는 시간을 갖는데, 이 순간에 느낀 것들을 빼먹지 않고 글로 담아내곤 했다. 이렇게 그가 쏟아낸 글은 매일 로스팅 공장과 매장을 오가는 그의 고단한 삶에도, 커피플레이스를 찾는 손님들에게도 영감을 주며 커피 맛을 더 깊게 만들어주고 있다.

2006년까지 공군기술고등학교라 불렸던 항공과학고등학교는 입학생 전원이 기숙사 생활을 하고 졸업 후에는 부사관으로 임관해 장기복무를 하게 하는 학교다. 대구에서도 꽤 좋은 학군에서 괜찮은 성적을 올리던 중학생 정동욱은 갑자기 어려워진 집안사정으로 학비까지 지원되는 항공과학고등학교의 입학시험을 치렀다. 가정형편 때문에 어쩔 수 없는 선택을 해야 했던 그때, 꿈에도 직업군인을 생각지 못했던 그는 고등학교 진학을 앞둔 방학 내내 인생을 포기하고 싶다는 고민까지 했다고 한다. 학교에 입학하고 나서는 반복되는 군사 훈련과 군대 못지않은 빡빡한 생활이 계속되었고, 유난히 감수성이 깊은 그에게 그 시절은 고단함만이 가득했다. 그러던 중 그에게 글 쓰는 기쁨을 알려준 교사를 만났다. 그리고 그분이 담임을 맡은

2학년부터 우울하던 그의 인생은 조금씩 바뀌기 시작했다. 정동욱이 매일같이 학교 생활과 사는 일의 고단함을 글로 풀어내기 시작한 것도 그때부터. 지금도 블로그에서 찾아볼 수 있는 〈야간비행〉은 고등학교 시절 그의 경험이 가득 녹아 있는 소설이다. 고등학교 3학년 때에는 비록 그 교사가 담임을 맡지는 않았지만, 정동욱은 꾸준히 그를 찾아가 자신이 쓴 글을 첨삭받거나 그가 빌려준 시집을 읽으면서 소설가의 꿈을 키웠다.

정동욱은 임관과 동시에 한 대학교의 국문학과 야간과정에 등록했다. 주중에는 저녁마다 수업을 듣고 주말에는 전국을 여행하거나 유명한 카페를 찾아 커피를 마시러 다니던 군 생활은 생각보다 나쁘지 않았다. 또 동기들 사이에서도 일찍 진급할 정도로 실력을 인정받기도 했다. 양가 부모님이 결혼을 흔쾌히 승낙했던 이유도 성실한 군인이었던 그가 쉽게 전역하지 않으리라고 믿었기 때문이었다. 그러나 지휘관들의 만류와 집안의 반대를 무릅쓰고, 그는 9년의 의무복무를 끝내자마자 전역 신청을 했다.

전역 후 그가 준비한 것은 문예창작과에 편입하는 일이었다. 본격적인 직업 소설가의 길을 걷고 싶었는데, 일을 하면서 글을 쓰는 것은 한계가 있었다. 하지만 그는 자신의 재능이 글을 쓰기에는 부족하다는 것 또한 잘 알고 있었다. 전역 후 다가오는 현실적인 문제들은 이러한 생각과 얽혀 그를 움직였고, 먼저 카페를 하고 있던 친구와 함께 새로운 곳에 자리를 얻어 커피 일을 시작하게 되었다. "글을 쓰는 일보다 장사를 하는 일에 더 재능이 있다는 생각, 그리고 글

을 쓸 때면 항상 옆에 두고 마셨던 차와 커피에 대한 기억이 저를 바리스타라는 직업으로 이끌었던 것 같아요." 그의 판단은 옳았다. 대구의 한 대학가, 부동산 주인이 3개월 안에 분명히 망한다는 자리에 문을 열었던 그의 첫 카페 '꿈을 파는 사람'은 성공적인 창업사례로 남을 만큼 손님을 끌어모았다.

경주에서 다시 시작한 비행

"너, ○○중학교 정동욱 맞지?" 처음부터 낯이 익다고 생각했던 그 손님이 계속 바를 쳐다보다가 마침내 그에게 말을 걸었다. 생각지도 못한 순간 중학교 동창을 만난 그는, 반가운 마음보다 부끄러운 마음이 먼저 들었다고 한다. 이 부끄러움의 근원은 고등학교 진학 때부터 가지고 있었던 자격지심에서 출발한다. 어린 나이에 원치 않는 군 생활을 하던 그는, 하고 싶은 일을 하는 친구들에게서 괴리감을 느끼곤 했다. 그런 기억이 그에게는 씻을 수 없는 상처로 남은 것이다. '나는 아직 이것밖에 안 되는데…….' 또래보다 10년은 늦게 시작한 꿈을 향한 발걸음이었기에, 그보다 훨씬 앞서 자리를 잡은 친구들 앞에서는 부끄러움과 당혹감에 시달리곤 했다.

대구에서 경주로 향한 이유도 이런 자격지심 때문이었다. 돈만 바라보고 커피를 하기보다 진정성 있는 바리스타가 되어야 한다는 생각, 남들보다 훨씬 늦게 꿈을 향했기 때문에 더 노력해야 한다는 생각이 늘 그의 머릿속에 강박처럼 남아 있었다. 그래서 그는 하루하루 커피를 내리는 일에 최선을 다했고 손님의 작은 피드백도 오랫동안 기억하고자 했다. 글을 쓰는 일은, 자신의 일에 진정성을 담기 위한 도구이기도 했다. 소설가가 되기 위해 혼자 글을 쓸 때보다 훨씬 더 많은 사람들이 그의 글을 읽었고, 덕분에 그의 커피에 담긴 깊은 의미를 알아주는 사람은 점점 늘어났다.

최근 새로 연 포항점까지, 커피플레이스는 총 8개의 지점이 있다. 하지만 커피플레이스는 여느 프랜차이즈와 다르게 '원두 공급'만을 전제로 지점을 내주는 독특한 구조를 가지고 있다. "매일 점심시간이면 택시를 타고 카페를 찾아와 동료들과 마실 커피를 사가는 손님이 있었어요. 감사한 마음보다 죄송한 마음이 더 커서 지점을 만들어야겠다고 결심했죠." 커피플레이스를 믿고 찾아주는 손님들에 대한 보답으로 만든 8개의 지점은 그래서 더 의미가 깊다. 품이 많이 드는 일임에도 그는 매번 지점을 찾아가 적절한 피드백을 주고 원두에 대한 각 지점들의 의견을 모아 로스팅에 반영한다. 그리고 그는 이 모든 과정을 일기 쓰듯 차분하게 블로그에 풀어낸다.

조금씩 늘어나는 커피플레이스의 지점들을 통해 그가 이루고자 하는 일은 자신의 커피가 조금씩 확장되는 것. 더 많은 사람들의 이야기에 귀를 기울이고 그들이 사랑하는 커피를 만들어나가는 데 커피플레이스의 지점들은 매번 큰 역할을 하고 있다. 때로는 그의 피드백을 받아들여 더 맛있는 커피를 내준 지점 사장이 손님에게 극찬을 받았다는 얘기가, 때로는 멀리서도 그의 커피를 마실 수 있어 감사하다는 손님의 얘기가 들려온다. 이렇게 이따금씩 들려오는 소중한 말들이, 아직은 부끄럽다고 말하는 정동욱의 커피에 깊은 맛을 더해 준다.

　내가 정동욱을 만나게 된 계기는 서울이 아닌 지역의 로스터리를 비교해보는 커피 스터디 모임이었다. 뚜렷한 지역색 없이 유행을 쫓는 커피들에 실망하고 있을 때쯤, 투박한 디자인의 봉투에 담긴 유독 강하게 볶인 원두를 만났다. 당시의 트렌드와는 사뭇 다른 로스팅 스타일은 사람들에게 좋은 반응을 얻지 못했다. 하지만 나는 왠지 그 원두에 눈이 갔고, 혼자 다시 마셔보기 위해 따로 챙겨두었다. 그리고 때마침 다가온 휴가에 맞춰 독특했던 그 커피를 맛보기 위해 경주를 찾아갈 계획을 세웠다. 바리스타 정동욱은 이 모든 과정에서 SNS를 통해 내게 피드백을 주었고, 드디어 카페에서 처음 마주했을 때에는 스스럼없이 자신의 커피에 대해 이야기해주었다.
　오래된 경주의 땅을 밟고 카페에 들러 그가 내려주는 커피를 마셨을 때, 나는 커피플레이스가 경주를 가득 담은 카페라는 생각을 하게 되었다. 이후에도 나와 그는 서로의 글을 읽고 생각을 나누는 일이 종종 있었다. 정감 있게 써내려가는 그의 생각을 읽는 것은 그의 커피를 마시는 것만큼이나 즐거운 일이었다. 인터뷰를 위해 다시 경주를 찾았을 때도 그는 직접 경주역으로 마중을 나와주었고, 우리는 잠시나마 경주를 돌아다니면서 글로 다하지 못한 이야기를 나눴다. 그렇게 다시 마주한 그의 커피는 여전히 경주를 닮아 있었고 그의 글처럼 포근했다.

자신의 커피 인생을 대변하는 도구로 그가 노트북을 꺼내들었을 때, 나는 말하지 않아도 그것이 어떤 의미를 가지는지 알 수 있었다. 재능이 없다며 소설가의 길을 포기했지만 그는 여전히 소설을 쓰고 있다고 나는 생각한다. 아니, 어쩌면 그는 소설이 표현할 수 없는 더 깊은 것을 커피를 통해 표현하고 또 그것에 대해 글을 쓰는 더 멋진 일을 하고 있는지도 모르겠다.

+ 커피플레이스

경북 경주시 중앙로 18 / 070-4046-2573 /
10:30~22:00 / 일, 명절 휴무

JUNG DONG UK

¹ 글을 쓸 때 늘 옆에 두고 마셨던 커피에 대한 기억이 바리스타로 이끌다. ² 상권이 무너진 노동동에서 경주의 커피 명소로 거듭나다. ³ 오래된 도시의 묵묵함과 스스럼없이 변화를 받아들이는 경주의 사람들을 닮은 미디엄-다크 로스팅. ⁴ 그날그날 볶은 원두와 추출한 커피에 대한 몇 문장의 감상, 카페를 찾은 이들의 사연을 담은 긴 글까지, 그의 블로그는 또 하나의 커피플레이스다. ⁵ "로스터로서 제가 나아가야 할 길은 아직 멀었지만, 적극적인 피드백을 주는 경주 사람들이 있기에 조금 느리더라도 다양한 시도를 할 수 있습니다." ⁶ 원두 공급만을 전제로 한 8개의 지점은 커피플레이스를 믿고 찾아주는 손님들에 대한 보답. ⁷ 소설가를 꿈꾸던 소년은 바리스타가 되어 더 진한 글을 쓴다. 커피로 소통하는 그에게 노트북은 가장 중요한 커피 도구.

　　　　　　산들다헌이 자리 잡은 곳은 춘향의 이름을 딴
가게들과 추어탕집들이 모여 있는 쌍교동 골목의 고즈넉한 한옥이
다. 바리스타 조희준(1985년생)에게 이곳에서 카페를 하는 일이 어렵
지 않냐 묻자, 그는 마치 무용담을 늘어놓듯 남원 이야기를 꺼낸다.
'카페'라는 단어조차 알지 못하는 몇몇 어르신들은 종종 술에 취한
채로 해장하러 왔다며 쌍화차를 주문했고, 어떤 사람들은 신맛이
강한 커피에 상한 커피를 내줬다며 화를 내기도 했다. 유명한 로스터
의 스페셜티 커피 블렌드, 값비싼 에스프레소 머신을 가져다놓아도,
커피는 커피 전문점에서 마시는 거고 카페에서는 달걀 노른자 동동
띄운 다방 커피를 마셔야 한다는 어르신들이 있었다. 하지만 이런 분
위기 속에서도 산들다헌은 꾸준히 자리를 지키며 소신 있는 메뉴와
커피를 내놓았고, 지금은 어르신들 사이에서도 커피가 맛있는 곳으
로 손에 꼽히고 있다. 그 호응에 힘입어 얼마 전 문을 연 전주 2호점
또한 범상치 않은 커피 맛으로 사람들을 끌어모으고 있다.

인프라가 충분치 않은 지방에서 스페셜티 커피를 내는 것은 쉬운 일이 아니다. 원두 수급부터 커피 머신을 수리하는 일까지, 마땅히 도움을 청할 곳이 없기 때문이다. 하지만 바리스타 조희준은 이런 어려움을 오히려 기회로 만들었다. 지리산 자락에 위치한 남원은 도시에서는 구할 수 없는 신선한 재료로 음료를 만들 수 있도록 해주었고, 스페셜티 커피에 대한 이해가 전무한 분위기는 산들다헌이 경쟁력 있는 카페로 자리 잡을 수 있는 기회로 다가왔다. 누구도 가능하다 생각지 않았던 도전이었다. 하지만 조희준은 어느새 남원을 대표하는 카페를 만들었고, 스페셜티 커피가 지방 소도시에서 살아남을 수 있다는 것을 보여주었다.

⠿ 올곧은 한옥처럼 단단한 카페

대학에서 컴퓨터공학을 전공한 조희준이 처음으로 커피를 마셨던 기억은, 클림트의 그림이 걸려 있던 학교 앞 카페에서 출발한다. 그는 라바짜 커피를 팔던 그 카페에서 처음 마신 에스프레소의 황금빛 크레마가 클림트 그림처럼 황홀했다고 회상한다. 그리고 군대를 제대하고도 잊히지 않는 그 기억 때문에 오랜 취미였던 사진을 커피와 함께 즐길 수 있는 공간을 만들겠다는 구상을 하게 되었다. "그때부터였어요. 전공 수업은 전부 뒤로 하고 카페를 여는 데 도움이 될 만한 수업만 골라 들었죠." 그리고는 학교를 나와 카페를 열기 위한 준비를 시작했다. 학교를 그만두는 것에 대한 두려움이 없지는 않았지만, 자신의 결정을 믿고 지지해준 아버지를 실망시키고 싶지 않아 더 독한 마음으로 카페를 여는 일에만 집중했다. 카페를 열기 위해서는 학교를 졸업하는 것보다 메뉴에 올라갈 음료들을 연구하는 일이 실패하지 않는 지름길이라는 확신도 있었다.

그렇게 카페를 만들 준비를 하고 있던 중, 아버지를 돕기 위해 잠시 남원에 머물 일이 있었다. 길을 걷다가 우연히 지금의 산들다헌이 들어선 한옥을 만난 것이 바로 그때. 무뚝뚝한 시멘트 건물 사이를 거닐다가 발걸음을 멈추게 하는 건물을 발견한 것이다. 무심코 문을 열고 들어가니, 라디오 소리만이 빈 공간을 가득 메우고 있었다. 메뉴판이 눈에 띄었는데, 감자전과 맥주 그리고 녹차가 적혀 있었다. 누군가 나오겠지 생각하며 기다렸다. 그렇게 30분 정도 가만히 라디오를 들으며 기다려도 아무도 나오지 않았다. 아무래도 일부러 나오지 않는다는 생각이 들어, 그는 벽에 적혀 있던 번호로 전화를 걸어보았다. 따르릉 따르릉. 아니나 다를까 전화벨이 울리자 인기척이 없던 안방에서 아주머니가 전화를 받기 위해 슬며시 걸어나왔다.

어두운 한옥의 벽은 공고하게 느껴졌는데, 우전을 내온 주인 아주머니는 벽 한쪽을 잡고 하루에 네다섯 시간씩 공을 들였다고 조심스럽게 자신의 이야기를 털어놓았다. 오래전부터 강원도에서 제자들과 한옥을 짓던 그녀는 따뜻한 남쪽 지방에 집을 짓고자 내려왔다고, 지리산까지 가려다가 차비가 모자라 남원에 머물게 됐다고 묻지도 않은 이야기까지 들려주었다. 덧붙여 남쪽 생활이 자신과는 맞지 않아 아무래도 집을 내놓아야 할 것 같았는데 마땅한 사람이 없어 고민하던 찰나라고 했다. "그렇게 공들여 지은 집인데, 찾아온 사람들은 막걸릿집이나 칼국숫집을 내겠다고 하더라고. 아니면 적당히 개조해서 더 비싼 값에 팔거나."

조희준은 오랫동안 아주머니와 이야기를 나누며 차를 얻어 마셨다. 그렇게 한옥이 주는 포근함이 더 깊어질 때 즈음 그는 이곳에서 마실 것을 팔고 싶다는 얘기를 꺼냈고, 아주머니는 마땅한 사람이 찾아왔다며 한옥을 허락해주었다. 첫눈에 그 한옥에 반한 조희준은 남원에 정착해 올곧은 한옥처럼 단단한 카페를 만들어야겠다고 결심했다. 그는 머릿속에만 있었던 카페에 대한 구상을 현실로 옮기면서, 최상급 우전을 포함하여 쌍화차와 빙수 그리고 커피까지, 카페에서 판매할 모든 메뉴를 연구하는 일에 본격적으로 파고들었다. 오래된 상다리를 뜯어 트레이를 만들고, 쌍화차 명인을 찾아가 맛을 끌어내는 법을 알아내고, 인터넷으로 기구를 구입해 커피도 배워가며 바리스타 조희준은 한옥에 어울릴 카페를 준비하기 시작했다. 산들다헌이 처음 만들어졌을 때의 이야기다.

◑◐ "커피에서 오렌지 맛이 나!"

"어떤 메뉴든 메뉴판에 올리기 전에 최소한 3개월은 연구하자고 결심했어요." 처음 메뉴에 올렸던 쌍화차는 십전대보탕에서 몇 가지

약재가 빠진 음료인데, 제대로 된 맛을 구현하는 데 꽤 오랜 시간이
걸렸다. 하지만 결국에는 남원의 스님들이 고개를 끄떡일 만큼 완성
도 있는 쌍화차를 만드는 데 성공했고, 뒤이어 대추차와 빙수도 최고
의 재료만을 고집해 만족스런 결과물을 이끌어냈다. "그리고 마지막
에 올라간 메뉴가 스페셜티 커피입니다." 당시만 해도 스페셜티 커피
를 다루거나 머신들을 제대로 갖춰놓고 커피를 내려주는 카페는 거
의 없다시피 한 남원이었기에, 커피부터 시작했다면 망했을 것이라
는 게 그의 판단이었다. 그래서 그는 제대로 된 차와 음료를 팔면서,
캡슐커피부터 시작해 조금씩 사람들의 입맛을 끌어올리자는 계획
을 세웠다. 끊임없이 스페셜티 커피를 공부해 완성도 높은 커피를 만
든다면 농사일에 바쁜 시골 분들의 거친 입맛도 충분히 설득할 수
있을 거라 생각했기 때문이다.

하지만 어르신들의 입맛은 생각보다 까다로웠다. 정성 들여 내놓
은 커피가 상한 것 같다며 다시 만들어달라는 얘기를 들었을 땐, 과

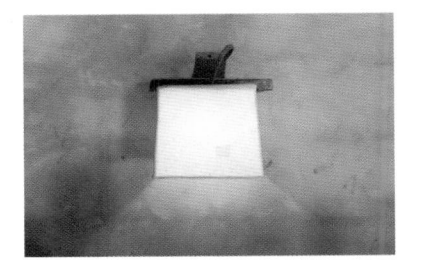

연 이곳에서 스페셜티 커피를 파는 일이 가능할까라는 의문이 든 것도 사실이다. 커피에 집중하는 시간이 아무리 쌓여도 사람들은 빙수나 설탕이 들어간 쌍화차를 찾곤 했고, "커피는 커피 전문점에 가서 먹어야지, 여기서 커피를 왜 찾아?"라는 손님의 얘기를 듣고 오랫동안 마음고생을 하기도 했다.

실망하고 좌절할 법한 순간들이 무수히 지나갔지만, 그는 포기하지 않았다. 바쁜 와중에도 서울과 남원을 오가며 카페에서 쓸 가장 훌륭한 원두를 찾았고, 지속적으로 손님들의 반응을 모니터링하며 메뉴에 오른 음료들의 레시피를 개선하기도 했다. 무엇보다도 신경을 집중했던 메뉴는 커피였다. 공학도 출신의 능력을 십분 살려 그는 틈틈이 에스프레소 머신의 분해와 조립을 반복했고, 온갖 전문용어가 난무한 해외 사이트를 뒤지며 정보를 수집했다.

오랜 노력이 빛을 발하기 시작한 것은 개업 후 2~3년 정도 지나서의 일이다. 카페를 찾을 때마다 쌍화차만 마시던 농부가 있었다. 하

루는 그가 그윽한 커피 향을 맡더니 "오늘은 커피 한번 마셔볼게"라며 조심스럽게 주문을 했던 것이다. 바에 앉아 커피를 마시던 단골 어르신께서 "커피에서 오렌지 맛이 나!"라고 신기해하던 것도 그에게 용기를 준 기억 중의 하나다. 바리스타 조희준은 "이제는 커피를 마시기 위해 카페를 찾는 손님들이 꽤 늘었어요"라며 웃는다. 달콤한 음료만 찾던 남원의 어르신들이 이제는 산들다헌이 '괜찮은 다방'이라며 커피를 마시기 위해 찾아오고, 산들다헌이 아니면 커피를 못 마시겠다는 말까지 한단다. 이런 변화에 고무된 조희준의 아버지는 은퇴 후 아들의 사업을 돕겠다고 나서기까지 했다. 예전부터 기획하고 있던 전주의 2호점을 무사히 열 수 있었던 것도 아버지의 후원 덕분이다.

"너무 고집을 피우는 게 아닌가 하는 고민도 했어요. 하지만 결국엔 고집이 있어야 잘되겠다는 생각이 들더군요." 바리스타 조희준은 인터뷰를 위해 가져온 오래된 나무 트레이를 만지작거리면서 이야기를 이어간다. 남원에서 카페를 해야겠다고 결심했던 일부터 한옥에서 주인을 한참 동안 기다렸던 일, 스페셜티 커피를 계속 고집했던 일까지, 모두 끈기 있게 자신의 생각을 밀어붙이지 않았더라면 빛을 보지 못했을 거라고 조희준은 말한다.

그러면서 그는 카페를 하는 순간부터 함께였던, 골동품 가게에서 구한 오래된 책상의 다리를 떼어내고 만든 뒤틀리고 금이 간 볼품없는 트레이가 이 고집의 결정체라고 말한다. 왠지 모르게 이 트레이를 써야겠다고 마음먹은 이후부터, 그는 금이 간 부분에 목공본드를 주

사하고 기름을 먹여가면서 이 트레이만 사용하고 있다. "불편해도 놓고 싶지 않은 이 트레이처럼, 카페를 운영하고 커피를 하는 일은 고단하지만 절대 포기하고 싶지 않은 일입니다."

종종 사람들은 간판에 쓰인 산들다헌의 순서를 잘못 읽어 '산다헌들'이라고 읽는다 한다. 바리스타 조희준은 그것 또한 틀린 말이 아니기에 굳이 고쳐주지 않는다고 말한다. 산다헌들 별일이 있겠냐며, 하고 싶은 일을 뚝심 있게 하며 기쁨을 누리는 삶이 얼마나 행복하냐며 그는 오래된 트레이를 만지작거리며 웃는다.

듣는 귀가 밝아 바에 있어도 홀에서 손님들이 하는 얘기들을 줄곧 듣게 된다며, 그는 웃지 못할 에피소드를 늘어놓는다. 한번은 빙수를 먹는 손님이 "나는 우유빙수가 싫다니까"라고 말하는 것을 듣고, 손님 테이블까지 달려가 산들다헌에서는 우유얼음을 사용하지 않는다고 말한 적이 있다. 맛있는 빙수를 위해 얼음을 가는 일부터 심혈을 기울였기에, 손님들의 오해를 참을 수 없었던 것이다. 이렇게 손님들의 반응에 귀를 기울이는 일은 그에게 적잖은 영향을 끼친다. 전통에 따라 설탕을 넣지 않았던 쌍화차의 레시피를 바꾼 것도 손님들의 취향에 반응한 일 중 하나다. 설탕을 넣지 않고도 단맛을 내기 위해 꿀이나 밤을 넣었지만 반응이 별로 좋지 않았기 때문이다. 좋아하는 일을 하고 자신의 뜻대로 살고 싶다고 하면서도 그는 늘 현실과 타협하고 있다. 오랜 설득 끝에도 손님들이 바뀌지 않는다면 결국 문제는 자신에게 있을 수 있다는 사실을 잘 알기 때문이다.

자신의 고집을 대표하는 물건으로 트레이를 내보이면서도 "이 트레이 또한 언젠가 제명을 다하면 쓰지 못할 날이 오지 않겠냐"며 현실과의 타협에 대해 이야기한다. 하지만 트레이가 부서지는 날까지 최선을 다해 손보는 것은 최선의 타협점을 찾기 위한 노력이다. 끊임없이 손님들의 입맛을 회유하면서도 정말 좋아하는 것을 밀어붙이는 그의 노련한 고집이 더해져 산들다헌은 날이 갈수록 멋진 공간이 되고 있다.

+ 산들다헌

전북 남원시 향단로 21 / 063-632-3251 /
11:00~22:00 / 월요일 휴무(남원점)

JO HEE JUNE

1 에스프레소의 크레마에 반해 학교를 그만두고 음료 연구. 2 첫눈에 반한 남원의 한옥 때문에 남원에서 스페셜티 카페를 여는 모험을 하다. 3 최상급 우전, 명인의 쌍화차, 방수를 공부하며 한옥에 어울릴 카페를 준비. 4 달콤한 음료만 찾던 남원의 어르신들이 산들다헌이 아니면 커피를 못 마시겠다고 한다. 5 "절대 포기하지 않지만 늘 최선의 타협점을 찾습니다. 오래 설득해도 손님들이 바뀌지 않는다면, 결국 문제는 저한테 있는 거니까요." 6 농사일에 바쁜 분들의 거친 입맛을 사로잡기 위해 가장 훌륭한 원두를 사용한다. 7 오래된 책상의 다리를 떼어내고 만든 나무 트레이는 조희준의 고집을 그대로 보여준다. 남원의 스페셜티 카페라는 미션 임파서블을 성공시킨 그 고집이다.

밀로커피 로스터스

변함없이 가득 찬 드라이 카푸치노

　　밀로커피 로스터스는 제대로 된 '드라이 카푸치
노'를 맛볼 수 있는 몇 안 되는 카페다. "잘 스티밍된 우유는 그 자체
로 훌륭한 디저트가 될 수 있어요. 커피를 마시기 전에 설탕을 살짝
뿌려 거품만 드셔보세요." 촘촘하게 짜인 극세사 담요 같은 거품이
그득하게 올라간 카푸치노를 내밀며 바리스타 황동구(1960년생)가 말
한다. 카푸치노만이 아니다. 밀로커피 로스터스의 중강배전 드립커
피는 중후하고 안정적인 맛을 자랑한다. 베리에이션 메뉴에 들어가
는 크림은 주문과 동시에 만들어진다. 라테를 비롯한 녹차 베리에이
션 메뉴에도 직접 공수한 일본산 말차가 들어간다. 어떤 음료 하나
허투루 만드는 것이 없다. 경험과 관록이 가득한 메뉴는 카푸치노만
큼이나 깊은 매력이 있다.

　　요즘은 어딜 가도 유럽산 고급 커피 머신들을 쉽게 볼 수 있다. 우
후죽순 생겨난 카페들은 화려한 고급 수입 머신을 올려놓고 뽐내듯
커피를 내준다. 미국이나 오스트리아에서 유행하는 메뉴나 바리스

타 세계 챔피언들이 사용하는 레시피는, 트렌디한 카페들이 갖춰야 할 필수요소가 되었다. 이런 변화 속에서 2008년 홍대 상권인 동교동에 문을 연 밀로커피 로스터스는 가장 안정적인 미디엄 로스팅을 유지하며, 변함없이 포근한 카푸치노와 은은하게 울려 퍼지는 음악들로 공간을 지키고 있다. 변화에 가장 민감한, 하루가 다르게 상권이 요동치는 홍대에서 10년 가까이 자리를 지키기란 쉽지 않다. 좋은 머신과 유행을 따르는 인테리어보다 중요한 게 무엇인지, 바리스타 황동구는 오랜 경험을 통해 보여준다.

00 "나이 들면 카페나 해야지"

언뜻 봐도 수십 년의 세월이 느껴지는 기타 튜너를 들고, 바리스타 황동구는 자신의 커피 인생에 대한 이야기를 시작한다. "모든 걸 포기하고 음악만 하겠다고 달려들었어요. 그때는 가능할 거라 생각했죠. 매일같이 기타를 튜닝하고 연주에 몰입했어요." 짧은 헤어스타일과 단정하게 둘러맨 앞치마가 인상적인, 누구보다 신중하게 머신을 다루는 그의 모습에서 록음악에 몰두하는 젊은이를 상상하기는 쉽지 않다. 어쩌면 당연한 일이었다고, 음악이 천직이 아니라는 것을 일찍 깨달았던 것이 다행일지 모른다고, 그는 슬며시 웃는다. 그 시절의 기타 튜너를 보면 아쉬움만 가득하지 않을까, 음악을 생각하며 내리는 커피는 인생의 쓴맛이 나지 않을까. 하지만 그는 음악은 자신의 인생에 가장 큰 원동력이 된다고 말한다.

"가슴을 뛰게 하는 무언가가 인생의 전부라면 그 삶이 얼마나 멋진가요!" 음악만 생각했던 그 시절은, 어려웠지만 가장 떳떳했던 순간이라고 그는 말한다. 그리고 그 시절의 아픔을 디딤돌 삼아 커피가 허락한 인생에서는 더 떳떳하고자 한다.

음악을 그만두면서 모든 것을 정리했지만 기타 튜너만큼은 버리지 못했다고 한다. 그 시절의 이야기를 조금 더 듣고 싶다고 하니 그는 바의 뒤편 수납장으로 향한다. 그곳엔 음악을 하던 시절부터 모아온 음반들이 빼곡하게 자리 잡고 있었다. 가장 먼저 보여준 음반은 제프 벡Jeff Beck의 〈데어 앤드 백There and Back〉, 그에겐 최고의 앨범이라고 한다. 우연일 수도 있겠지만 그가 사용했다던 영롱하고 맑은 소리가 매력적인 팬더 스트라토캐스터는 제프 벡을 대표하는 기타이기도 하다. 어쩔 수 없이 들어가야 했던 군대에서 그는 운이 나쁘게도 기타하고 전혀 연관이 없는 기갑 수색대로 배치를 받았고, 그곳에서 꼬박 3년을 보내야 했다. 그러던 중 위문밴드의 공연을 보다가 베이시스트가 자기와 같이 밴드 활동을 하던 친구라는 것을 알게 되었다. 그때 그는 입대를 미루지 못한 것도, 군악대 지원에 실패한 것도, 위문밴드에 들어가지 못한 것도 모두 운명으로 받아들였다. 제대 후, 아쉬운 마음에 기타를 잡았지만 어떻게든 악기를 잡고 살았던 동료들과 같을 수는 없었다. 아끼던 68년형 팬더 기타와 온갖 장비들을 처분한 때가 그즈음이었다.

연습이 끝난 후 찾곤 하던 다방은 그에게 가장 온전한 휴식처였다.

아마 그 시절에 음악을 했던 친구들은 다 비슷한 생각을 하지 않았을까. 시커멓고 씁쓸한 커피, 그윽한 담배 연기와 함께 음악에 묻혀 쉴 수 있는 공간에 대한 로망. 음악을 접고 잠시 방황하던 그때, 그는 그 로망에 기대 카페를 해보자 결심했다. 그래서 무작정 외사촌이 운영하던 비스트로에서 경험을 쌓기 위해 대구로 내려갔을 때가 1994년.

'고도'라는 이름의 비스트로 레스토랑은 대구에서 손꼽히는 카페 '커피명가'의 위층에 있었다. 커피 전문 카페는 아니지만 음악을 신경 써서 트는 커피명가에서, 황동구는 록음악에서 벗어나 윈턴 마설리스Wynton Marsalis, 마일즈 데이비스Miles Davis 등의 재즈 아티스트들을 접했다. 당시만 해도 생두를 직접 볶아 사용하는 카페가 드물 때였는데, 일이 끝나면 종종 들렀던 커피명가에서 그는 로스팅이라는 것을 알게 되기도 했다. 레스토랑 매장을 관리하거나 손님을 상대하면서 실전 경험도 쌓을 수 있었다. 그리고 이 두 매장에서의 경험은 자신의 가게를 열 수 있는 토대를 제공했다.

"카페 일이라면, 죽을 때까지 할 수 있을 거야." 그는 아내에게 평생을 함께할 카페를 열겠다고 약속했다. 그런 후 상경해 건대 앞에 로스터리 카페 '보니따로'를 연 것이 2003년의 일이다. 로스팅과 커피 추출에 바쁜 와중에도, 시디를 바꿔가며 음악 트는 일을 게을리하지 않았던 그가 매장에서 가장 신경 쓴 것은 매킨토시 앰프와 두 대의 시디 플레이어다. 매장을 마감하기 직전엔 종종 볼륨을 높여 이글스Eagles나 레너드 스키너드Lynyrd Skynyrd의 음악을 들었는데 그

순간이 그렇게 좋을 수가 없었다고 그는 회상한다. 물론 음악에만 신경 썼던 것은 아니다. 그는 모든 메뉴에 자신이 할 수 있는 최선을 다했고, 정성이 들어간 그 레시피는 10년이 지난 지금 밀로커피에서도 사용하고 있다. 음악이 허락되지 않았던 삶에서 바리스타 황동구는 커피를 시작했다. 그만둔 음악에만큼 커피에도 재능이 없고 부족함이 많다고 너스레를 떨지만, 10년 넘도록 치열한 커피업계에서 살아남았다는 것 자체가 대단한 일이 아닐까.

☕ 커피로 가득 채운 인생

밀로millo는 히브리어로 '가득 채우다'라는 뜻을 가지고 있다. 말 그대로 더 가득 찬 카페를 만들기 위해 바리스타 황동구는 2008년에 동교동으로 무대를 옮겼다. 새로이 매장을 오픈하면서 가장 신경 쓴 것은 커피 머신들이었다. 이탈리아제 에스프레소 머신 라마르조코Lamarzocco는 지금처럼 카페가 많지 않고, 인프라도 부족했던 7년 전에는 찾아보기 힘든 모델이었다. 독일제 로스터 프로밧 머신도, 뛰어난 성능을 자랑하는 말쾨니히Mahlkönig 그라인더도 마찬가지였다. 마땅한 수입처도 없었던 그때, 황동구는 제대로 된 커피를 만들고 싶다는 생각에 발로 뛰며 장비들을 구입했다. 카페에서 트는 음악에도 조금씩 변화를 주었다. 가령 클리퍼드 브라운Clifford Brown과 모차르트는 손님의 귀에도 거슬리지 않고 바리스타에게도 피로감을 주지 않는 선곡이다. 교향곡 같은 대편성의 음악이나 지나치게 비트가 빠른 음악, 볼륨을 높여 들어야 제대로 들을 수 있는 록음악은 작은 카페에 있는 사람들에게 불편함을 준다고 생각했기 때문이다.

여기에 오랜 경험이 만들어낸 밸런스 좋은 미디엄 로스팅이 뒷받침된, 우유 거품 그 자체로도 맛있는 드라이 카푸치노와 각종 메뉴들은 '가득 찬' 카페를 위한 화룡점정이다.

바리스타 황동구가 매장에서 가장 자주 트는 음악은 얼 클루Earl Klugh의 음반이다. 지금까지 음악을 했다면 아마 얼 클루의 연주처럼 특별하거나 화려하진 않지만 모나지 않고 균형감이 넘치는, 그런 음악을 추구하지 않았을까 하고, 그는 기타 튜너를 스윽 바라본다. "음악을 들을 수 있다는 것도 카페 일의 큰 장점이죠. 하지만 작곡을 하는 일처럼, 무언가를 만들어낸다는 점에서 커피는 음악과 많이 닮았어요." 음악만을 바라보던 시절엔 듣지 않던 클래식이나 재즈 음반들을 접하면서 바리스타 황동구는 음악의 세계가 웅숭깊다는 생각을 했다. 커피도 그만큼 다양하고 깊은 매력을 가졌으니, 그는 자신의 마지막 직업인 바리스타가 마음에 든다고 말한다. 예전엔 기타 튜너를 보거나 그 시절의 음악을 들으면 그리움이 앞섰지만, 요즘엔 그런 생각보다 그 시절만큼이나 충만한 커피 인생을 살아야겠다는 생각이 더 크게 든다며 황동구는 따뜻한 웃음을 짓는다.

밀로커피 로스터스에 처음 방문했을 때, 흘러나오는 하이든의 기타 협주곡이 마음에 들어 바리스타 황동구에게 말을 걸었다. "음악이 참 좋네요. 신경 써서 트시는 것 같아요." 그는 그 음악에 얽힌 사연을 얘기해주었다. 차를 타고 집에 가는 어느 날, 라디오에서 이 음악이 흘러나왔는데 너무 좋아 차를 잠시 세워두고 음악을 들었다고 한다. 추운 겨울이었지만 음악에 방해가 되는 것 같아 잠시 히터도 꺼두고 연주를 들었고, 당시에는 국내에 발매되지 않은 이 음반을 수소문해서 어렵게 구했다고 한다. 그 이후로도 밀로커피 로스터스를 방문할 때면 기타 음악이 자주 흘러나오곤 했는데, 그래서인지 인터뷰를 하면서 그가 기타 튜너를 꺼내 들었을 때 그의 이야기가 더욱 궁금해졌다. 이윽고 인터뷰가 끝나자 나는 그가 기타 소리에 가진 애정의 깊이를 알 수 있었다. 그리고 밀로커피 로스터스의 커피가 항상 가득 차고 깊은 맛을 전달해주는 이유도 이해할 수 있었다.

+ 동교동 밀로커피 로스터스
서울시 마포구 양화로18안길 36 / 02-544-3916 /
12:00~22:00 / 명절 당일 휴무

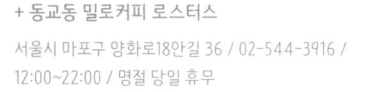

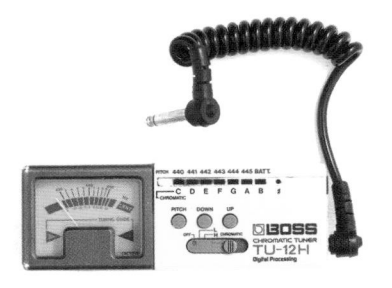

HWANG DONG GU

¹ 음악을 포기한 후 음악에 묻혀 쉴 수 있는 공간에 대한 로망을 찾아 카페를 연다. ² 대구의 비스트로와 커피명가에서 만난 재즈 아티스트 그리고 로스팅. ³ 안정적인 미디엄 로스팅과 잘 스티밍된 우유가 만들어내는 경험과 관록의 메뉴. ⁴ 밀로, 가득 찬 커피와 가득 찬 음악, 그야말로 가득 찬 카페. ⁵ "작곡을 하는 일처럼, 무언가를 만들어낸다는 점에서 커피는 음악과 많이 닮았어요." ⁶ 트렌디한 카페들이 수도 없이 생겨나고 사라지는 홍대 상권. 밀로커피의 드라이 카푸치노는 카페에서 가장 중요한 게 무엇인지 알려준다. ⁷ 음악 하던 시절을 떠올리게 하는 기타 튜너. 인생의 쓴맛이 아니라 가슴 뛰게 하는 기쁨을 느끼게 해주는 그것이 커피가 허락한 인생을 더 떳떳하게 해준다.

커피 맛을 기억하는 방법

테루아는 품종부터, 토양, 재배 등 커피가 자라는 자연적 요소들의 총체를 의미한다. 커피의 맛은 기본적으로 이 테루아에 의해 결정되는데, 흔히들 말하는 커피의 원산지별 특징은 사실 이 테루아를 의미한다고 해도 과언이 아니다. 이렇게 재배된 생두는, 또 가공과정, 로스팅, 추출 등의 다양한 변수를 만나 그 맛이 달라진다. 같은 원두라도 하나의 변수만 달라져도 다른 맛을 낼 정도로 커피의 향미는 시시각각 민감하게 변화한다.

이렇게 종잡을 수 없는 커피 맛에 대한 기준을 세우기 위해 1990년대 말, 미국스페셜티커피협회(SCAA)의 회장이었던 테드 링글(Ted R. Lingle)은 커피 테이스터스 플레이버휠(Coffee Taster's Flavor Wheel)을 탄생시켰다. 그가 개발한 두 개의 플레이버 휠은 20년 가까이 각각의 커피에서 나타날 수 있는 향미와 그 향미를 해치는 디펙트(Defect)에 대한 커피인들의 언어가 되어주었다. 스페셜티 커피를 취급하는(혹은 그렇지 않은 카페에서도 종종) 발견할 수 있는 테이스팅 노트(Tasting Note)는 이 플레이버 휠에 기반하고 있는데, 커피에 조금이라도 관심이 있는 사람이라면 이 플레이버 휠에 나온 단어몇 개쯤은 익숙하게 느낄지도 모른다.

하지만 커피의 향미를 표현하는 방법이 꼭 이 플레이버 휠에 한정되어야만 하는 것은 아니다. 실제로 커핑을 할 때에는 맛에 대한 다양한 표현들이 나오는데, 이는 자신의 경험에 기반한 맛의 표현이기도 하다. 커피의 맛을 표현함에 있어, 플레이버 휠은 그저 하나의 기준을 제시할 뿐이다. 두려워하지 말고 느끼는 그대로를 표현하는 일이 우선이다.
처음으로 드립커피를 내려 마실 때의 일이다. 나는 친구에게 맛 표현을 부탁해 그것을 일기처럼 기록하곤 했다. 부들부들 떨리는 손으로 힘들게 커피를 내리면, 친구는 후룹후룹, 입안에서 커피를 굴리며 진지하게 그날의 커피를 표현했다. '초원을 달리는 소녀의 치맛자락', '어린 아이의 몽당연필', '브라질 광부의 땀방울'. 도무지 바리스타들이 쓰는 용어가 익숙지 않았던 친구와 나는 우리만의 방법으로 커피 맛을 표현했던 것이다. 방법은 무모했지만 그날의 말도 안 되는 맛의 표현들은 지금도 그 커피 맛을 연상케 한다.

커피 톺아보기 · 커피 맛을 기억하는 방법

3년간, 장교로 군복무를 하면서 가장 위안이 되었던 것은 커피 한 잔이었다. 출근 전 10분, 물을 끓이고 커피를 갈아 내리는 시간은 그날의 고단한 업무를 이겨내기 위한 나만의 의식이었다. 그렇게 내린 커피를 텀블러에 가득 담아 출근하면, 그날의 커피가 무엇이냐며 내 자리를 찾아오던 부사관 친구들이 있었다. 나는 기꺼이 그들에게 커피를 나눠주며 망중한을 즐기곤 했다. 그렇게 하기를 1년쯤 지났을까, 매일같이 내 커피를 얻어 마시던 한 친구가 오늘 커피 맛에서는 생선 비린내가 난다고 말한 적이 있었다. 그때 유난히 원두의 상태가 좋지 않았는데, 나는 그 표현이 꽤나 정확하다고 생각했다.

이후에도 커피라곤 믹스커피밖에 모르던 부대 사람들은 '풍선껌 맛이 난다', '양파 볶은 맛이 난다'라며 내가 내린 커피에 피드백을 주곤 했다. 그들의 정확하고도 거침없는 표현을 들으며, 나는 그 어떤 전문가가 말하는 분석보다 느낀 그대로를 표현하는 것이 커피 맛을 기억하는 최선의 방법이라는 사실을 다시 깨달았다.

그럼에도 커피를 맛보는 데 있어 중요한 키워드가 두 가지가 있는데, 바로 밸런스와 취향이다. 좋은 커피의 기준은 완벽한 밸런스에 있다. 그 어떤 좋은 맛이라도 유독 강하거나 다른 맛과 조화를 이루지 못한다면 형편없는 커피나 다름없다. 어떤 맛이든 과하지 않게, 균형감이 있는 커피를 이해했다면, 그 이후의 일들은 취향의 문제다. 대신, 좋아하는 것을 말하기에 앞서 최대한 다양한 커피를 맛보는 일이 중요하다. 한 잔 한 잔, 내가 좋아하는 맛을 찾아 커피의 지도를 그리다 보면, 플레이버 휠이 없더라도 커피를 이해하는 자신만의 방법이 생길 것이다.

스페셜티 커피 시장이 성장하면서, 서울 시내 곳곳에서는 뉴욕이나 시애틀, 런던에서 마주할 만한 수준급 카페들이 자리 잡았다. 도리어 스페셜티 커피를 팔지 않는 곳을 찾기 힘들 정도로 말이다. 하지만 10년 전에는 느끼지 못했던 화려한 커피들이 도시를 수놓고 있음에도, 나는 그 시절의 커피가 그리워진다. 그래서 종종 지금도 명맥을 유지하고 있는 올드스쿨 카페들의 문을 두드리곤 한다. '나의 모든 것을 다해 이 한 잔의 커피를 만들었습니다'라고 묵묵히 건네주는 그 커피가, 아직도 나에게는 익숙하기 때문이다.

스페셜티 커피 시장의 성장 덕분에 도시 곳곳에 수많은 카페들이 둥지를 틀었고, 더 많은 사람들이 맛있는 커피를 즐길 수 있게 되었다. 하지만 이렇게 수많은 카페에서 커피를 마시는 일이 10년, 20년 후에도 가능할지에 대해서는 의문이 든다. 바리스타 서필훈은 '먼 길을 돌아 다시 돌아오겠다'고 했다. 아직 올드스쿨의 장인들이 걸어왔던 길에 비하면, 10여 년이라는 시간은 결코 길지 않기 때문이다. 바리스타 사선희도 비슷한 말을 한다. 10년 뒤의 커피를 생각하며 오늘의 커피를 내린다고. 학림다방의 바리스타 이충렬의 마음 또한 다르지 않은데, 그는 지나온 30년의 세월보다 앞으로의 30년을 생각하며 커피를 내리고자 한다.

먼 길을 돌아 올드스쿨의 향기가 남아 있는 카페들을 취재하면서, 나는 이 작업에 함께한 열아홉 카페 커피인의 마음이 모두 이와 같지 않을까 하고 생각했다. 누가 마셔도 그 한 잔에 바친 인생이 고스란히 느껴지는 깊은 맛을 위해, 수도 없이 많은 날들을 커피에 매진했던 올드스쿨 바리스타들의 역사가 바로 이러하지 않았을까 생각했다. 아직 올드스쿨의 향수가 남아 있는 네 곳의 카페에서, 나는 시대를 구분하는 일의 무의미함을 느꼈다. 올드스쿨의 고귀한 장인정신은 아직도 살아 있었고, 10년 후를 기대할 수 있는 커피를 위해 꽤 많은 커피인들이 땀을 흘리고 있다는 것을 알았기 때문이다.

롤ㅅㄱ룽 물띠

05

방황하는 바리스타들에게 손을 내밀어주는
세대 간의 경계선

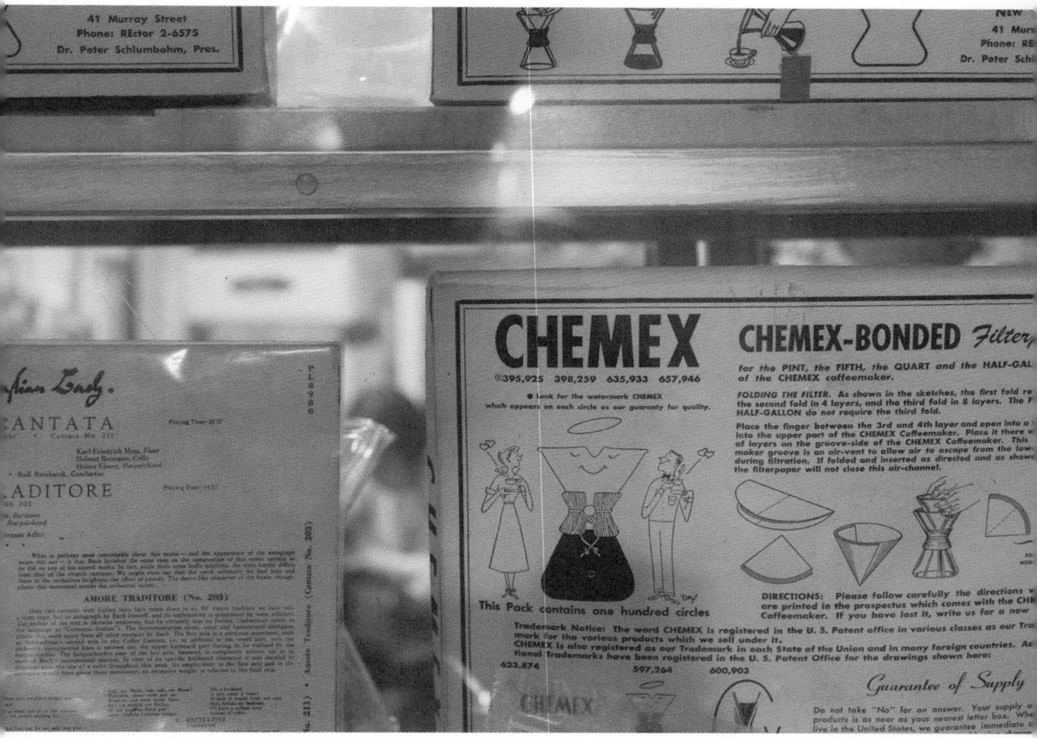

　　우리나라 커피의 1세대는 '1서徐 3박朴'로 불린
다. 그중 제자를 두지 않았던 서정달을 제외한 박이추, 박상홍, 박원
준은 각각 제자를 가르쳐 계보를 형성하게 되었는데, 이들에게 교육
을 받거나 영향을 받은 커피 2세대는 1990년대 말과 2000년대 초반
커피업계를 이끌어나갔다. 도제식 교육과 오너가 모든 것을 관리하
는 카페 시스템으로 대표되는 이들 1세대와 2세대를 우리나라 커피
의 올드스쿨이라 부를 수 있다.

　이들의 영향을 받으며 자랐지만, 이와 같은 시스템에서 벗어난 새
로운 세대의 바리스타를 2.5세대 혹은 3세대 바리스타라 부른다. 이
새로운 세대를 탄생시킨 것이 바로 스페셜티 커피의 등장인데, 올드
스쿨의 커피가 어떤 품질의 커피든 마스터, 즉 장인의 손길로 품어
그들의 카페에서만 맛볼 수 있는 고유의 스타일을 추구했다면, 스페
셜티 커피 시장은 생두의 잠재력을 극대화하고 이를 통해 커피 자체
의 개성을 살리고자 한다.

바리스타 교육기관이라 할 수 있는 망원동 싸이펀 커피랩의 대표 사선희(1976년생)는 1990년대 올드스쿨에서 커피를 시작한 바리스타다. 하지만 싸이펀 커피랩의 교육은 스페셜티 커피의 올바른 이해를 지향하고 있다. 우후죽순 생겨나는 커피 강좌 사이에서 독특한 포지션을 가진 바리스타 사선희의 수업은 이러한 이유로 많은 사람들의 관심을 불러일으킨다.

그의 수업을 듣는 학생들은 정해진 커리큘럼을 따라가며 커피 지식을 배우는 것이 아니라 스스로 그 이유를 찾아낼 때까지 끊임없이 추출을 반복해야 한다. 그리고 나서 주전자가 손에 익고 스스로의 추출에 답을 찾아갈 때 즈음, 그는 학생들과 토론을 시작한다. 올드스쿨의 도제식 교육에서도 배울 점이 있다는 점, 또한 스페셜티 커피의 시대인 만큼 자신이 내리는 커피에 대해 보다 정확히 알아야 한다는 점, 바리스타 사선희는 자신의 수업을 듣는 학생들에게 끊임없이 이것들을 상기시킨다. 시대와 시대의 경계선에서 가장 현명한 길을 알려주는 이 수업은 이미 일선에서 활약하는 바리스타들도 수강할 정도로 인기 있다.

○○ 경험의 커피, 과학의 커피

여느 음식점에서 쉽게 볼 수 있는 2리터짜리 스테인리스 주전자에 물을 가득 채우면 본격적인 연습이 시작된다. 가느다란 구멍이 뚫린

페트병 위로 물줄기를 일정하게 흘려보내야 하는데, 조금이라 물이 바깥으로 흐르면 처음부터 다시 하기를 반복한다. 이렇게 단련되면 어떤 포트를 마주해도 물줄기를 잡는 일이 두렵지 않다는 바리스타 사선희는, 올드스쿨의 도제식 커피 수업을 기억하는 것으로 자신의 커피 인생 이야기를 시작한다.

"첫 출근부터 범상치 않았죠. 설레는 마음으로 부천에서 일산으로 가는 첫차를 탔어요. 가게에 도착한 때는 이른 새벽이었죠. 그 앞에 쪼그리고 앉아 사장님을 기다렸던 기억이 납니다." 하지만 끓어 넘치는 열정이 있다고 해서 바로 커피를 배울 수는 없었다. 서빙과 설거지 그리고 청소만 6개월, 매장이 문을 닫은 후에야 사장 몰래 주전자를 잡을 수 있었다. 그마저도 출근 때마다 원두가 줄어드는 것을 이상하게 여긴 사장에게 들켜 다시는 주전자를 못 잡을 뻔했다고 한다. 15년 전의 카페는 그랬다고, 그는 커다란 주전자를 바라보며 회상한다.

그 시절의 커피는 말 그대로 '경험의 커피'였다. 자신이 일하는 카페의 사장은 '마스터'였고, 직원이자 제자들은 청소와 설거지를 하며 마스터가 하는 일들을 어깨너머로 배워야 했다. "자, 이제 너도 해봐"라고 사장이 말했을 때, 질문은 금지사항이었으며 늘 봐왔던 그대로 커피를 내려야 한다. 열정이 가득했던 사선희는 1년이 조금 지났을 때 첫 직장 '카페 코델리'를 나올 수밖에 없었다. 자신의 방법을 그대로 전수하려는 마스터에게 질문을 너무 많이 했기 때문이다. 그 이후엔 단국대학교 평생교육원에서 진행하는 커피 수업의 조교로 일하게 됐고, 그곳에서 그는 한국 커피의 3박 중 한 분인 박이추 선생과 로스터 전광수의 수업을 보조했다.

수업은 대체로 그들의 경험을 토대로 진행되었다. 가령 칼리타 드리퍼로 블루마운틴 커피를 추출하기 위해서는 가는 물줄기를 바깥으로 몇 번, 안으로 몇 번 돌려라 하는 식이었다. '커피 마스터'가 자신이 직접 엄선한 생두를 오랜 경험으로 로스팅하고 자신만의 방식으로 추출했던 그 시절이기에 가능한 수업이었다. 그래서 커피 추출을 가르치는 시간 외에는 카페를 찾는 사람에 대한 예의와 커피를 대하는 진중한 태도를 가르치기도 했던 것이 지금의 커피 수업과 다른 점이었다. "지금 생각하면 고리타분하고 비과학적인 내용일지도 모르죠. 하지만 그분들이 없었더라면 지금의 커피도 없었을 겁니다."

커피 한 잔 내리기 힘들던 그 시절에 대한 얘기를 풀어가다, 그는 문득 경주를 여행하던 중 들렀던 카페 '슈만과 클라라'에서 직원에게 훈계를 들었던 일화를 들려준다. "손님, 그런 자세로 앉아 계시면 다른 손님들이 불편해하십니다." 무거운 짐을 들고 겨우 찾은 카페에서 무심코 그가 한쪽 다리를 의자에 올렸고, 그것을 본 카페 직원이 그에게 훈계하듯 주의를 준 것이다. "얼마 전 뉴욕의 카페 그럼피에 갔을 때의 일이에요. 작은 테이블 위에 랩탑을 사용하지 말라는 공지가 있었어요. 그때의 카페들은 사람들에게 커피에만 집중해달라고 얘기하는 것 같았죠." 박이추 선생의 제안으로 '카페 보헤미안'에서 일했을 때도 다른 무엇보다 커피에 대한 진중한 태도를 배우는 일이 앞섰다고 한다. 가장 존경하는 바리스타인 최영숙을 만난 것도 그때

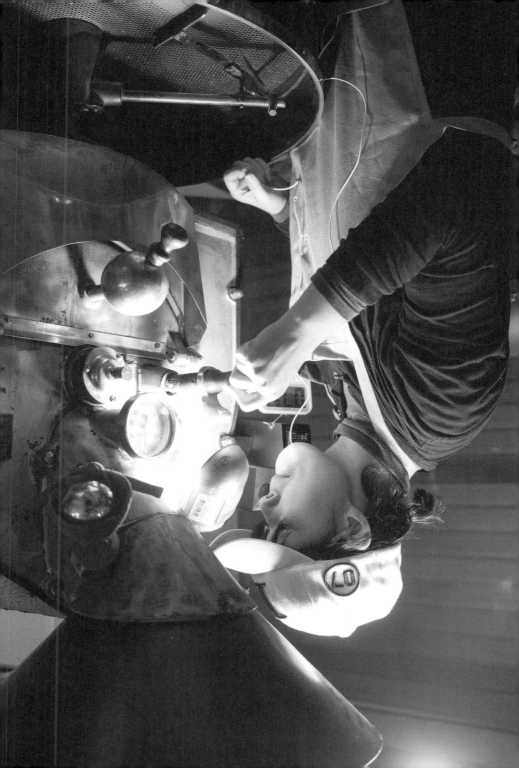

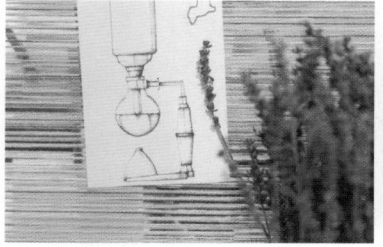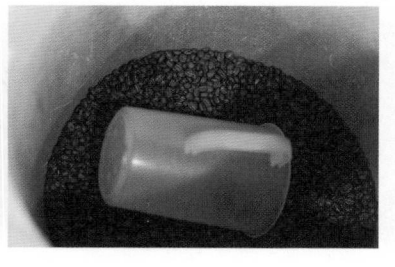

다. 손가락이 휠 정도로 핸드드립을 반복하던 힘든 순간이었지만 출근하자마자 들리는 '또로로' 물 따르는 소리와 함께 공간을 가득 채웠던 커피 한 잔의 향기가 그를 계속 붙잡았다. 그렇게 힘든 순간을 버티기를 꼬박 1년. 커피를 대하는 진중한 태도, 커피를 마시는 손님의 표정을 살피는 배려, 주전자를 자신의 몸처럼 다루는 기예는 그의 몸으로 서서히 녹아들었다.

◑◐ 올드스쿨과 스페셜티의 경계선에서

올드스쿨의 소중한 가르침이 온전히 자신의 것이 된 시점, 우연히 보게 된 다큐멘터리 〈블랙골드〉는 바리스타 사선희에게 또 다른 세계를 알려주었다. "어떤 바리스타가 이 다큐멘터리를 보고도 가만히 있을 수 있을까요. 한 잔의 커피가 나오기까지 우리가 잊고 있는 게

너무 많다는 생각이 들었어요." 커피가 나오는 모든 과정을 직접 경험하고 자신이 내리는 커피가 얼마나 소중한 것인지 깨닫기 위해 그는 하고 있던 일들을 전부 뒤로하고 커피벨트를 따라 여행하는 계획을 세웠다. 하지만 그때, 그는 신앙에 대한 고민과 결혼을 마주하게 되었고, 커피 산지 어디쯤에서 헤매고자 했던 꿈은 기약 없이 미뤄졌다. "아쉽긴 하지만 그때부터 스페셜티 커피에 대해 진지하게 고민할 기회를 얻었죠." 결혼과 출산으로 난데없이 맞닥뜨린 바리스타로서의 공백기, 사선희는 틈틈이 책과 논문을 읽어가며 커피의 새로운 물결을 맞이할 준비를 했다. 그리고 그 시간만큼의 노력과 고민은 연구실과 교육기관을 겸하는 싸이펀 커피랩을 망원동에 여는 것으로 이어졌다.

계속 올드스쿨에 몸을 담았더라면 교육은 꿈도 못 꿨을 일이다. 바에서 모든 일을 관장하는 마스터의 가르침은 한 달 남짓의 커리큘럼으로 전달할 수 없기 때문이다. 하지만 당시 커피리브레를 중심으

로 스페셜티 커피를 지향하는 모임이 만들어져 수평적 구조를 강조하며 젊은 바리스타들을 불러 모았다. 그토록 하고 싶었던 '왜'라는 질문이 너무나도 쉽게 오갔고, 이에 대한 해답은 경험이 아닌 과학에서 찾았다. 사선희는, 두 세대를 모두 경험하고 이들이 추구하는 바를 거리낌 없이 받아들일 수 있는 환경에서 새로운 길을 찾을 수 있었던 것은 행운이라고 말한다. "경험 없이 과학으로만 설명할 수 있는 커피는 없을 거예요. 반대로 과학적인 접근을 무시하고 경험만 내세워서는 스페셜티 커피를 이해할 수 없을 겁니다."

새로운 변화의 시기, 두 시대의 경계선에 섰던 바리스타 사선희는, 더 의미 있는 커피 한 잔을 만들기 위해 교육을 해야겠다고 결심했다. 이 뜻에 공감한 동료 바리스타들이 첫 수업을 만들어주었고, 이어서 그의 경험과 지식을 존중하는 많은 젊은 바리스타들이 싸이펀의 브루잉 수업을 들었다. "교육을 하면서 저 스스로도 많은 성장을 했던 것 같아요. 그래서 커리큘럼은 매번 달라집니다. 늘 새로이 배워야 할 것들이 늘어나거든요."

바리스타 사선희를 가르쳤던 옛 카페의 주인들은 그와 통화를 할 때면 종종 "네가 뭘 안다고 가르쳐?"라고 농담을 한다. 그들은 농담을 했지만, 사선희는 맞는 말이라고 생각한다. 아직도 스페셜티 커피를 알아가는 중이기도 하고, 앞으로 무엇을 해야 하는지 싸이펀 커피랩에 소속된 직원들과 함께 찾아가는 중이기도 하기 때문이다. 지금의 목표는 앞으로 10년간 스페셜티 커피를 가장 잘 포착하는, 흔들림 없는 싸이펀 커피랩의 스타일이 있는 커피를 직원들과 함께 만드는 일이다. 이 목표는 근래에 미국의 카페들을 돌아보고 나서 세운 것인데, 그가 다녀온 카페의 바리스타들은 항상 자신이 10년 후에 만들 커피를 생각하고 있었기 때문이다.

"길게 돌아 스페셜티 커피를 따라잡는 목표를 이루고 나면 다시 주전자로 돌아올 거예요. 예순 살 넘어 욕쟁이 할머니가 되면, 처음 잡았던 이 2리터짜리 주전자로 커피를 내려줄 겁니다." 결국 한 잔의 커피를 만드는 데에서 가장 잘하는 일을 해야 하지 않겠냐고, 무에서 유를 창조하는 이 주전자로 맛있는 커피를 내리는 일이 자신의 운명이 아니겠냐고, 바리스타 사선희는 호탕하게 웃는다.

물이 보글보글 끓기 시작하면 포트에 물을 옮겨 담는다. 그리고 모락모락 김이 오르는 주전자 위에 손을 올려 온도를 가늠한다. 드리퍼 위에 커피를 곱게 갈아 넣고 물이 흐르기 좋게 한 번 정도 흔들어 정리를 한다. 준비가 끝나면 조심스레 드립포트를 들고 가장자리를 피해 가는 물줄기를 커피 위로 흘려보낸다. 서버에 커피가 차오르기 시작하면 오감을 집중한다. 커피가 가장 아름다운 향과 맛을 품었을 때 드리퍼를 걷어내고, 커피를 잔에 따른다. 저울과 온도계, 로스팅 프로파일을 반영한 빈틈없는 레시피로 브루잉하는 일이 다반사인 지금은 좀처럼 보기 힘든 올드스쿨의 핸드드립은 이런 모습이었다. 그 시절 커피에 빠진 사람이라면 바리스타가 주전자를 잡는 모습만 봐도 커피 맛을 짐작할 수 있었다.

인터뷰를 위해 싸이펀 커피랩에 찾아갔을 때, 바리스타 사선희는 스페셜티 커피를 바로 이렇게 내려주었다. 그때 맛본 커피에는 스페셜티 커피라는 말 한마디로는 설명할 수 없는 기품과 커피에 대한 남다른 태도가 담겨 있었다. 그는 이 지난 세대의 경험을 온전히 다음 세대로 전달해주고자 한다. 스페셜티 커피의 시대가 도래한다 하더라도 우리 커피 시장의 토대가 되었던 올드스쿨의 경험을 무시할 수는 없다. 세대와 세대 간의 경계선, 싸이펀 커피랩의 커피 수업은, 스페셜티 커피의 물결에 거침없이 뛰어들었지만 무엇을 해야 할지 몰라 방황하는 젊은 바리스타들에게 함께 미래를 그려보자고 손을 내밀고 있다.

+ 싸이펀 커피랩
서울시 마포구 월드컵로11길 27 / ssamo76@naver.com /
교육 및 상담 문의 09:00~18:00

SA SUN HEE

¹ 매장 문을 닫은 후에야 사장 몰래 주전자를 잡을 수 있었던 시절에 시작된 커피 인생. ² 박이추 선생의 제자 최영숙 바리스타 밑에서 손가락이 휘도록 핸드드립을 반복하며 익힌 태도, 배려, 기예가 사선희의 재산이다. ³ 결혼과 출산으로 바리스타로서는 공백기를 맞았지만 당시 몰두했던 커피 공부가 싸이펀 커피랩으로 이어지다. ⁴ 끊임없는 반복을 통해 학생 스스로 답을 찾아가도록 하는 사선희의 수업은 올드스쿨의 도제식 수업을 잇고 있다. ⁵ "경험 없이 과학으로만 설명할 수 있는 커피는 없을 거예요. 반대로 과학적인 접근을 무시하고 경험만 내세워서는 스페셜티 커피를 이해할 수 없을 겁니다." ⁶ 10년 후에 만들 커피, 싸이펀 커피랩의 직원들과 함께 스타일을 확립하는 게 목표. ⁷ 지금은 2리터짜리 커다란 주전자 대신 검정색 드립포트를 쓴다. 주전자의 용량이나 모양보다, 그것을 자유자재로 다룰 수 있기까지의 훈련이 관건.

로스팅 카페를 중심으로, 커피 본연의 맛과 향을 강조하는 흐름인 '제3의 물결'의 등장은 생두의 엄격한 품질 관리와 보증을 요구한다. 이곳에서 증명해야 하는 건 생두의 품질뿐만이 아니다. 2008년 국내에 처음으로 소개된 이후 많은 사람들이 시험을 치르면서, 생두 구매자에게는 필수요건처럼 되어버린 큐그레이더라는 커피 감별 자격증처럼, 로스터와 바리스타에게도 각종 자격 증명이나 수상 경력이 요구되고 있다. 불과 몇 년 사이, 우리나라 커피 시장은 이러한 스페셜티 커피의 흐름을 따라 고급 머신과 스타 바리스타의 전쟁터가 되었다. 그야말로 커피 춘추전국시대에, 사직동 '커피한잔'의 이형춘(1962년생)은 이렇다 할 고급 머신이나 자격증 없이 10년째 커피 마니아들의 끊임없는 사랑을 받아왔다.

"꼭 그렇진 않았지만 구름 위에 뜬 기분이었어." 산울림의 〈아마 늦은 여름이었을 거야〉에 담긴 아련한 가사는 로스터 이형춘의 이상향이다. 동요처럼 가볍게 들리지만 깊은 감동을 이끌어내는 산울림의 노래처럼, 커피한잔은 언제나 애타는 마음을 가지고 커피를 주문한 손님들의 마음을 위로해준다. 우리는 언제 먹어도 맛있는 밥을 지어주는 어머니에게 자격증을 요구하지 않는다. 무엇이든 증명해야 인정을 받을 수 있는 것은 아니다. 사람의 힘이 무엇인지 알려주는 커피 한 잔에, 손님들은 사직동 골목길까지 힘든 발걸음을 마다하지 않는다.

⑩ 운명처럼 만난 중고 로스터

사직동 커피한잔의 한쪽 구석에는 작은 로스터가 놓여 있다. 한때 대학로 학림다방의 로스팅을 책임졌던 '이노우에 공작소'의 로스터다. 이 소형 로스터야말로 로스터 이형춘과 커피한잔의 시작이었는데, 그 사연은 이렇다. 학림다방 이충렬 사장이 어느 날 창고 정리를 하면서 창고에 있는 물건들을 지인들에게 나누어준 일이 있었다. 당시 대학로에서 음악다방을 운영하던 이형춘은 그날 마침 이웃사촌인 이충렬 사장의 가게에 놀러갔고, 창고 정리를 한다는 말에 괜찮은 물건들이 있는지 살펴보기 시작했다. 다른 사람들은 꽤나 실용적인 물건들을 집어 들었지만 이형춘의 눈에 띈 것은 구석에 놓여 있던 생전처음 보는 고철 덩어리였다. 낮 시간에 자신의 음악다방 '샘쿡'에서 단골손님들에게 봉지커피를 타주곤 했던 그는, 그 기구가 '생두 볶는 기구'라는 설명에 덜컥 가게로 들고 왔다.

젊은 시절, 이형춘은 사람과 함께하는 것이 좋아 연극을 했다. 동료 배우들과 호흡을 맞추며 관객의 마음을 얻었던 순간은 아직도 그가 간직하고 있는 가장 좋은 기억이다. 그 추억을 밑천 삼아, 사람들과 소통하고 싶은 막연한 로망으로 이형춘은 대학로에 음악다방 샘쿡을 열었다. 좋아하는 1970년대 음악과 영화음악에서 최신 가요까지, 그는 닥치는 대로 모은 LP를 틀며 사람들과 이야기를 나눴다. 그러던 중 우연히 들여온 로스터는 카페에 대한 이형춘의 로망에 불을 지폈다. 좀 더 조용한 분위기에서 사람들과 이야기하기에는 음악다방보다 카페가 좋지 않을까 하는 생각에 그는 작은 로스터를 들고 종로구 계동으로 자리를 옮겼다. 2006년 처음 계동에서 커피한잔을 시작하고 10년이 넘는 세월 동안, 그는 숯불이 발갛게 달아오른 로스팅실을 떠나지 못했다. "그게 그러니까, 창고 정리하는 날 로스터기를 만난 건 운명이었던 거지."

로스터 이형춘의 커피 공부는 그야말로 '독학'에 가까웠다. 로스터를 개조하는 일부터 본인의 스타일을 완성하기까지, 그는 수없이 잘못 볶은 원두를 버려가며 혼자 커피를 공부했다. 그런 이형춘에게 '오마주'의 대상이 되었던 커피는 1세대, 3박祚 중의 한 명이었던 '다도원' 바리스타 박원준의 것이었다. 그는 박원준의 커피를 '사람들과 함께하는 커피'로 기억하고 있다.

여든이 넘은 나이에도 박원준은 주변인들이 새로 가게를 오픈하면 반드시 찾아가 커피를 마시곤 했다. 자신의 커피의 완성도를 높이는 일 또한 늘 주변 사람들과의 대화를 통해 이뤄졌는데, 이형춘은

이런 다도원의 커피가 항상 깊은 여운과 감동을 전해주었다고 말한
다. 로스터 이형춘이 계동에서 로스팅을 시작했을 때 닮고자 한 것
은 바로 이런 박원준의 모습이었다. 손수 만든 가구와 오랜 시간 수
집한 소품들이 가득한 편안한 카페에서, 커피한잔을 찾은 사람들 또
한 자신들이 마신 커피에 대한 느낌을 스스럼없이 이야기해주었다.
이형춘은 그 이야기들을 걸러 듣지 않았고, 박원준이 그랬던 것처럼
더 좋은 커피를 만드는 자양분으로 활용했다.

　"어떻게 그렇게 맛있는 커피가 있었는지 모르겠네요. 지금은 돌아
가셨지만, 그분의 커피를 마신 사람들은 모두 그 맛을 기억할 거예
요." 로스터 이형춘 또한 누군가에게 '그때 그 커피 참 좋았지'라며
기억될 커피를 만들고 싶었다.

◑◑ 숯불 로스팅은 감성과 경험의 결정체

　"어쩌다 여기까지 왔나 하고 생각해요. 다 저 작은 로스터에서 출
발하지 않았나 싶은 거죠. 쓰지 못할 정도로 망가졌고 그걸 대체할
로스터도 생겼지만 지나온 시간들을 생각하면 절대 버리지 못할 것
같네요." 이런저런 이유로 두 번 가게를 옮기면서 이형춘과 8년의 세
월을 함께했던 '이노우에 공작소'의 로스터는 카페 구석으로 자리가
바뀌었다. 가게가 커져 더 큰 용량의 로스터가 필요하기도 했지만, 수
도 없이 콩을 볶고 틈만 나면 개조를 위해 분해했던 탓에 소형 로스

터가 더 이상 견디지 못하고 망가졌기 때문이다. 지금 커피한잔에서 사용하는 로스터는 이노우에 공작소의 소형 로스터를 사용했던 경험과 상용 로스터를 분석한 결과를 응용해 이형춘이 직접 설계해 만든 것이다.

기존의 로스터는 가스버너를 제거하고 서랍형으로 만든 상자에 숯불을 넣는 식이었는데, 큰 로스터는 여기에 레일을 달아 숯불을 옮길 수 있게 만들었다. 처음에 큰 로스터를 들여왔을 때는 부품 간에 틈이 벌어져 콩을 볶던 중 생두가 빠져나오기도 했고 모터가 제대로 돌지 않아 커피를 태우기도 했다. 하지만 지금은 여러 번의 수리를 거쳐 작은 로스터의 도움 없이도 온전한 로스팅이 가능하게 되었다. 동대문 미싱공장에서나 볼 수 있는 버튼과 레일이 달린 독특한 구조, 붓으로 채색해 포인트를 준 투박한 이 로스터는 어느새 작은 숯불 로스터를 제치고 커피한잔의 마스코트가 되었다.

로스팅에 열중하다 보면 얼굴에 숯검정이 묻을 때가 종종 있다. 하지만 미세하게 변하는 생두의 상태를 살피느라, 이형춘은 얼굴이 더러워진 것도 모른 채 로스팅에 집중한다. 숯불로 로스팅하는 것은 여간 힘든 일이 아니다. 우선 좋은 숯을 골라 인내를 가지고 불을 붙여야 하고, 상용 로스터와 달리 온도 측정은 경험과 감각에 의존해야 한다. 상용 가스 로스터가 전기밥솥이라면 숯불 로스터는 가마솥이랄까. 커피가 익을 때까지 세심하게 불길을 조절해야 하고 연기가 나도, 숯불의 열기가 매서워도, 참으며 로스터 곁을 지켜야 한다.

"숯불 로스팅이라고 하면 사람들은 훈제와 훈연을 생각하는 경우가 있어요. 하지만 로스팅은 연기와는 상관없이 숯에서 발산하는 열원을 이용해요. 가스불과는 다른 숯의 깊은 열기가 커피를 전혀 다른 맛의 세계로 이끌죠." 숯불 로스팅은 독특한 향미와 보디감으로 마시는 이의 혀를 사로잡는 것이 특징인데, 번거로움에도 불구하고 로스터 이형춘이 숯불 로스팅을 포기하지 않는 이유이기도 하다.

숯불 로스팅을 '감성과 경험의 결정체'라고 말하는 그는, 다양한 브루잉 기구들이 있음에도 핸드드립을 고집한다. 숯불 로스팅으로 볶은 커피의 맛을 살리기 위해서이기도 하지만 기계에 의존한 커피는 손맛이 반감된다고 생각하기 때문이다. 로스터 이형춘은 옛 된장, 어머니의 손맛을 예로 들어가며 핸드드립의 매력을 설명한다. 엄선한 생두는 커피한잔 커피 맛의 또 다른 비결이다.

그는 처음 가게를 열었을 때부터 생두 선택에 공을 들였다. 당시 가격으로 일반 생두의 1.5배가 넘었던 '호리구치 생두'를 고집했던 건, 좋은 기계보다 좋은 생두가 맛있는 커피를 만든다는 철학을 가지고 있었기 때문이다. 생두 사정이 훨씬 나아진 요즘에는 나인티플러스 등 고가의 스페셜티 커피를 사용한다. 말 그대로 100점 만점에서 90점 이상을 얻은 커피를 의미하는 나인티플러스는, 커피의 수확부터 가공까지 농부와 함께 호흡하고자 한다. 이처럼 지역문화와 시장에 대한 이해를 통해 지금까지와는 다른 화려한 맛을 보여주는 생두는 로스터 이형춘에게 각별한 존재다.

"좋은 로스터가 넘치지만 아직 기계에는 큰 욕심이 없어요." 로스터 이형춘은 맛있는 커피를 결정하는 가장 큰 요인은 자연이라고 강

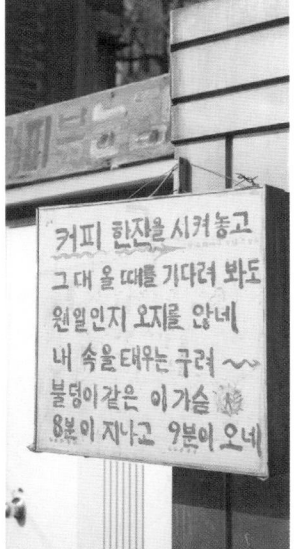

커피 한잔을 시켜 놓고
그대 올 때를 기다려 봐도
왠일인지 오지를 않네
내 속을 태우는 구려 ～
불덩이같은 이 가슴
8분이 지나고 9분이 오네

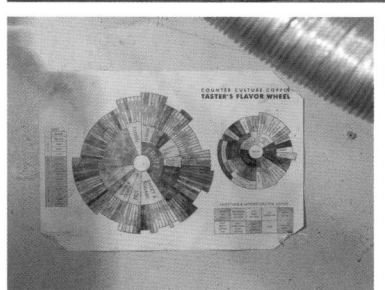

조한다. 그다음으로, 자연이 준 생두가 생기를 띠게 하기 위해서는 기계의 힘보다는 감각과 경험이 중요하다고, 그것이 좋은 완제품 로스터가 많음에도 자신의 경험이 온전히 녹아든 로스터를 고집하는 이유라고 말한다.

  내가 처음 커피한잔을 찾았을 때는 로스터 이형춘이 계동에서 이노우에 공작소의 소형 로스터로 콩을 볶고 있을 때였다. 당시 커피한잔의 로스팅 스타일은 변화에 변화를 거듭하고 있었다. 막 로스팅을 시작한 그는 매일같이 변화를 기록하고, 작은 로스터를 직접 손보면서 자신만의 커피 스타일을 만들어가기 시작했다. 당시에도 꽤 높은 가격을 자랑했던, 일본 스페셜티 커피 업계의 리더 중 하나인 호리구치의 'LCF Leading Coffee Family 생두'를 썼던 것도 이유였겠지만, 나는 그때의 커피 맛을 아직 잊지 못한다. 하루 종일 불덩이 앞에 앉아 생두와 씨름하던 그가 내린 커피의 맛이 인상 깊었기 때문이다. 땜질과 수리한 자국이 가득한 작은 로스터는 이형춘의 감각과 경험을 최대한으로 품었고, 커피한잔에서만 맛볼 수 있는 독특한 풍미의 커피를 내주었다.

  로스터 이형춘은 그때보다 커피에 대해 얘기할 수 있는 사람들이 많아져서 좋다고 말한다. 그래서 더 오랫동안 카페를 지키고 있으면 언젠가는 오래전 자신에게 감동을 주었던 그 한 잔의 커피처럼, 많은 이들에게 감동을 전해줄 수 있는 커피를 자신 또한 만들 수 있을 것이라고 말한다. 사직동으로 자리를 옮겨서도 여전히 포근함이 가득

한 카페에서 커피를 마시면서, 나 또한 그렇게 생각했다. 낙관이 찍혀 있는 것 같았던 올드스쿨 장인들의 커피처럼, 그의 커피 또한 많은 사람들에게 기억될 것이라고.

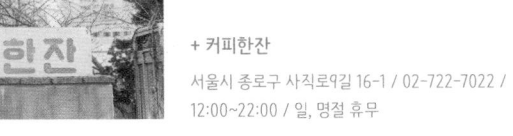

+ 커피한잔
서울시 종로구 사직로9길 16-1 / 02-722-7022 /
12:00~22:00 / 일, 명절 휴무

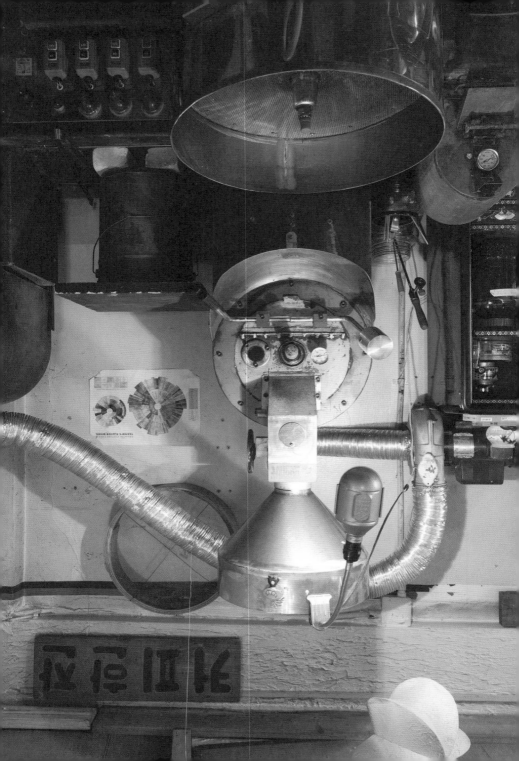

LEE HYONG CHOON

¹ 우연히 손에 넣게 된 고철 덩어리, 이노우에 로스터를 만난 건 운명이었다. ² 로스터를 개조하는 일부터 본인의 커피 스타일을 완성하는 것까지, 독학으로 커피를 공부. ³ 커피 1세대 박원준 바리 스타는 이형춘이 닮고자 한 커피인, 이형춘이 만들고자 한 카페의 원형이다. ⁴ 숯불 로스팅으로 독특한 향미와 보디감을 살린 원두를, 핸드드립을 고집해 내린다. 손맛이 커피한잔 커피 맛의 비결. ⁵ "좋은 로스터가 넘치지만 아직 기계에는 큰 욕심이 없어요. 맛있는 커피를 결정하는 가장 큰 요인 은 자연이거든요." ⁶ 누군가에게 '그때 그 커피 참 좋았지'라며 기억될 커피를 만들고 싶다. ⁷ 은 퇴한 이노우에 로스터 대신 이형춘의 커피 도구가 된 대형 로스터. 직접 설계하고 손수 수리하며 까 다로운 숯불 로스팅을 고집할 수 있었다.

5.
03

다동커피집

을지로에 어울리는 우리식 커피 한 잔

　　　직장인들의 애환을 달래는 을지로의 골목을 따라 식당과 주점 사이를 살펴보면, 카페가 위치한 동네의 이름을 그대로 딴 '다동커피집'을 발견할 수 있다. 입장료는 4000원, 들어서는 순간 커피는 무제한으로 제공된다. 다동커피집의 대표 메뉴는 '손흘림 커피 하우스 블렌드'인데, 마일드나 레귤러로 주문하면 마치 차와 같이 옅은 색의 커피가 정겨운 잔에 담겨 나온다. 이 블렌드를 포함하여 다동의 커피는 쓴맛이 거의 없다는 것이 특징이다. 더불어 구수하고 달달한 맛이 은은하게 입안을 가득 채우는데, 바리스타 이정기(1955년생)는 이를 '우리식 손흘림 커피'라고 말한다. 그의 철학이 들어간 이 손흘림 커피는 수율을 중요시하는 스페셜티 커피 업계에서 종종 논란거리가 되곤 한다. 이상적인 수율의 범위Ideal Zone를 정해놓고, 그것을 기준으로 커피의 추출 방법을 세우고자 하는 업계의 흐름과는 달리, 바리스타 이정기는 그 표준에서 한참 벗어나 자신만의 방법으로 저수율을 고수하고 있기 때문이다.

우리나라 스페셜티 커피 시장은 이제 세계 시장에서도 무시하지 못할 만큼 커졌고, 서울 시내 곳곳에서 시애틀이나 런던에서 마주할 법한 훌륭한 스페셜티 카페를 만날 수 있다. 하지만 수율을 지키고, 스페셜티 커피 업계의 표준을 지키는 그들의 커피는 여전히 대중에게 다가가기 어려운 실정이고, 충분한 설명과 이해가 뒷받침되지 않는다면 쉽게 즐길 수 없는 것도 사실이다. 바리스타 이정기가 커피를 대하는 방식은 이와는 정반대다. 그의 목표는 우리나라 사람들에게 익숙한 식문화를 바탕으로, 달콤함과 구수함 등 모두가 좋아할 만한 표준적인 입맛을 추적해 남녀노소 누구나 즐길 수 있는 커피를 만드는 일이다. 20년이 훌쩍 넘은 시간 동안 그는 이 꿈을 실현시키기 위해 부단히 노력했고, 그 결과물로 탄생한 것이 바로 이 손흘림 커피이다.

'이상적인 수율'로 접근하면 끝없이 논쟁거리가 될 것이다. 하지만 당장 카페의 문을 열고 들어서면, 20대 젊은 커플부터 50대 부장에 이르기까지 다양한 이들이 삼삼오오 모여 앉아 있는 모습을 볼 수 있다. 가장 옅은 마일드 커피부터 커피 마니아들에게도 인정받는 스트롱 커피까지, 다동커피집의 커피는 카페를 찾는 모든 이의 까다로운 입맛을 사로잡고 있다. 외국에서 들여온 기준으로 커피 맛을 재단하는 분위기 속에서, 그는 사람들이 미처 생각지 못한 스페셜티 커피의 새로운 미래를 그리고 있다.

✿ 인문학에서 출발한 커피

바리스타 이정기의 대학 시절 전공은 중문학이었고, 대학원을 졸업하고 학계에 남았던 그의 세부 전공은 송사(宋詞)였다. 그가 꼬박 10년 넘게 공부하던 중문학에 회의를 갖게 된 것은 송나라 노래를 연구하면서부터였다. 음악을 전공하지 않은 상태에서 번역을 하려다 보니 중국인의 정서를 제대로 이해하기 어려웠기 때문이다. 한번 들기 시작한 회의감은 꼬리에 꼬리를 물었고, 한국인으로서 중국인의 정서를 연구하는 일보다 오히려 우리나라 역사를 이해하는 일이 우선이라는 생각으로 이어졌다. 장인어른의 소개로 갈 수 있었던 안동의 한 대학 교수 자리를 마다한 것은 계속된 고민 때문이었다.

그렇게 학문의 길을 포기한 후 과연 자신은 무엇을 할 수 있을까 생각하다 시작한 것이 커피 무역업이었다. 잠시 일했던 출판사에서 커피 수입을 하는 사촌을 도와 팸플릿을 만들어준 경험이 계기가 되었다. 갑자기 인문학 연구자에서 커피 유통업자로 방향을 틀었을 때, 장인어른을 포함한 주변 사람들은 고개를 갸우뚱했다. 하지만 그는 그 시절에 공부한 인문학이 있었기에, 자신이 원하는 커피를 할 수 있었다고 말한다.

1980년대 후반부터 10년 가까이, 그가 수입한 커피는 당시 가격으로 1킬로그램에 5만 원을 호가하는 고급 브랜드 '슈페리어 커피'였다. 그는 당시에도 터무니없이 고가였던 이 커피가 미군 부대와 백화점을 중심으로 꾸준하게 판매되는 모습을 보면서 머지않아 원두커피가 대중화될 거라고 확신했다. 또 당시 신혼부부들에게 혼수용품으로 유행한 '커피메이커'는 커피 대중화의 신호탄이기도 했다. 그래서 그는 학자로서 연구하던 깜냥으로 커피를 연구하기 시작했고, 각종 외서를 번역하고 커피 기구를 개발하는 등 미래의 소비자층을 겨냥한 인프라 확충에 부단한 노력을 쏟아부었다.

우리나라 문화에 대한 이해를 바탕으로 커피를 잘 들여온다면 성공하리라는 확신은 그만의 생각은 아니었다. 당시 압구정동에 문을 열었던 카페 '일'은 지금의 스페셜티 커피 하우스 못지않은 시설을 갖추고 한 발 앞선 문화공간을 만들기도 했다. 하지만 10년을 앞선 투자는 성공하고, 20년을 앞선 투자는 역사 속으로 사라진다는 말은 결코 농담이 아니었다. 1997년에 불어닥친 외환위기는 달아오르려던 원두커피 시장의 열기에 찬물을 끼얹었고, 급등한 환율 때문에 커피 수입에 차질이 생기면서 그의 회사는 큰 타격을 받았다.

"말 그대로, 해보지도 못하고 망했죠." 부단히도 노력했던 지난 10년의 세월이 물거품으로 돌아간 그때, 그는 잠시 휴식을 취하기 위해 홀연히 미국으로 떠났다. 그가 본격적으로 커피를 다시 시작한 것은 1999년, 단국대학교 평생교육원을 중심으로 시작된 커피 수업에 강사로 나서면서부터였다. 그는 커피를 가르치는 한편, 독자적인 커피 연구를 통해 지속적으로 '커피문화의 한국화'를 시도했다. 그가 처음 커피를 시작한 시기에 목격했던 일본풍의 커피와, 지금까지도 세계의 커피 흐름을 주도하는 미국·유럽 중심의 커피문화가 구수한 맛의 마실 거리에 익숙한 우리나라 사람들의 입맛과는 동떨어져 있다고 판단했기 때문이다.

또한 커피 용어도 일본을 통해 가져온 것들이 많아 이해하기 어렵고 사전적 정의 또한 올바르지 않은 경우가 많았기에, 커피의 대중화를 위해서는 용어 문제부터 우선 해결해야 한다는 생각도 했다. '배전도'는 '볶음도'로, '핸드드립'은 '손흘림'으로 바꾸는 등 커피 용어의 재번역과 '우리식 커피 내리기' 연구는 그 물음에 대한 결과물이었다. 이러한 이론과 배경지식을 바탕으로 그는 2001년 서초동에 '서초동커피집'을 열었고, 2005년에는 한국커피교육협의회의 창립 멤버로, 국내 최초로 바리스타 자격증 제도를 만드는 데 참여했다.

◐◑ 구수하고 달콤한 한 잔, 우리식 커피의 탄생

바리스타 이정기가 가장 공을 들이는 것은 물론 커피다. 미국과 일본의 방식을 따르지 않고 한국인의 입맛을 고려한 로스팅과 추출에 대한 연구 결과를 담고 있는 그의 커피는 단맛을 기본으로 삼는다. 그가 말하는 단맛은 설탕의 단맛과는 분명히 다른, 맛있는 음식을 먹었을 때 공통적으로 느낄 수 있는 구수함이나 감칠맛을 의미한다. 이렇게 탄생한 블렌드를 그 나름의 추출 방식을 따라 내리면 아주 연하고 고소한 한 잔의 커피가 탄생한다. 이런 커피 덕분에 다동커피집에서는 연세 지긋한 어르신도 부담 없이 커피를 마시는 모습을 볼 수 있다. 바리스타 이정기가 그다음으로 신경 쓰는 것은 공간을 꾸미는 일이다. "좋은 카페라면 오디오에 과감하게 투자해야 한다"는 것이 그의 지론인데, 카페를 찾는 사람들이 보다 여유롭고 편안하게 커피를 마실 수 있도록 만들기 위함이다. 이 밖에도 바리스타 이정기는 꾸준하게 커피 수업을 진행하고 커피 연구를 하면서 이제 막 걸음마를 시작한 우리나라 커피 시장에 올바른 문화가 정착할 수 있도록 애쓰고 있다.

1989년부터 커피를 시작한 그의 커피 경력은 이제 30년을 바라보고 있다. 지난 30년과 앞으로 평생을 할 커피 인생에 가장 중요한 도구가 무엇이냐는 질문에 그는 젊은 시절을 함께 했던 인문학이라고 대답한다. 논리적이고 과학적인 사고로 납득할 수 있는 언어를 꾸려내는 인문학적 사고방식은 커피를 시작한 그에게 끊임없는 질문을 던져주었기 때문이다. 그렇기 때문에 그는 아직 할 일이 많고, 새로운 것들이 더 보인다고 말한다. "그래서 더 아는 척하기 좋은지도 모르죠"라며 너스레를 떠는 그의 평생 과제는, 커피를 하나의 문화현상으로 바라보고, 그것이 올바른 '우리 문화'로 정착할 수 있도록 하는 일이다.

이정기는 "20년을 일찍 바라보고 커피를 시작했으니, 지금이 딱 그때다"라고 말했다. 그의 말처럼, 이제야 사람들은 커피를 문화로 인식하고 하나의 고급 취미로서 카페를 찾기 시작했다. 값싼 인스턴트 제품이 주도했던 제1의 물결, 스타벅스 같은 대형 커피회사들이 주도한 제2의 물결을 넘어서, 커피 본연의 맛과 향에 집중하는 제3의 물결이 자연스럽게 우리나라에 유입돼 커피문화를 주도하고 있는 현상

은, 이정기의 말을 뒷받침해준다.

커피라는 문화가 태동하고 자리 잡는 과정을 꾸준히 지켜보는 일은 인문학을 공부한 그에게는 더없이 뿌듯한 일일 것이다. 그렇기에 그는 30년이라는 세월 동안 포기하지 않고 커피를 해왔고, 앞으로의 더 긴 시간 동안 커피와 함께할 일들을 생각하고 있다.

이정기 바리스타를 인터뷰한 '광화문커피집'은 그 후 사정상 문을 닫았는데, 다동커피집과 마찬가지로 입장료를 내면 무제한으로 커피를 마실 수 있었다. 그렇게 저렴한 가격에 커피를 무제한 제공해도 장사가 되는지 묻자 그는, "매장에서 유심히 사람들을 살펴보니, 무제한 리필을 해도 대부분 두 잔까지 마시더라고요"라고 웃으며 대답했다. 가끔씩 열 잔도 넘게 마시는 커피 중독자들이 나타나 당황스러울 때도 있지만, 손님들이 카페를 편하게 여기는 일이 더 중요하기 때문에 그는 새로 문을 연 '사직동커피집'에도 같은 정책을 유지한다.

커피에 대한 이론부터 실제 추출 그리고 매장 운영까지, 이정기의 카페는 그의 철학을 따라 움직인다. 그런 그를 보고 있으면 자신의 연구를 평생 동안 이어가는 고고한 인문학자가 떠오른다. 그가 건네준 명함에는 '우리커피·차연구소 소장 이정기'라고 적혀 있는데, 바리스타가 아닌 연구소 소장이라는 직함은 그가 커피를 어떻게 바라보는지를 보여준다. 두꺼운 인문학 서적들이 그에게 영감을 준다는 말 또한 처음에는 어색하게 느껴졌지만, 인터뷰가 끝날 즈음에는 너무나 자연스럽게 여겨지기도 했다. 인문학자들의 연구는 대부분 세

월이 쌓일수록 깊어지는데, 커피를 연구하는 이정기의 커피 또한 그
렇다는 생각이 들었다. 인터뷰 후에 추가로 마신 손흘림 커피는, 그
래서 더욱 고소하고 달콤했다.

+ 다동커피집

서울시 중구 다동길 24-8 / 02-777-7484 /
평일 11:00~22:00(토·공휴일 11:00~21:00) / 일, 명절 휴무

LEE JEONG KEE

¹ 갑자기 인문학 연구자에서 커피 유통업자로 방향을 틀어 주위 사람들을 놀라게 하다. ² 1997년에 불어닥친 외환위기, 얼어붙은 원두커피 시장과 급등한 환율 때문에 사업을 접었다, 교육으로 다시 커피로 돌아오다. ³ 독자적인 커피 연구를 통해 지속적으로 '커피문화의 한국화'를 시도. ⁴ 미국과 일본의 방식을 따르지 않고 한국인의 입맛을 고려한 로스팅과 추출을 연구, 아주 연하고 고소한 '손흘림 커피 하우스 블렌드'는 그 결과물. ⁵ "커피가 올바른 우리 문화로 정착하게 하는 일이 평생 과제입니다. 20년을 일찍 바라보고 커피를 시작했으니, 지금이 딱 그때죠." ⁶ 손님들이 편안하게 여기는 카페. 입장료 4000원을 내면 다동커피집의 커피를 무제한 마실 수 있다. ⁷ 비록 연구자로서는 물러났지만, 인문학은 그의 커피 인생의 동반자다. 커피에 대한 끊임없는 질문이야말로 인문학적 사고방식에서 출발하기 때문.

学림다방

60년 역사의 문화 살롱을 잇는
30년 깊이의 커피

　　　　　　1956년 문을 연 학림다방은 한국의 '레 되 마고 Les Deux Magots'다. 카페의 이름을 딴 '학림 사건'에서 알 수 있듯, 학림 다방은 서울대를 중심으로 한 격동의 혁명세대를 품었고, 수많은 문 인들의 단골 카페가 되어 서울에서도 손에 꼽히는 문화인들의 살롱 이기도 했다. 사실, 그 시절에는 학림다방과 같은 역할을 하는 공간 이 꽤 있었다고 한다. 하지만 그 공간들은 모두 사라졌고, 학림다방 만이 예전의 그 모습을 그대로 간직한 채 환갑을 맞이하려고 한다.

　삐걱거리는 1층 문을 열고 오래된 나무 계단을 따라 올라간다. 학 림의 단골이던 문필가들이 아직도 앉아 있을 법한 오래된 소파와 담 배 연기가 그윽하게 퍼져 나올 것 같은 2층의 테이블은 그 어떤 카페 도 따라올 수 없는 미장센을 만들어낸다. 여기에 세월이 변해도 여전 히 그윽한 맛을 간직한 커피는 코끝을 찡하게 만든다.

⬮⬮ "여기는 다 좋은데, 커피가 아쉬워"

카페 '레 되 마고'는 시대를 대표하는 문필가와 혁명가들이 수없이 드나들던 프랑스의 카페였다. 그곳에서 에스프레소 한 잔을 시켜놓고 하루 종일 사색에 빠지곤 했다던 사르트르를 생각하면 왠지 서울대 문리대 제25강의실이라 불렸던 학림다방에도 비슷한 풍경이 펼쳐지지 않았을까 싶은 생각이 든다.

하지만 시대를 대표하는 문필가들과 혁명가들이 거쳐 간 학림다방에서 손님들에게 내주었던 것은 프림 둘, 설탕 둘 휘휘 저어 마셔야 했던 인스턴트 커피였다. 서울대가 지금의 자리인 관악구로 이사한 후에는, 학림다방 또한 역사의 뒤안길로 사라질 뻔한 적도 있었다. 그간의 역사와 인연으로 사람들이 찾아오긴 했지만, 유행을 쫓아 경양식집으로 변화를 꾀하면서 쇠락하고 있었기 때문이다.

학림다방이 예전의 모습을 되찾고 지금처럼 직접 볶은 커피로 만든 '학림 블렌드' 메뉴도 내놓게 된 것은 1987년, 네 번째 학림지기 이충렬(1955년생)이 가게를 맡으면서부터다. 그는 당시 다니던 회사를 그만두고 인테리어 사업을 하고 있었는데, 같이 일을 했던 동생의 소개로 학림다방의 인수를 제안받게 된 것이다. 우연한 기회에 인수한 학림다방에서 믹스커피를 내주던 때부터, 자가 배전을 시작하고 현재까지 학림다방의 로스팅을 책임지는 '프로밧 L5'를 구입하기까지, 짧은 시간 같지만 그래도 30년이 다 되어간다며 바리스타 이충렬은 새삼스러워했다.

서울대학교가 대학로를 떠나고 나서도 학림이 예전의 명성을 유지하며 사람들을 끌어모으고 있는 데는 커피의 역할이 상당하다. 학림을 추억의 공간으로 생각하는 세대부터 스타벅스에 익숙한 젊은이들의 입맛까지 모두 아우르는 '학림 블렌드'는 커피 마니아들 사이에서도 단연 주목받는 커피다. 이뿐만 아니다. 학림다방에서는 남녀노소가 고루 앉아 커피를 홀짝이는 모습을 자주 볼 수 있다. 학림다방의 깊은 커피 맛은 그 누가 마주하더라도 고개를 끄덕일 수밖에 없기 때문이다.

이 블렌드는 옛 모습을 잃고 변해가던 학림을 인수한 네 번째 학림지기 이충렬의 작품이다. 그동안 아무도 들춰보지 않은, 우리나라에서 가장 많은 사연을 담고 있는 카페의 커피 이야기를 듣고자 했던 이유는 바로 이 때문이다. 처음 바리스타 이충렬에게 인터뷰를 요청하자, 학림에 대해서라면 수도 없이 반복한 이야기들이 담긴 기사를 찾아보라는 대답이 돌아왔다. 하지만 "당신의 커피 인생에 대해 말해달라"고 하자 그는 "그래, 커피라면 해줄 얘기가 많지"라고 말하며, 그동안 꺼내지 않았던 자신의 커피 이야기를 들려주었다

⒤ 봉지커피에서 원두커피로, 학림을 지키는 방법

"여기는 다 좋은데 커피가 좀 아쉬워." 유럽에서 생활한 적이 있는 학림다방의 단골들은 줄곧 믹스커피를 내어주던 이충렬에게 아쉬

움을 토로했다. 처음에 그는 그들의 말을 내내 흘려 들었다. 당시에는 이충렬 스스로가 원두커피에 익숙하지 않았고, 대부분의 손님들 또한 커피 하면 당연히 봉지커피를 생각했기 때문이다. 그러던 이충렬이 바뀌기 시작한 것은, 카페를 자주 찾았던 일본인 단골 니쇼지 씨 때문이었다.

니쇼지 씨는 오랫동안 한국 생활을 해왔는데, 제대로 된 커피를 마실 수 없어서 힘들어했다. 결국 그는 커피회사를 통해 생두를 구입해 직접 볶아 마셨다고 한다. 우연하게 그를 통해 신선한 원두커피의 맛을 본 이충렬은, 그제서야 커피가 아쉽다는 손님들의 불만을 이해할 수 있었다. 학림다방이 더 오랫동안 많은 이들의 사랑을 받기 위해서는 커피 맛에 신경을 써야겠다고 생각한 것이 바로 그때. 그는 본격적인 변화를 꾀하기 시작했다.

그렇게 결심했던 그에게 도움의 손길을 내민 사람은 역시 니쇼지 씨였다. 커피의 매력을 알게 된 이충렬은 니쇼지 씨에게 커피를 배우고, 일본에서 기구들을 들여와 학림다방의 메뉴에 원두커피를 올리기 시작했다. 또, 그 후로 틈이 날 때면 니쇼지 씨를 따라 일본으로 향했고, 유명한 카페들을 돌아다니며 커피를 마신 후 돌아올 땐 한 아름 커피 도구를 사오곤 했다. 학림다방의 이런 극적인 변화를 모든 이가 반긴 것은 아니었다. 커피가 좀 아쉽다던 어떤 단골들은 "파리보다 더 맛있는 커피"라며 그의 커피를 추켜세웠던 반면, 또 다른 단골들은 "장사 접으려고 하나"면서 인스턴트 커피를 내놓으라고 화를 냈다.

당시에는 원두커피라는 개념 자체가 생소했는데, 그럼에도 계속 원두커피를 고집했던 이유는 그 시절을 함께한 커피인들의 열정 때문이었다. 바리스타 이충렬은 당시 대학로 커피 1세대들이라고 할 수 있는 주변의 카페 사람들과 교류하며 본격적인 커피 인생을 시작했다. 덕분에 학림다방은 종종 그들이 모여 니쇼지 씨가 가져온 커피 도구들을 공부하는 공간이 되었다.

한 잔의 커피에도 갖은 정성을 다하는 그들의 열정을 널리 알리고 싶었던 이충렬은 커피 교실을 열어 카페를 찾는 지인들에게 원두커피의 매력을 알려주기도 했다. 이런 노력 덕분에 학림다방은 직접 볶은 신선한 원두커피를 파는 카페로 이름을 날렸고, 맞은편에 스타벅스 2호점이 문을 열었을 때는 '외국계와 대학로 커피 전쟁에서 나홀로 분투'하는 카페로 이목을 끌기도 했다.

☕ 학림을 품은 30년의 맛, 학림 블렌드

원두커피를 파는 학림다방이 이렇게 많은 이들의 관심과 사랑을 받게 된 것은 무엇보다도 '학림 블렌드'의 역할이 크다. 믹스커피에 익숙한 단골들의 입맛을 설득하기 위해, 오랜 시간 바리스타 이충렬이 정성을 쏟은 이 블렌드에는 커피에 대한 그의 철학이 담겨 있다. "우리나라 사람들은 비빔밥 취향이에요. 그래서 블렌드를 개발했죠. 원산지별로 개성이 다른 단종 커피를 판매할까도 고민했지만, 하루

살기에도 바쁜 사람들에게 커피에 취미를 붙이라고 강요하기는 어렵겠다는 생각이 들기도 했고요." 이런 저런 커피가 있다고 굳이 설명하지 않아도, 커피를 주문하면 가장 맛있는 한 잔을 대접하고 싶은 그의 생각은 '학림 블렌드'의 토대가 되었다.

이충렬은 학림다방의 블렌드가 탄생한 배경을 설명하면서, 수급이 안정적인 양질의 생두를 베이스로, 카페를 찾는 바쁜 손님들이 편안하게 마실 수 있는 커피를 만들기 위해 오랜 시간 연구했다는 얘기를 덧붙였다. 한번 사람들의 입맛을 사로잡았다면 어떠한 환경에서도 맛이 변하지 않아야 한다는 것이 그의 철학이기 때문이다.

학림 블렌드는 총 네 가지 메뉴로 제공되는데, 가장 연한 것은 아메리칸, 보통은 레귤러, 진한 것은 스트롱이다. 여기에 원두 네다섯 잔의 분량으로 한 잔이 채 안 되게 내려주는 '로열 블렌드'가 있다. 이 로열 블렌드는 1998년부터 메뉴에 오르게 됐는데, 당시에는 쉽게 마실 수 없었던 에스프레소를 찾는 몇몇 단골손님 때문에 개발한 메뉴라고 한다.

지금도 많은 사람들에게 사랑받는 이 로열 블렌드는 미국을 오가며 의료기기 사업을 하던 한 단골의 입맛을 사로잡았다. 당시 작은 로스터로 매장을 운영하는 데 어려움을 겪던 이충렬은 커피 맛에 반한 그 단골손님에게 부탁해 프로밧 미국 공장에 직접 로스터를 주문할 수 있었다. 당시 프로밧 로스터는 일본에서도 흔히 볼 수 있는 기계가 아니었고, 더군다나 국내에는 이를 다룰 줄 아는 기술자가 전혀 없는 상황이었다. 공교롭게도 주문한 로스터가 완성되어 몇 달

만에 한국에 왔을 때는 오랜 단골들을 중심으로 학림의 유구한 역사를 브랜드로 만들자는 '학림 프로젝트'가 진행 중이었다.

학림다방의 커피를 더 많은 곳에서 맛볼 수 있도록 하자는 목표로 시작된 이 일 때문에, 본격적으로 프로젝트가 진행되면서부터는 관련된 단골들이 매일같이 다방을 찾았다. 학림지기 이충렬은 이들과 함께 밤낮없이 프로젝트를 기획하고 매장을 운영하기에 정신이 없었다고 기억한다. 그런 상황이었지만, 그는 학림 프로젝트보다 어렵게 공수해 온 로스터에 집중했다. 수많은 사람들의 도움으로 시작된 프로젝트를 성공시키는 것도 중요하지만, 학림에게 무엇보다 중요한 것은 커피라고 생각했기 때문이다. 그는 커피 인생의 도구로 단골손님에게 부탁해 구입한 프로밧 로스터를 꼽았다. 그 자체로 훌륭한 기계인 프로밧 로스터는 그에게 '연장 탓'할 틈을 주지 않았고, 그 덕분에 학림 블렌드도 그 단단한 맛을 이어갈 수 있었기 때문이다.

"나는 운이 참 좋은 사람이에요. 학림이라는 이름 덕분에 이렇게 오랫동안 한자리에서 카페를 할 수 있었거든요." 바리스타 이충렬은 학림을 만든 건 자신의 커피가 아니라 '학림'과 그 학림을 잊지 않고 찾아주는 '사람들'이라고 말한다. 하지만 그렇게 말하는 바리스타 이충렬이 아니었다면 학림다방은 역사 속으로 사라졌을지도 모를 일이다. 바리스타 이충렬은 '학림'이라는 이름이 주는 무게감과 공간의 힘을 되살리고 싶어 학림다방을 인수했고, 사람들의 이야기를 들어가며 예전의 학림다방을 되살리기 위해 부단히 애를 썼다. 아주 오래전부터 있었을 것 같은 탄노이 스피커도, 벽을 가득 채운 LP도, 가게를 살리기 위해 바리스타 이충렬이 들인 노력의 결과물이다. 덕분에 1990년대에는 음악을 들으러 학림에 오는 사람들이 줄을 이었다. 그는 손님들이 신청한 곡이라면 아래층에 있었던 '바로크'에서 곧바로 LP를 사다가 틀어줄 정도로 열정이 넘쳤고, 학림다방은 커피와 음악과 역사가 공존하는 공간으로 재탄생하게 되었다.

"오랜만에 학림다방에 왔는데 커피 맛이 별로라면 학림에 온갖 추억이 묻어 있는 수많은 사람들이 어떻게 생각하겠어요." 앞으로 바리스타 이충렬이 이루고자 하는 목표가 무엇인지 묻자 60년이 넘도록 끊임없이 가게를 찾아오는 손님들을 위해 변함없이 맛있는 학림 블렌드를 만드는 일이 아니겠냐고 대답한다.

올드스쿨의 깊은 커피 향이 풍기던 1990년대에도 지금의 스페셜티 커피만큼이나 좋은 커피들이 있었다. 다만 좋은 생두를 구하기 위해서는 지금보다 좀 더 많은 노력이 필요했을 뿐이다. 학림 블렌드를 만든 바리스타 이충렬 또한, 그 시절의 올드스쿨 커피처럼 낙관이 찍힌 커피를 만들기 위해 부단한 노력을 했다. 스페셜티 커피의 시대가 도래했음에도 여전히 학림다방의 커피가 다른 어느 카페에 견주어도 수준급의 커피를 내어줄 수 있는 것은 이 부단한 노력이 만들어낸 결과물일 것이다.

학림 블렌드의 맛은 세월의 흐름 속에서도 변치 않는 모습으로 사람들을 맞이하는 학림다방의 견고함과 닮아 있다. 한 모금 들이켜면 부드러운 감촉과 함께 신맛, 달콤한 맛, 쌉싸름한 맛이 조화롭게 혀를 적신다. 60년 세월, 풍파를 견뎌내며 오롯이 서 있는 학림다방과 이곳을 찾은 수많은 사람들의 희로애락이 바로 이런 맛이 아닐까 싶다. 바리스타 이충렬은 말한다. 자신이 학림다방을 지키는 이유는 시간이 흘러도 학림이라는 공간을 찾아온 사람들을 실망시키지 않기 위함이라고. 그렇게 오랫동안 지킨 공간의 힘이 소중하다는 것을 알기 때문이라고.

비단 바리스타 이충렬만의 생각은 아닐 것이다. 인터뷰에 함께한 23명 커피인들의 생각 또한 30년이 넘도록 사랑을 받고 더 많은 사랑을 받는 30년을 꿈꾸는 학림다방과 같지 않을까. 오랜 시간 많은 사람들의 사랑을 받으며, 그들이 바라는 그 모습 그대로 가장 맛있는 커피를 내려주는 일 말이다.

+ 학림다방
서울시 종로구 대학로 119 / 02-742-2877 /
10:00~23:00 / 연중무휴

LEE CHUNG YOUL

[1] 네 번째 학림지기 이충렬, 커피가 아쉽다는 손님들의 말을 이해하다. [2] 니쇼지 씨를 따라 일본을 드나들며, 커피 1세대들과 교류하며 커피 공부. [3] 학림 프로젝트보다 어렵게 공수해 온 로스터에 집중. [4] 믹스커피 맛에 익숙한 학림의 단골도 사로잡는 학림 블렌드. 부드러운 신맛과 단맛, 쌉싸름함이 조화로운 그 맛은 30년 동안 변함이 없다. [5] "오랜만에 학림다방에 왔는데 커피 맛이 별로라면 학림에 온갖 추억이 묻어 있는 수많은 사람들이 어떻게 생각하겠어요." [6] 한번 사람들의 입맛을 사로잡았다면 어떠한 환경에서도 맛이 변하지 않아야 한다는 것이 그의 철학. [7] 단골손님에게 부탁해 미국에서 들여온 프로밧 로스터. 연장 탓할 틈을 주지 않은 이 기계 덕에 학림의 커피가 가능하다.

04 맛있는 커피를 위한 몇 가지 제안

맛있는 커피를 위한 여섯 가지 원칙이 있다.

신선한 원두
청결한 도구
브루잉 도구에 알맞은 그라인딩(분쇄)
적당한 분량
알맞은 추출 시간
알맞은 온도

이 여섯 가지를 지킨다면 누구나 맛있는 커피를 내릴 수 있다. 여기서 말하는 브루잉 도구, 적당한 분량과 추출 시간 그리고 온도가 궁금하다면, 바리스타들이 추천한 레시피를 따라가보자.

우선, 에어로프레스, 클레버, 프렌치프레스는 가격도 비싸지 않고, 별다른 기술 없이도 일정한 수준의 커피를 만들 수 있도록 도와준다. 세 가지 기구를 위한 가이드는 거의 비슷하다.

- 에어로프레스
15~18g / 곱게 그라인딩 / 80~90도 / 인퓨징(커피가 젖을 만큼 물을 붓는다) 20~30ml / 커피가루의 부품이 멈춘 후(30~40초 후) 200ml의 물 추가 / 1분에서 1분 30초 후 프레스 (총 2분)

- 클레버
15~18g / 드립용으로 그라인딩 / 90도 이상 / 인퓨징 20~30ml / 커피가루의 부품이 멈춘 후(30~40초 후) 200~250ml의 물 추가 / 2분에서 2분 30초 후 추출 (총 3분)

- 프렌치프레스
15~18g / 프렌치프레스용으로 그라인딩 / 90도 이상 / 인퓨징 40~50ml / 커피가루의 부품이 멈춘 후(30~40초 후) 200~250ml의 물 추가 / 3분 후 프레스 (총 3분 30초)

1 에어로프레스　2 클레버　3 프렌치프레스　4 사이펀

저울과 온도계가 없는 경우를 위하여, 간단한 레시피를 네 가지 제안한다.

1. 밥숟가락으로 원두 두 숟가락, 뜨거운 물을 적당량 컵의 80% 정도를 채워 넣고, 필터로 걸러서 추출한다.

2. 3주 이상 지난 원두의 경우, 커피 머신으로 60g/1L를 추출한다. 신선하지 않은 원두를 추출할 수 있는 가장 훌륭한 방법.

3. 모카포트 2인용에 16g의 원두(바스켓을 가득 채울 정도)/75ml의 물을 넣고 커피를 추출한다.

4. 티백을 구입하여 드립 굵기로 갈아 5~10g의 원두를 갈아 넣는다. 머그잔에 티백을 넣고 정수기 물을 붓는다.

5 모카포트 6 에스프로프레스